古典学志

第一辑

北京师范大学中国优秀传统文化研究与传播中心 编

广州出版社
广州新华出版发行集团

图书在版编目（CIP）数据

古典学志. 第一辑 / 北京师范大学中国优秀传统文化研究与传播中心编. —广州：广州出版社，2021.12
ISBN 978-7-5462-3407-6

Ⅰ. ①古… Ⅱ. ①北… Ⅲ. ①中国文学－古典文学研究－文集②中华文化－文化研究－古代－文集Ⅳ. ① I206.2-53 ② K203-53

中国版本图书馆 CIP 数据核字（2021）第 280742 号

书　　名 **古典学志：第一辑**
Gudian Xuezhi：di yi ji
编　　者 北京师范大学中国优秀传统文化研究与传播中心
出版发行 广州出版社
（地址：广州市天河区天润路 87 号广建大厦 9、10 楼
邮政编码：510635　网址：www.gzcbs.com.cn）
责任编辑 司丽丽
责任校对 何　旻
印刷单位 三河市祥达印刷包装有限公司
（地址：三河市杨庄镇杨庄村　邮政编码：065200）
规　　格 787 mm × 1092 mm
开　　本 16
印　　张 12.25
字　　数 243 千
版　　次 2021 年 12 月第 1 版
印　　次 2021 年 12 月第 1 次
书　　号 ISBN 978-7-5462-3407-6
定　　价 58.00 元

发行专线：（020）38903520　38903521

《古典学志》编委会

目 录

【学术史研究】

【语言文献研究】

【发言与访谈】

前言

“古典学”作为学科门类，在西方有较明确的研究范围和边界；借用这一概念派生出的“中国古典学”，至今面目模糊，问题重重。当这个含混的概念之下聚集起越来越多来自不同学科、拥有不同学术背景的优秀学者时，我们不得不开始严肃思考这一潮流背后的力量。当下，关心中国古典学发展的学者大体共享了以下特征：他们或是被“古典学”裹挟的文明关切所吸引，或是对传统学术分科下的研究范式有所不满，或是欲为经学等传统学术在现代社会找到更合适的栖身之地。所有这些探索与尝试，都在指向当今中国人文学术研究所到达的阶段，我们既追求学术研究所带来的纯粹知性快乐，也渴望与生长于斯的这片土地产生切实的关联。我们既已接受德先生和赛先生的洗礼，更有志于走出一条真正契合中国传统的学术道路。

在尚未成型的中国古典学研究中，学者们大致认同早期经典的奠基意义。有鉴于此，我们在2020年11月18—20日，举办了“古典学的重建：出土文献与早期中国经典研究”线上国际学术会议。来自海内外、海峡两岸暨香港、澳门的近四十位学者，围绕这一主题做了广泛深入地切磋与交流。会议讨论的热烈与成效，鼓舞我们将“中国古典学”作为严肃的学术探讨常态地进行下去，摆在读者面前的这本《古典学志》，便是服务于这一宗旨的小小阵地。

《古典学志》诞生于北京师范大学珠海校区中国优秀传统文化研究与传播中心、美丽的凤凰山下，中心成员愿为学术事业略尽绵薄，在本书出版之际，敬祈广大学者与读者的支持与鞭策！

《古典学志》编辑部

【特稿】

扎实推进“中国古典学”学科建设

徐正英

据我这个门外汉所知，“古典学”（英文称Classical Studies）是研究西方早期文明经典的学问，具体而言，就是对古希腊、古罗马—古希伯来经典的研究，研究这个学问的基础则是西方古典语言——古希腊语、古拉丁文、古罗马语、古希伯来语。主要是用语文学（philology）的方法来发现、整理和解读古代文明的经典作品，阐发其微言大义，揭示其文化精髓，厘清其渊源和流变，进而最大限度地发掘其蕴含的人类智慧。后来则泛指以同样的学术方法对东西方文明所有重要经典和传统文化的研究。同时，“古典学”又是西方各名牌大学的最古老学科，它的历史可以追溯到西方14世纪以来的文艺复兴，原本是“人文学”（humanities）的代名词，后逐渐在现代学术建制形成过程中演变成为一个学科。现代意义上的“古典学”诞生于18世纪中后期的德国，此后，欧美各地高校纷纷设置“古典学”专业，牛津大学、剑桥大学、哈佛大学“古典学系”的本科、硕士、博士三个学历层次都有悠久的历史，古典教育成为西方人文教育的核心。可见，“古典学”在西方确实是名副其实的古老学科。时至今日，在西方，“古典学”依然作为一门独立的学科予以保留并受到高度重视，甚至可以作为一流大学的标志，被称为西方名牌大学的基础人文学科或王牌学科。

20世纪80年代初，我国世界古代史学科的开创者日知（林志纯）先生始倡建立古典学学科，而“古典学”成为话题和行动才是近几年的事情，若称其为学科，则是典型的新兴学科。囿于所见所闻，2010年中国人民大学文学院创办国内首个“古典学本科实验班”，每年从其他专业一二年级本科生中招考转入10余人，2014年创建“古典学”二级学科硕士点和博士点，设“中国古典学”和“西方古典学”两个研究方向，每年招收硕士生5—6人、博士生1—2人，因为是二级学科，所以授予的仍是文学学位，没有打破现有学科建制。2016年11月，北京大学中文系以古代汉语、古典文献学、古代文学三个二级学科为基础，吸收历史、考古相关资源，搭建了“古典学”学科平台，拟大力发展“中国古典学”学科，并创办了《中国古典学》杂志。2017年4月，中国人民大学在不影响现有建制的前提下，以国学院为依托，整合国学院和文学院的相关资源，挂牌成立了“一体两面”

的办学实体“古典学院”，据称是坚持用国学的理念培养传统学术研究新型人才，从学科定位角度出发，希望合力打造“古典学学科”，认为这既是“国学热”的深化，也体现着国学的未来趋势。其实，说白了就是为“国学学科”争取合法地位、登上户口。因为2005年中国人民大学领风气之先成立我国首个实体性国学院，但国学的学科定位和学位授予遇到了巨大困难，作为一个独立学科在目前的学术制度中一直得不到承认，国学学位也始终未能进入教育部《学位授予和人才培养学科目录》。其主要原因是它的学科地位如果一旦被承认，就意味着原有文、史、哲三个一级学科有可能被覆盖或者重复设置。因此，用不打破现有学科建制的“古典学”来代替“国学”，更容易取得学科的合法身份。据悉，除了北京大学、中国人民大学之外，近年还有不少高校如复旦大学、武汉大学、南京大学、山东大学、华东师范大学、暨南大学、郑州大学、中南民族大学、上海大学、陕西师范大学、西北大学、西北师范大学等先后成立了以“古典学”命名的研究机构，最近北京师范大学珠海校区又创办了《古典学志》杂志。由此可见，在我国，“古典学”虽然近几年才兴起，但发展势头却很迅猛，颇有兴起即热之势。依我个人理解，我国“古典学”是应时代发展之需而生、应时代发展之需而热，既是社会综合发展的产物，也是中央高度重视传统文化、大力倡导文化自信的时代产物，因为“中国有坚定的道路自信、理论自信、制度自信，其本质是建立在5000多年文明传承基础上的文化自信”（2015年11月3日习近平在第二届“读懂中国”国际会议期间会见外方代表时的发言）。中国人民大学古典学院设置的三个系（也称三个专业）为中国古典学系、欧亚古典学系、西方古典学系，其中欧亚古典学系的设置很明显就是国家“一带一路”倡议影响与学校研究力量实际情况自然契合的产物。“古典学”的骤热既然具备时代的必然性，其学科建设无疑具有重要意义。因此，“中国古典学”作为学科应如何建设，确实是值得深入研究的重要课题。

首先，应该确立“中国古典学”的研究对象。依我的理解，“古典学”是西方的古老学科，新兴的“中国古典学”就应借鉴西方“古典学”的划分标准来划分。既然是“古典学”，就应该像西方“古典学”那样把握两点：一是“古”，二是“典”。西方现代意义上的“古典学”由古希腊扩展到中世纪，有一个时间下限问题，我们也应有个下限。具体而言，就是在学好古代汉语的基础上运用该语言工具阐释中国早期经典，探讨中国早期文明智慧。时段划分则当以先秦经典为重点，延至两汉时段，不宜再往下延。若非要往下延，也只能渐延渐淡，截至宋代。因为只有处于世界“轴心时代”的先秦经典才是时间最早且最富于原创性、典范性，也才最能集中体现中华民族的早期智慧，如《诗》《书》《礼》《易》《乐》《春秋》《论语》《孟子》《荀子》《老子》《庄子》《墨子》《韩非子》《吕氏春秋》《左传》《国语》《战国策》《楚辞》，甲骨文、铜器铭文、先秦简牍之经典文本等，而汉代及以后的经典则多为对先秦经典的阐发或继承发展，而非首创。依廖可斌教授的体认，西方人之所以创立“古典学”这一概念及学科，“主要是因为西方文明曾出现断裂而造成的”，具体而言，“以希腊、罗马文化为主体的西方早期文明，在公元四世纪西罗马帝国灭亡、欧洲进入中世纪后，陷入沉寂。直到十四世纪以后宗教改革和文艺复兴运动兴起，西方才重新挖掘和认识希腊、罗马文化。这一传统发展到十八、十九世纪后，逐渐形成了现代学术意义上的古典学研究”。〔杜晓勤主编：《中国古典学》（第一卷），北京：中华书局2020年，第20—21页〕笔者认为，即便比照这一“西方文明断裂”说，将“中国古典学”的重心断限在先秦也是有理由的，因为秦始皇“焚书坑儒”之举就曾使中国文明“断裂”，只是断裂的时间比较短而已，汉代开始实际上是对先秦文化典籍的重塑期。当然，汉代也有自己的新创经典，如《史记》的汉代部分、《汉书》《说文解字》、诗赋经典，其中《说文解字》又是解读先秦经典、识读金文甲骨的必备工具或桥梁，所以将两汉时段划归在“古典学”期内也是应该的。

同时，笔者个人以为，“中国古典学”应该与“国学”“传统经学”“中国古典文献学”等的边界划分清楚，不应该大而化之地混称。所谓“国学”，当指近现代以前的传统学问，具体为古代的文史哲或称经史子集的学问，它与“中国古典学”的区别，一是比“中国古典学”的历史时段跨度长，二是比“中国古典学”包括的研究对象范围广，不论是不是经典，只要是古代的文本，都在“国学”研究范围之内。所谓“传统经学”，是指人们熟悉的“十三经”等，它与“中国古典学”相比范围又小了，虽然全部为先秦两汉经典，既符合“古”又符合“典”的标准，但仅仅局限于儒家经典范围，既未包括《老子》《庄子》《墨子》《荀子》《韩非子》《吕氏春秋》《淮南子》等哲学经典，又未包括《国语》《战国策》《史记》《汉书》等史学经典，也未包括《楚辞》、汉赋等文学经典，更未包括郭店简、上博简、清华简、北大简等出土文献中的经典文本，而这些被排除在外的经典文本则都属于“中国古典学”的深度阐释解读研究范围。“中国古典文献学”与“中国古典学”的区分也是清晰的，一是凡是古代典籍都在“文献学”的研究范围内，历史时段长，典籍范围广，文理工农医天文地理等典籍无所不包。更值得注意的是两者的任务重点颇不相同，“文献学”的任务在于基础性的整理，目录版本校勘辑佚注释翻译，“古典学”的任务则侧重于对经典文本深度阐释基础上的文明智慧发掘。

其次，要明确“中国古典学”的研究方法与视角。中国古典学的学科建设，必须解决研究方法与视角的问题。首先，中国古典学研究应采用会通的方法。“古典学”命题之所以在国内骤然兴起，其内在原因主要是近代以来受西方影响，将学科越分越细，学科之间壁垒森严，阻碍制约了学术研究和学科发展，也确实不符合中国早期尤其是先秦时期经典文本文史哲不分的实际。因此，以笔者个人愚见，“古典学”的研究方法就应该是会通性的研究方法。即不再是文学专业的学者专门研究所谓纯文学文本或文本中的文学性（或者说就是文本的审美研究），不再是历史学专业的学者专门研究经典历史文本中的史料价值和史学意义，不再是哲学专业的学者专门研究哲学文本中的思想价值，当然，也不是在形式上为打破学科壁垒而打破学科壁垒，故意人为地将文史哲三个专业合并，将各种性质的文本杂烩在一起研究。“文”“史”“哲”是现代的学科划分，虽然先秦经典文史哲不分，但是既然有“文”“史”“哲”三个不同的词存在，哪怕是极相似的三胞胎，本身就说明客观上文本还是有所区分的，大体上总还有叙事的、说理的、抒情的、写景的文本区别。因此，同一个人对同一部经典文本的研究，都应该同时从审美角度、史料角度、思想角度、学术角度等多维度做出综合性研究和价值判断，以这种方式来打破学科壁垒，对经典文本的价值复原才更为科学全面，更为符合文本实际。这样一来，遇到的最大问题首先就是对研究者本身综合素养的要求极大提高，每一位局限于某一学科领域知识储备、知识结构的学者都难以胜任这一研究，必须是先有文史哲兼通的优秀学者，才会有文史哲融会的优秀“中国古典学”研究成果。

中国古典学研究，应当采用比较的视角。既然“古典学”之名来自西方，我国先秦经典又与古希腊、古罗马经典产生于同一“轴心时代”，分别代表了古代东西方的人类智慧。因此，要阐释探讨中国早期经典，就应该有世界眼光，有比较意识，唯有如此，才能实现传统经典价值发掘的最大化。

再次，“中国古典学”应避免“拼盘”和虚浮之学。笔者以为，中国古典学研究应避免以下几种倾向：一是作为学科建设，人才队伍应避免搞“大拼盘”，让人一看就知道是临时拼凑在一起的学科。人才队伍的配备要体系化，这一体系化必须服从“古典学”学科整体设计的系统化。研究个体多应该是复合型人才，尤其需要像王国维那样的复合型学术大师作旗帜。二是应避免虚浮之学。什么学问都应避免虚浮之学，而“古典学”的特殊性使其更应如此，要牢固树立经典意识，应该把研究建立在对文本深度整理、精准阐释的基础上，做出经得起时间检验的根底之学、经典之学，力戒急功近利之学。这一点尤为重要，是中国古典学学科健康发展之“根”。三是应避免跟风阐释的实用主义。早期经典蕴含着丰富的民族智慧，积淀着光辉的民族精神和深厚的文化根基，但是，这种智慧、精神和根基是无形的，是在潜移默化中塑造着今人的民族品格，“古典学”研究在于发掘其文化精髓，而并不等于帮助图解不断出现的一个个具体政策和“热词”，应尊重经典的原意，不应为现实需要而随意曲解经典，这是基本的科学态度。四是应避免“为研究而研究”的“钻牛角尖”趋向。实用主义使经典和学术失去了严肃性，但是避免实用主义并不等于回避“古典学”经典阐释中的社会担当、文化传承和文化建设责任，要在阐释中做“有思想的学问”。关键在于如何把握好“度”，唯其如此，中国古典学才能发挥更大的价值，中国古典学学科才能更好地发展。五是“古典学”学生培养应避免课程开设无边无际。要搞好“古典学”研究，宽口径培养复合型文史哲通才是必需的。但是，漫无边际地设课，将凡是中外古代的东西都收入“古典学”的“囊中”，什么都学个皮毛，什么都深入不下去，可能并不利于中国古典学学科的发展。如上倾向，笔者都是有为有感而发。

（作者单位：中国人民大学文学院）

【出土文献研究】

谈清华简柒《越公其事》的“弃恶周好”与《左传》的“同好弃恶”

季旭升

先秦典籍在两千多年的流传中，由于种种缘故，造成各式各样的错讹。近二三十年，由于战国简牍的大量出土，其中有不少可与先秦典籍对读的材料，可以纠正先秦典籍的错讹。本文希望从清华柒《越公其事》的“弃恶周好”来看《左传》“同好弃恶”的“同好”是否应为“周好”的讹误。

《越公其事》写越王败于夫差，逃到会稽山，使大夫文种求和于吴。吴王惧于道路修远，而且吴如不许求和，勾践还有带甲八千名的死士，可以作困兽之斗。于是吴王不顾伍子胥的反对，答应了勾践的求和。夫差亲自出来接见文种，说明吴越交战，使得两国的父兄子弟从早到晚被山林草莽的豺狼吞噬到只剩骨头。因此愿意弃恶周好，齐执同力，以御仇雠。于是答应了勾践的求和。相关简文（第三章）如下：

> 吴王乃出，親（亲）见事（使）者曰：“君雫（越）公不命使（使）人，而夫二（大夫）亲辱，孤敢兑（脱）辠（罪）于夫二（大夫）?【一五下】孤所㝵（得）辠（罪），亡（无）良鄡（边）人爯（称）瘼（发）悁（怨）晋（恶），交䜌（鬭）吴雫（越），兹（使）虐（吾）弍（二）邑之父兄子弟朝夕粮（殂）肰（然）为犲（豺）【一六】狼食于山林菡（草）芒（莽）。孤疾痌（痛）之，以民生之不长而自不夂（终）亓（其）命，用事（使）徒遽趣（趣）圣（听）命，于【一七】[1]今厽（三）年，亡（无）克又（有）奠（定）。孤用忎（愿）见雫（越）公，余弃晋（恶）周好，以交（侥）求卡二（上下）吉羕（祥）。孤用衙（率）我壹（一）弍（二）子弟【一九】以迹（奔）告于鄡二（边。边）人为不道，或航（抗）御（御）寡（寡）人之詞（辞），不兹（使）达，氛（既），罗（罹）甲緌（缨）冑（胄），辜（敦）齐兵刃以攼（捍）御（御）【二〇】寡（寡）人。孤用匩（委）命憧（重）昏（臣），闟（驰）冒兵刃，迖（匍）遣（匐）稾（就）君

① 第18简调整简序，依陈剑：《〈越公其事〉残简18的位置及相关的简序调整问题之说》一文调整至第34简之上，其上再接第36简上半部。

〔二三〕，余圣（听）命于门。君不尚覙（亲）有（宥）募（寡）人〔二四〕，归（抑）狺（荒）弃孤〔二五〕，【二一】伓（背）虚（墟）宗窗（庙）〔二六〕，陟柿（栖）于会旨（稽）〔二七〕。孤或（又）忎（恐）亡（无）良仆斯（驭）獴（易）火于雩（越）邦〔二八〕，孤用内（入）守于宗窗（庙），以须【二二】使（使）人。今夫二（大夫）严（俨）肰（然）监（衔）君主之音〔二九〕，赐孤以好，曰：‘余亓（其）与吴科（播）弃悬（怨）晋（恶）于漕（海）濇（河）江沽（湖）〔三〇〕。夫妇交【二三】緌（接），皆为同生〔三一〕，齐执同力，以御（御）戣（仇）戳（雠）〔三二〕。’孤之忈（愿）也〔三三〕。孤敢不许诺，恣志于雩（越）公〔三四〕！”使（使）者反（返）命〔三五〕【二四】雩（越）王，乃盟，男女备（服），巿（师）乃还【二五】。

释文中的“戋”，本文读为“歼”，需先做点说明：

> 戋，疑为“粲”字。……粲然，众人聚集貌。《史记·周本纪》：“夫兽三为群，人三为众，女三为粲。”张守节《正义》引曹大家曰：“群、众、粲，皆多之名也。”又疑“戋”读为“狻”。《说文》：“狻，啮也。”狻然，如豺狼相撕咬貌。①

案：“粲”有众义，典出《史记·周本纪》：“（周）共王游于泾上，密康公从，有三女奔之，其母曰：‘必致之王。夫兽三为群，人三为众，女三为粲。王田不取群，公行不下众，王御不参一族。夫粲，美之物也。众以美物归女，而何德以堪之？王犹不堪，况尔之小丑乎？小丑备物，终必亡。’康公不献，一年，共王灭密。”字或作“效”，《说文》：“效：三女为效。效，美也。从女，奴省声。”案：字从“奴”省无美义，亦无众义，当为粲省声。粲，精米，故有“美”义；米粒众多，故引申亦有“众”义。据此，“粲”之“众人聚集”义，实来自“精米聚集、众多”，然其词义指涉多为美好、漂亮、女性等。以众兵士聚集为“粲然”，典籍无此用法，形容兵士众多而用“女三为粲”，恐不适当。后说读“戋”为“狻”，释为“如豺狼相撕咬貌”，按《说文》，“狻”只有“啮”义，用白话讲，可以说成“啃食”“撕咬”，并没有“相”的意思。“相”字为原考释者自行添加的词，意指吴越二邑之父兄子弟如豺狼般相互撕咬。似可商。《越公其事》本句为夫差同意勾践求和，以外交辞令淡化吴国攻打越国，只说二邑父兄子弟被豺狼啮食撕咬得可怜，不应该说吴越的父兄子弟彼此相互撕咬，重点由可怜转为凶暴。再看句法，全句说“二邑父兄子弟朝夕戋肰为豺狼，食于山林菡芒”，“戋肰”形容“为豺狼”，应该是强调凶狠状，与夫差要表达的语意不合。诠衡上下文，夫差要表达的是军士战亡的惨状，“二邑父兄子弟朝夕戋肰为豺狼食于山林菡芒”应作一句读，“戋”似可读为“歼”，《说文》：“歼，禽兽所食余也。从歺，从肉②。昨干切。”《说文通训定声》干部第十四：“歼：禽兽所食余也。从歺，从肉。《广雅·释诂三》：‘歼，余也。’字亦作殘，经传皆以残为

① 清华大学出土文献与保护中心编，李学勤主编：《清华大学藏战国竹简（柒）》，上海：中西书局2017年，第123页。

② 段注改从“月”，以为“歺者残也，月者缺也”，实为不必。

之。”①“殒然”修饰“为犲狼食于山林菡芒”，本句的意思是“使我们二邑的父兄子弟从早到晚被山林草莽的豺狼吞噬（到只剩骨头）”。

次谈“周好弃恶”。

明明是夫差报父仇，大败了勾践，但是夫差同意勾践求和时的口吻却非常“外交辞令”，一再低调地撇清自己攻打越国的动机，只说是为“边人”所挑拨，因而使二邑之父老子弟死于山林草莽。于是派使者来求和，三年无有定，因此夫差亲自来见越公，弃恶周好，以求上下吉祥。“弃亞周好”四字，简文照片如下：

“弃”即“棄”之简体，战国习见；“亞”即“恶”，见《上博三·周易》简32。其为“弃恶周好”四字无疑。“弃恶”即抛弃仇恶，各家无异议。“周好”，则各家有不同的看法。原考释云：

> 弃恶，《左传》成公十三年：“吾与女同好弃恶，复修旧德，以追念前勋。”周，合。《楚辞·离骚》：“虽不周于今之人兮，愿依彭咸之遗则。”王逸注：“周，合也。”周好，合好。《左传》定公十年：“两军合好，而裔夷之俘以兵乱之，非齐君所以命诸侯也。”②

旭升案：从修辞的角度来看，“弃恶周好”应该是由两个相同的结构组合而成，“弃”与“周”都是动词，全句的意思是：抛弃了彼此的嫌恶，“周”彼此的友好。原考释训“周”为“合”，即相合友好之意，但是所引《楚辞·离骚》“虽不周于今之人兮，愿依彭咸之遗则”，王逸注：“周，合也”的“合”，其实是“符合”的意思，而不是“合好”的意思。这一点，魏宜辉先生已经很正确地指出来了。③又原考释引《左传》定公十年“两军合好”的“合”，则是友好之意。依这个解释，“周好”是由两个同义或近义词组成的复词，与“弃恶”的结构不同，这恐怕不是最好的解释。

暮四郎认为“周”当读为“修”④，网名Cbnd认为“周”疑读作“酬”，报答之义⑤，

① ［清］朱骏声：《说文通训定声》，北京：中华书局1984年，第760页。

② 清华大学出土文献与保护中心编，李学勤主编：《清华大学藏战国竹简（柒）》，上海：中西书局2017年，第124页。

③ 魏宜辉：《读〈清华大学藏战国竹简（柒）〉札记》，香港浸会大学饶宗颐国学院、澳门大学中国语言文学系、清华大学出土文献研究与保护中心：《〈清华简〉国际会议论文集》，2017年10月26—28日。

④ 简帛论坛“清华七《越公其事》初读”第1楼，20170423。

⑤ 简帛论坛“清华七《越公其事》初读”第156楼，20170506。

魏宜辉先生同[①]；网名高山仰止认为“周”为“亲密”之意[②]。以上各说都有一定的道理，从构词法、修辞与历史背景来考虑，我们最后采用“修”的解释。“修”的本义来自“攸”，西周早期攸簋的“攸”字作，会人手持某些物件擦洗身体之意[③]，因此“修”的本义通常是指把不好的“修”成好的。从历史背景来看，直到本次战役夫差大败勾践之时，长期以来，吴越的关系都很不好，互相攻伐，夫差此时决定接受勾践的求和，这就是“修好”；结束长期以来恶劣的关系，这就是“弃恶”。从构词法与修辞来看，“弃恶”与“修好”的文法结构完全相同，应该是个比较理想的读法。

我们也注意到原考释引了《左传》成公十三年：“吾与女同好弃恶，复修旧德，以追念前勋。”句中的“同好弃恶”与《越公其事》的“弃恶周好”非常类似，会不会《左传》的“同好弃恶”是“弃恶周好”之误呢？我们认为这个可能性非常大。

在先秦两汉文献中，“同好”的用法有以下三种：

一、同喜好。

《逸周书·大武解》：“三同好相固，四同恶相助。”《逸周书汇校集注》：“潘振云：‘同好，同恶，谓邻国和也。固，守其封疆。助，益其兵力。’〇陈逢衡云：‘同好相固，有婚姻盟誓之坚；同恶相助，有驱除并力之义。’〇唐大沛云：‘好善恶恶之情同，故相固守相辅助也。’”[④]

《韩非子·孤愤》：“若夫即主心同乎好恶，固其所自进也。……以反主意与同好争，其数不胜也。”王先慎注：“‘即’，就也。就主心之好恶者而好恶之也。……重人与君同好。”[⑤]

《吕氏春秋·审应览·精谕》：“同恶同好，志皆有欲，虽为天子，弗能离矣。”[⑥]

二、引申为同好恶的朋友。

《孔丛子·连丛子上·杨柳赋》：“朋友同好，几筵列行，论道饮燕，流川浮觞。”

《后汉书·逸民列传·向长》：“于是遂肆意，与同好北海禽庆俱游五岳名山，竟不知所终。”[⑦]

---

① 魏宜辉：《读〈清华大学藏战国竹简（柒）〉札记》，香港浸会大学饶宗颐国学院、澳门大学中国语言文学系、清华大学出土文献研究与保护中心：《〈清华简〉国际会议论文集》，2017年10月26—28日。

② 简帛论坛“清华七《越公其事》初读”第214楼，20171109。

③ 裘锡圭：《释𣪘》，《古文字研究》第二十八辑（中华书局，2010）；收入《裘锡圭学术文集·甲骨文卷》，上海：复旦大学出版社2012年，第552—565页。

④ 黄怀信、张懋镕、田旭东撰，李学勤审定：《逸周书汇校集注·大武解》，上海：上海古籍出版社1995年，第118页。

⑤ ［清］王先慎集解：《韩非子集解》，北京：中华书局1998年，第79—80页。

⑥ 许维遹集释，梁运华整理：《吕氏春秋集释》，北京：中华书局2009年，第482页。

⑦ ［南朝宋］范晔：《后汉书》卷八十三，北京：中华书局1965年，第2758页。

三、再引申为友好，不过时代较晚，不排除是受了《左传》的影响。

《东观汉记·传十三·杨政》:“杨政，字子行，治《梁丘易》，与京兆祁圣元同好，俱名善说经书。”①

《后汉书·窦融列传》:“章字伯向，少好学，有文章，与马融、崔瑗同好，更相推荐。”②

在先秦典籍中，《韩非子·孤愤》“以反主意与同好争”，《鹖冠子·学问》“所谓仁者同好者也，所谓义者同恶者也”，《六韬·文师》“与人同忧同乐、同好同恶者，义也”，《六韬·发起》“同恶相助，同好相趋”，《吕氏春秋·精谕》“同恶同好，志皆有欲”，“同好”的“好”字都作“喜好”义解，没有作“友好”义解的。只有《左传》“同好”的“好”字作“友好”义解，这不能不让人觉得有点怪。《左传》的两条“同好”如下：

四年，春，齐侯以诸侯之师侵蔡，蔡溃，遂伐楚。楚子使与师言曰:“君处北海，寡人处南海，唯是风马牛不相及也。不虞君之涉吾地也，何故?”管仲对曰:“昔召康公命我先君大公曰:‘五侯九伯，女实征之，以夹辅周室。’赐我先君履。东至于海，西至于河，南至于穆陵，北至于无棣。尔贡包茅不入，王祭不共，无以缩酒，寡人是征。昭王南征而不复，寡人是问。”对曰:“贡之不入，寡君之罪也，敢不共给?昭王之不复，君其问诸水滨。”师进，次于陉。

夏，楚子使屈完如师。师退，次于召陵，齐侯陈诸侯之师，与屈完乘而观之，齐侯曰:“岂不穀是为?先君之好是继。与不穀同好如何?”对曰:“君惠徼福于敝邑之社稷，辱收寡君，寡君之愿也。”齐侯曰:“以此众战，谁能御之?以此攻城，何城不克?”对曰:“君若以德绥诸侯，谁敢不服?君若以力，楚国方城以为城，汉水以为池，虽众，无所用之。”屈完及诸侯盟。(《左传》僖公四年)

这是《左传》中很有名的一段故事。齐桓公与蔡姬泛舟，蔡姬荡舟，桓公惧，就把蔡姬赶回娘家，没想到蔡国国君就把蔡姬改嫁了。桓公怒而伐蔡，蔡溃，趁势伐楚。不过，楚国并不是省油的灯，齐桓公也攻不下来，楚国使者一席话把齐桓公伐楚的理由全部击倒。

《左传》本文中的“同好弃恶”文义与《越公其事》的“弃恶周好”完全相同，两篇文本的背景也几乎一模一样，因此《左传》的“同好弃恶”极有可能是“周好弃恶”的讹误。

《左传》成公十三年的背景则是秦桓公与晋景公交恶之后，两国打了一仗，秦桓公后悔了，想和晋景公恢复友好，“同好弃恶”就是这时说的。《左传》原文如下：

夏，四月戊午，晋侯使吕相绝秦，曰:“昔逮我献公及穆公相好，戮力同心，

① [汉]刘珍等撰，吴树平校注:《东观汉记校注》卷十八，北京：中华书局2008年，第825页。

② [南朝宋]范晔:《后汉书》卷二十三，北京：中华书局1965年，第821页。

申之以盟誓，重之以昏姻。天祸晋国，文公如齐，惠公如秦。无禄，献公即世。穆公不忘旧德，俾我惠公，用能奉祀于晋。又不能成大勋，而为韩之师。亦悔于厥心，用集我文公，是穆之成也。文公躬擐甲胄，跋履山川，逾越险阻，征东之诸侯，虞、夏、商、周之胤而朝诸秦，则亦既报旧德矣。郑人怒君之疆埸，我文公帅诸侯及秦围郑，秦大夫不询于我寡君，擅及郑盟。诸侯疾之，将致命于秦。文公恐惧，绥静诸侯，秦师克还无害，则是我有大造于西也。无禄，文公即世，穆为不吊，蔑死我君，寡我襄公，迭我殽地，奸绝我好，伐我保城，殄灭我费滑，散离我兄弟，挠乱我同盟，倾覆我国家。我襄公未忘君之旧勋，而惧社稷之陨，是以有殽之师。犹愿赦罪于穆公。穆公弗听，而即楚谋我。天诱其衷，成王陨命，穆公是以不克逞志于我。穆、襄即世，康、灵即位。康公，我之自出，又欲阙翦我公室，倾覆我社稷，帅我蝥贼，以来荡摇我边疆，我是以有令狐之役。康犹不悛，入我河曲，伐我涑川，俘我王官，翦我羁马，我是以有河曲之战。东道之不通，则是康公绝我好也。

及君之嗣也，我君景公引领西望曰：'庶抚我乎！'君亦不惠称盟，利吾有狄难，入我河县，焚我箕、郜，芟夷我农功，虔刘我边垂，我是以有辅氏之聚。君亦悔祸之延，而欲徼福于先君献、穆，使伯车来，命我景公曰：'吾与女同好弃恶，复修旧德，以追念前勋。'言誓未就，景公即世。我寡君是以有令狐之会。君又不祥，背弃盟誓。白狄及君同州，君之仇雠，而我之昏姻也。君来赐命曰：'吾与女伐狄。'寡君不敢顾昏姻，畏君之威，而受命于吏。君有二心于狄，曰：'晋将伐女。'狄应且憎，是用告我。楚人恶君之二三其德也，亦来告我曰：'秦背令狐之盟，而来求盟于我："昭告昊天上帝、秦三公、楚三王曰：'余虽与晋出入，余唯利是视。'"不谷恶其无成德，是用宣之，以惩不壹。'诸侯备闻此言，斯是用痛心疾首，暱就寡人。寡人帅以听命，唯好是求。君若惠顾诸侯，矜哀寡人，而赐之盟，则寡人之愿也，其承宁诸侯以退，岂敢徼乱？君若不施大惠，寡人不佞，其不能以诸侯退矣。敢尽布之执事，俾执事实图利之。"(《左传》成公十三年)

这是《左传》中有名的《吕相绝秦》。全文由吕相历数晋秦两国从晋献公与秦穆公友好，其后两国数君屡屡交恶之事，最后秦桓公即位，利用晋国用师灭赤狄之际，攻打晋国，晋景公于是和秦桓公打了辅氏之役，秦桓公大败，后悔了，想与晋和解，刚好晋景公去世，于是秦桓公和晋国继位的晋厉公缔结了令狐之盟。但缔结友好盟约之后，秦桓公又想结合狄人与楚人伐晋，幸好狄人与楚人都把这个情况告诉了晋侯，晋厉公于是派吕相去断绝了和秦国的友好关系。

文中的"同好弃恶，复修旧德"就是在晋秦辅氏之战后，秦桓公想要和晋景公和解时所说的话。这个背景和《越公其事》极为类似。以往没有类似的材料比对，大家对"同好弃恶"也都觉得还通，因此没有人对这个词有什么意见。如今我们看到《越公其事》

的“周好弃恶”，就觉得《左传》“同好弃恶”的“同”字似乎有点问题。

“周好弃恶”是一个对偶式的句子，“周”与“弃”都是动词，“好”与“恶”则是补语。“好”与“恶”文义相反，则“弃”与“周”也应该文义相反。“弃”是抛弃的意思，那么“周”字以训为“取合”“修补”“周固”“调合”等意义较合适。《左传》“同好”的“同”字与“弃”字的相对性较不明显。我们可以合理怀疑，《左传》的“同好弃恶”应该是“周好弃恶”之讹，“同”“周”二字的历代字形如下（取自《说文新证》）：

“同”字字形表

 1商.后2.10.2《甲》	 2周早.沈子它簋《金》	 3周中.同自簋《金》	 4周晚.散盘《金》
 5周晚.元年师兑簋《金》	 6战.齐.陶汇3.368	 7战.晋.中山王礨鼎《金》	 8战.楚.包126《楚》
 9秦.睡23.17《篆》	 10西汉.西陲简39.3《篆》	 11新嘉量《孙》	 12东汉.曹全碑《篆》

“周”字字形表

 1商.甲3536《甲》	 2商.乙7312《甲》	 3商.铁36.1《甲》	 4周早.保卣《金》
 5周中.免簋《金》	 6周晚.无叀鼎《金》	 7战.齐.货系2659	 8战.晋.玺汇423
 9战.晋.玺汇3026	 10战.楚.玺汇1197	 11战.楚.信2.20《楚》	 12战.楚.秦1.1《楚》
 13战.楚.望二策《楚》	 14战.楚.包206《楚》	 15秦.泰山刻石《篆》	 16西汉.定县竹简24《木》

很明显，二字的历代字形都非常类似，因此“周”讹为“同”是很有可能的。朱骏声《说文通训定声》说：

《离骚》叶调同，《韩非·扬权》叶同调，东方朔《缪谏》叶同调。按：同调亦一声之转，如獽之为猱、嶩之为猛，自无不可。然此实学《车攻》诗而误，《车攻》五章以佽、矢、柴为韵，古人用韵，间有在句中者，遽数之不能终也。若首尾遥韵，中二句连韵，全诗无此体例。或曰：调者詷之形误。存疑。①

朱骏声也提出了两种可能，一是“周”与“同”音近，“周”（直流切，上古声属照/章纽，韵属幽部）、“同”（徒红切，上古声属定纽，韵属东部），二字上古声都在舌头，韵则幽东旁对转。所以《离骚》“调”“同”、韩非《扬权》“同”“调”、东方朔《缪谏》“同”“调”可以叶韵；二是“周”与“同”形近，所以“调”是“詷”的形误。②古代文本的讹误，往往与形音义都有关系，“周”与“同”应该是一个很典型的例子。

（作者单位：聊城大学文学院）

① ［清］朱骏声：《说文通训定声》，北京：中华书局1984年，第36页。

② 参陈新雄：《古音学发微》，台北：文史哲出版社1972年，第1085页。

从清华简《耆夜》饮至礼典推测其成书年代

徐　渊

内容摘要　清华简《耆夜》篇记述了武王伐耆之后的一次重大饮至礼典，篇中不少涉及礼制的内容对于窥测《耆夜》的形成年代具有重要的参考意义。由于篇中涉礼词汇的释读尚存不少分歧，因而首先对“夜爵”“为主”“东堂之客”等重点词汇加以解释，继而复原整个饮至礼典的全貌，最终通过对简文所描述的饮至礼典与传世礼书中燕饮礼的比较，讨论《耆夜》的可能成书年代。

关键词　清华简；耆夜；礼典；成书年代

《清华大学藏战国竹简（壹）》于2011年1月发表，其中有一篇抄有篇题的文章，简末的篇题为“郘夜”，共十四支简，其中四支简有残缺。简文讲述了武王八年伐黎大胜之后，在文王太室举行饮至典礼，武王君臣饮酒作歌的故事。①李学勤认为武王八年伐郘之事，与《尚书·西伯勘黎》所记述的为同一事。②“郘”读为“耆”或“黎”（以下为行文方便，篇题一律写为《耆夜》），这一点已经成为学界的共识。

关于“夜”字的释读，不同学者有不同的看法。《耆夜》一篇中，“夜”字共出现五次，篇中四个“夜”字释义相同，一般没有异议（具体含义尚有争议，见下文），篇题的“夜”字刘光胜认为与篇中的“夜”字意义不同，意为“夜晚”③。此说很有道理，先秦礼典很少在夜间举行，然而唯有饮酒礼、燕礼有至夜执烛举火的例子。④《仪礼·燕礼》有“宵则庶子执烛于阼阶上，司宫执烛于西阶上，甸人执大烛于庭，阍人为大烛于门外”，诸有司执烛时已经到了燕礼“无算爵”“无算乐”的阶段，即燕礼的最后阶段，不属于正礼的部分。宾客饮醉之后，可自行退场。《耆夜》的场景正是在饮至礼最后的“无算爵”“无

---

① 李学勤主编：《清华大学藏战国竹简（壹）》，上海：中西书局2010年，第149页。

② 见李学勤：《清华简〈郘夜〉》，《光明日报》2009年8月3日。后收入《初识清华简》，上海：中西书局2013年，第19页。

③ 刘光胜：《清华大学藏战国竹简（壹）整理研究》，上海：上海古籍出版社2016年，第68页。

④ 《左传》庄公二十二年，陈公子完与齐桓公燕饮，“饮桓公酒，乐，公曰：‘以火继之。’辞曰：‘臣卜其昼，未卜其夜。不敢。’”可见举行燕饮礼时，如果主宾觉得不尽兴，可以把燕饮延长到夜里。《仪礼》和《礼记》记述的其他先秦礼典，则一般不能在夜里举行。礼典如果至夜还没有完成的话，应当告一段落，明日继续进行。举火行礼一般被视作违礼。

算乐”背景下展开的。因此篇题“夜”字应当理解为“夜晚”，“夜”字点出了整个《耆夜》礼典的礼制场景，这对后文讨论武王、毕公高、召公保、周公旦、辛公謀甲、作策逸、吕尚甫的礼典角色有重要的提示作用。

一、《耆夜》释文及“夜爵”

简文的主体内容主要分为两个部分，一是记述饮至礼典的场面，一是记述在进行饮至礼过程中君臣之间的赋诗。由于诗歌不是本文讨论的重点，故下列释文将赋诗的诗文内容略去，重点讨论饮至的具体礼仪环节。

> 武王八年，征伐郜（耆），大戡之。还，乃饮至于文太室。毕公高为客，召公保奭为【1】介，周公叔旦为宔（主），辛公謀甲为立（位），作策逸为东尚（堂）之客，吕尚甫望[①]为【2】司政（正），监饮酒。
>
> 王夜（举）爵酬毕公，作歌一终，曰《乐乐旨酒》……【3】王夜（举）爵酬周公，【4】作歌一终，曰《辅乘》……【5】周公夜（举）爵酬毕公，作歌一终曰《赑赑》。……周【7】公又夜（举）爵酬王，作祝诵一终，曰《明明上帝》……周公秉爵未饮，蟋蟀【9】跃升于堂，[周]公作歌一终，曰《蟋蟀》。[②]

清华简整理者已经指出这篇简文的礼典性质，即周王、诸侯出行或者出征，返回时要在宗庙举行饮至典礼。整理者举《左传》桓公二年：“凡公行，告于宗庙；反行，饮至、舍爵、策勋焉，礼也。”又举杨伯峻《春秋左传注》说：“师返，于宗庙‘告祭后，合群臣饮酒，谓之饮至’。”[③]释“夜爵”为“舍爵”说，“设置酒杯，犹言饮酒”[④]。

整理者将文中的“夜爵”与《左传》中的“舍爵”联系，表面上看似有一定的道理，实际上却没有根据。整理者说，“夜爵”，“夜，喻母铎部。……舍，在书母鱼部，可相通假”。李学勤认为“夜”读为“詫”：“詫，古音端母铎部，该字《尚书·顾命》作‘咤’，训为‘奠爵’，与‘舍爵’同义。”[⑤]裘锡圭根据新蔡葛陵墓主“平夜君”读为“平与君”，认为“夜爵”当读为“举爵”[⑥]。武王、周公、毕公赋诗皆在“无算爵”这个环节，虽然在“无算爵”的环节《仪礼》经文并没有使用“举”字，但通过前面旅酬时用“举”，

---

① 李家浩指出，“吕上甫命”显然应该读为“吕尚父望”，上古音“命”属明母耕部，“望”属明母阳部，二字声母相同，韵部相近，故可通用。本文从其说。参见李家浩：《清华竹简〈耆夜〉的饮至礼》，《出土文献》第四辑，第21页。

② 根据文集排版需要，本文采取宽式隶定，对于涉及后文讨论的内容，保留原隶定字形，并括注本文所采用的释读字词。后文没有加以讨论的内容，则不保留原隶定字形，直接写出本文所采月的释读字词。

③ 杨伯峻：《春秋左传注》，北京：中华书局1981年，第91页。

④ 杨伯峻：《春秋左传注》，北京：中华书局1981年，第91页。

⑤ 李学勤：《清华简九篇综述》，《文物》2010年第5期，第53页。

⑥ 裘锡圭：《说“夜爵”》，《出土文献》第二辑，上海：中西书局2011年，第17—21页。

可以想见“无算爵”时的酬也是举爵以酬酒的。《乡饮酒礼》《燕礼》中多有“奠爵”“奠觯”的用法，但如果将“夜”理解为“奠”，则“奠爵”的行为不具有酬“某人”的内涵，置于文中与仪节不合。裘锡圭引《仪礼·乡饮酒礼》“一人洗，升举觯于宾”，又举《仪礼·燕礼》“公又举奠觯，唯公所赐，以旅于西阶上……”，证明将“夜”释为“举”，从饮至礼的仪节上考虑是很合理的。

二、《耆夜》所涉礼典问题征疑

讨论《耆夜》饮至礼典的主要论文有马楠《清华简〈郘夜〉礼制小札》[①]，曹建敦《清华简〈耆夜〉篇中的饮至礼考释二则》[②]，丁进《清华简〈耆夜〉篇礼制问题述惑》[③]，伏俊琏、冷江山《清华简〈郘夜〉与西周时期的“饮至”典礼》[④]，程浩《清华简〈耆夜〉篇礼制问题释惑》[⑤]，李家浩《清华竹简〈耆夜〉的饮至礼》[⑥]，刘光胜《清华简〈耆夜〉礼制解疑》[⑦]，王少林《清华简〈耆夜〉所见饮至礼新探》[⑧]等数篇。

马楠《清华简〈郘夜〉礼制小札》首先对本篇所涉及的礼制问题做了讨论，并基于释文提出了几点意见。马文主要提出以下三个问题：

（一）周公为命。马文认为周公为“命”是指“侑酒之命辞”之意，并在“主人、客、夹”条认为“此不云主人,或膳夫为主人,常事不书；或武王亲为主人”。这是错误地根据清华简旧释“宔”为“命”的释文造成的，马文写于2009年，此时清华简还在初步整理阶段，2011年初《清华大学藏战国竹简（壹）》发布的时候，整理者已经将“周公叔旦为宔”的“宔”读为“主”了，故此条无需多做讨论。

（二）辛公为位、作册逸为东堂之客。其中“东堂之客”的内涵不清。马文认为“东堂”即“东箱”。“东箱”的确切所指历代礼家聚讼不已。马文认为：“‘东堂之客’当在东序之东，北面。”但如此一来“此位过尊，亦似不合”。

---

① 马楠：《清华简〈郘夜〉礼制小札》，《清华大学学报》2009年第5期，第13—15页。

② 曹建敦：《清华简〈耆夜〉篇中的饮至礼考释二则》，复旦大学出土文献与古文字研究中心网站，http://www.gwz.fudan.edu.cn/SrcShow.asp?Src_ID=1651，2011年9月14日收稿。

③ 丁进：《清华简〈耆夜〉篇礼制问题述惑》，《学术月刊》2011年第6期，第123—130页。

④ 伏俊琏、冷江山：《清华简〈郘夜〉与西周时期的“饮至”典礼》，《西北师大学报（社会科学版）》2011年第1期，第59—64页。

⑤ 程浩：《清华简〈耆夜〉篇礼制问题释惑——兼谈如何阅读出土文献》，《社会科学论坛》2012年3期，第69—77页。

⑥ 李家浩：《清华竹简〈耆夜〉的饮至礼》，《出土文献》第四辑，上海：中西书局2013年，第19—31页。

⑦ 刘光胜：《清华简〈耆夜〉礼制解疑》，《陕西师范大学学报（哲学社会科学版）》2015年第5期，第28—35页。

⑧ 王少林：《清华简〈耆夜〉所见饮至礼新探》，《郑州大学学报（哲学社会科学版）》2015年第6期，第131—135页。

（三）奠爵酬酒（按：当为“举爵酬酒”，此处列举，暂从马文的释读）。武王奠爵酬毕公、周公，周公又奠爵酬毕公、武王。与《仪礼·燕礼》所载一献、旅酬、无算爵皆异。并引《左传》昭公元年“赵孟、叔孙豹、曹大夫入于郑，郑伯兼享之”之事为之解，认为“或饮至之礼，与凡常饮酒礼不合；或武王之初，行礼与《仪礼》不同，难以质言”。

马文所举三个问题，第一个由于释文改释，已经取消。第三个问题，前节已经说明，“夜爵”当从裘锡圭释读为“举爵”。第二个问题关系到对饮至礼仪节的理解，将在后文详述。

其后，丁进发表了《清华简〈耆夜〉篇礼制问题述惑》，用《仪礼·燕礼》中的饮酒仪节全面对照《耆夜》饮至礼中的饮酒仪节，提出了七个疑惑。丁文将《耆夜》与《仪礼·燕礼》相联系，从礼典的形式来讲，是最为合理的。丁文认为《耆夜》饮至饮酒礼与传世礼书的主要差别有：

（一）“不以公卿为宾主”问题。丁文指出，在传世文献中由于诸侯地位尊贵，要选一位与客地位相当的有司作为主人。客人中设一位正宾，其次设一位介宾，其余来客作为众宾。丁文认为《耆夜》以周公为主，违背了“不以公卿为宾主”的原则。

（二）本国大臣称“宾”与称“客”的问题。丁文认为，《仪礼》一书表示主客关系的词绝大多数情况下用“宾”不用“客”，并通过对《仪礼》中述及“客”的例子，说明“客”只能用于他国来宾。丁文由此还进一步分析了《左传》《史记》中“宾”“客”使用的情况，认为《史记》中称“客”多于称“宾”，称“客”是一种更晚的使用习惯。

（三）“东堂之客”的问题。丁文认为“东堂之客”可能是《燕礼》中的“小臣师”，是《燕礼》中负责整个典礼的小臣的副手。丁文认为“小臣师”在《耆夜》中称为“客”很不合理。

（四）君主燕礼不酬“献主”的问题。在《耆夜》中，周公对应《燕礼》中的角色是主人，主人代表国君向正宾、介宾、众宾劝酒。既然主人代表国君向来宾劝酒，则主人不应该向国君劝酒，国君也不应该向主人劝酒。

（五）武王、周公现场作歌的问题。丁文认为《耆夜》作歌与《仪礼》中《乡饮酒礼》《燕礼》《乡射礼》《大射礼》的作歌、用乐时间都不同。以上《仪礼》所述四礼有正歌、无算乐之分，由于正歌在礼书中是集中演奏的，无算乐是在无算爵的环节演奏的，丁文认为《耆夜》中每酬必作歌，与礼书中的任何一种记述都对应不起来。

（六）武王赋诗与酬酒仪节矛盾的问题。丁文认为《耆夜》文中武王所赋《乐乐旨酒》有“嘉爵速饮，后爵乃从”句。该句与《仪礼》中所述饮酒礼中的酬酢仪节不相符合。

（七）周公“出戏”的问题。丁文认为周公赋《蟋蟀》一诗体现出“帝王教训大臣的气度，颇有‘出戏’之感”，认为周公对武王有所僭越。

根据以上七点疑问，丁文进而质疑清华简《耆夜》的真伪尚存疑问，可能是今人伪作的竹书。

饮至礼在传世礼书中失载(或者在较早的时代相关文献已经亡佚),与简文所述饮至礼最为接近的礼典为《仪礼·燕礼》中的燕饮仪节。由于丁文对照《仪礼》燕礼指出了《耆夜》饮至礼不合于礼典的诸项疑问,故本文以丁文提出的几个问题作为讨论的出发点。

三、《耆夜》所涉礼典问题释惑

丁文发表之后,程浩发表的《清华简〈耆夜〉篇礼制问题释惑——兼谈如何阅读出土文献》一文,从出土文献研究规范的角度对丁文质疑《耆夜》伪作的七项理由做了逐一驳斥①。李家浩的《清华竹简〈耆夜〉的饮至礼》、刘光胜的《清华简〈耆夜〉礼制解疑》也对丁文提出的礼制问题提出了各自的见解。程文从文献角度对丁文提出的批评是有力的,然而程文未能从礼学的角度正面回应丁文提出的问题,并且对《耆夜》饮至礼的礼典性质认识略有偏误,从而削弱了其论证的准确性和力度。李文和刘文并未直接回应丁文提出的问题,在讨论《耆夜》文本的同时,涉及了丁文提出的部分问题。以下拟对丁文提出的礼制方面的质疑做出正面的回应,同时对程文、李文及刘文中的一些偏误加以纠正。

(一)“主宾敌体”是燕饮礼的主要原则。程文认为由于《耆夜》所述的礼典为王礼,而《燕礼》记述的仅仅为诸侯礼,二者有等级上的差别,故王室以公卿为燕礼主人来向宾客献酒并无不妥。程文引用西周金文的例子说明周王可以直接主持飨礼。由于金文文辞简略,含有“王飨某”的铭辞,并不能证明礼典是由周王直接主持的,而《仪礼》对礼典的记述则较为详细,如果《仪礼》中的相关仪节也用非常简略的文辞记录下来,恐怕在形式上与金文相差无几,故没有必要引金文飨礼的例子对简文进行说明。丁文所谓“不以公卿为宾主”在《燕礼》中的确切的内涵是诸侯不以卿(上大夫)为主人,而以普通大夫为主人,在燕礼中负责劝酒的主人是担负烦劳的角色,故不以卿来担任。相对应的,燕礼中的宾也只能由一般大夫担任,如果来聘的宾为卿,则他也不能作为燕礼中的宾,否则就违反了行礼主宾身份应当敌体的原则。以此,燕礼中的主人和主宾都只具有象征意义。

程文据此推论,如果《耆夜》中饮至礼也采用这样的礼制规定,“那么周公、毕公

---

① 复旦大学出土文献与古文字研究中心硕士李灵洁2012年毕业论文《出土楚简所见与今本大小戴〈礼记〉相关文献研究》对丁文提出的七个问题做了驳正,由于其驳正意见比较简略,又没有举出文献或礼典方面的关键证据,故本文不再一一罗列辨析。唯第(七)条“速”当训为“邀请”,其文已经指出,然而其后仍将《輶乘》诗中“嘉爵速饮,后爵乃复”理解为同一个爵,与本文的礼制意见不合,特作说明。相关叙述可以参看李灵洁文。

等功臣就要作壁上观，整个为庆勘耆之功而举行的饮至礼便成了膳夫等大夫的游戏了”。其实，从《燕礼》文本及后世注疏来看，经典礼制的规定正是如此，燕礼中的主角都不在燕礼过程中担任揖让周旋的角色。丁文的核心问题在于，这种为了避免上卿操劳而由大夫代劳的规范在周代未必是很早就形成的，即便周初已经形成，在具体礼典举行的过程中也未必完全得到贯彻。程文已经指出，周公为主、毕公为客，很好地体现了主宾敌体的礼制规范。相较于“公卿不为宾主”，这才是礼之大节，大节不误恰恰说明了《耆夜》篇并非胡编乱造，而是有所根本。

（二）本国大臣称“宾”与称“客”的问题。李文认为“毕公高为客”之客，相当于礼书所说饮酒礼的宾、介之“宾”，指上宾。程文举了新蔡简和郭店简的例子，说明战国中晚期简牍中使用“宾”和“客”都较为常见。不仅如此，科学发掘的包山楚简中，有“宋客”“东周之客”而不用“宾”。同时期的金文中，“宾客”连言的例子也很多。《左传》襄公二十三年有：

> 季武子无適子，公弥长，而爱悼子，欲立之。访于申丰曰：“弥与纥，吾皆爱之，欲择才焉而立之。”申丰趋退，归，尽室将行。他日，又访焉。对曰：“其然，将具敝车而行。”乃止。访于臧纥。臧纥曰：“饮我酒，吾为子立之。”
>
> 季氏饮大夫酒，臧纥为客。既献，臧孙命北面重席，新樽絜之。召悼子，降，逆之。大夫皆起。及旅，而召公鉏，使与之齿。季孙失色。

“季武子”与“臧纥”皆为鲁国大夫。这段文字中明白无误地记载了在同一国中，在饮酒礼的场合，将“宾”称为“客”的例子。这种使用方法与《耆夜》中“客”的用法是完全相同的。令人不解的是，丁文不知为何忽略了此关键例证。[①]先秦传世文献中的“客”只能用来指“他国之宾”，不能用于本国之宾的条例，完全是丁文臆定出来的，毫无根据。《左传》“臧纥为客”的例子恰恰说明“毕公为客”的正确性，说明《耆夜》文本的时代性或与《左传》相近。

（三）“东堂之客”的问题。程文认为“东堂之客”的称谓令人费解。李文认为“东尚之客”之“客”，跟“毕公高为客”之“客”有别，应该是类似乡饮酒礼的众宾之长，也就是《礼记·乡饮酒义》的“三宾”。李文、刘文均认为“东尚”应读为“东上”，而非改读为“东堂”。这些认识都是不正确的。

丁文将“东堂之客”认定为“小臣师”一类的司职人员较为合理。《耆夜》中除了周公为主、毕公为客以外，还有三个重要的角色：辛公諫甲为位、作策逸为东堂之客、吕尚父望为司正（监饮酒）。为位、东堂之客、司正是燕礼礼典饮酒礼中安排整个礼典最关键的司职人员，他们分别对应了《仪礼》中的小臣、小臣师、司正。其中司正之名简

① 刘光胜《清华简〈耆夜〉礼制解疑》一文第三节举了《国语·周语上》“惠王二年，边伯、石速、蔿国出王”章“子国为客”的例子，同样证明“宾”与“客”在传世文献中可以同义互用，与本文所举《左传》襄公二十三年的例子一致。

文和《燕礼》完全相同,《礼记·乡饮酒义》:“一人扬觯,乃立司正焉。”郑玄注:“立司正以正礼,则礼不失可知。”胡匡衷《仪礼释官》:“案《国语》‘晋献公饮大夫酒,令司正实爵’。高诱注:‘司正,正宾主之礼者。’其职无常官,饮酒则设之。”可见,司正在燕礼中是监督无算爵之时主宾饮酒的临时官员。

辛公\甲担任为位的职份,《周礼·夏官·小臣》:“小臣掌王之小命,诏相王之小法仪。掌三公及孤卿之复逆,正王之燕服位。”所谓“燕服位”,就是燕礼中的向位和服饰。在《周官》中《小臣》隶属于《大仆》,《大仆》所掌为“掌正王之服位,出入王之大命”,又“王燕饮,则相其法”。可见《周官》中的“大仆”“小臣”的执掌与简文中的“为位”近似。由于《周官》一书综合了春秋战国时代各国的众多官职,故可以认定大仆和小臣在燕饮礼中的职份在东周时代是相类似的,它们之间是否真的如《周官》所说有隶属关系,则难以断定。《耆夜》记述的是王级的饮至礼,在此礼典中辛公\甲的职份为“为位”,对应的就是《仪礼·燕礼》中的“小臣”,也就是《周官》中的“大仆”“小臣”之职,两者是同一职位的不同称法。由此,李文认为“为立”之“立”由于声音的关系可读为“僎”的意见,在礼制角度来讲并不能成立。

至此,“为位(小臣)”“司正”的职务已经可以充分认定,故根据《燕礼》“小臣纳卿大夫。……小臣师一人在东堂下”,郑玄注:“师,长也。小臣之长一人”,就可以推断出,简文中的“东堂之客”指的就是《燕礼》中的“小臣师”。马文释“东尚(堂)”是“东箱”、丁文说“东尚(堂)”是“东序”、李文说“东尚”是“东上”,皆不可取。“东堂之客”职守所在的位置可以参看黄以周《礼书通故》绘制的《燕礼仪节图》,正处于堂东附近的位置。

何以此处要称执掌典礼的官员为“客”?丁文、程文认为不能解释。其实,“东堂之客”的“客”可以取“傧相”或者“掌客”的义项。

根据《仪礼·燕礼》,“小臣”和“小臣师”的执掌是有所不同的,小臣主要是负责礼典的政令和宾客的向位,“小臣师”则负责引导大夫行礼。《大射仪》有“小臣师纳诸公、卿、大夫”。郑玄注:“小臣师,正之佐也。”“客”则可以理解为《周官·秋官·掌客》中的“掌客”:

> 掌四方宾客之牢礼、饩献、饮食之等数与其政治。王合诸侯而飨礼,则具十有二牢,庶具百物备;诸侯长,十有再献。王巡守、殷国,则国君膳以牲犊,令百官百牲皆具,从者三公视上公之礼,卿视侯伯之礼,大夫视子男之礼,士视诸侯之卿礼,庶子壹视其大夫之礼。

在《周官》中,“掌客”的职守是管理飨礼中的饮食庶具,这与小臣师的执掌比较接近,“东堂之客”的意思是“东堂之司客”。《尚书·舜典》有“宾于四门”,郑玄注:“宾,摈。”又,《左传》隐公七年有“凡伯弗宾”,皆为其例。裘锡圭在《“诸侯之旅”等印考释》一文中说[①],《安昌里馆玺存》收有一纽玺印文为“诸侯之旅”,《续衡斋藏印》1·14页著录的一纽白文的“戠(职)旅”印。裘文认为,《安昌里馆玺存》所收玺之“诸侯之旅”,与《墨子》“诸侯之客”语例相同,义为“来自他国的旅人”,用该玺的人即是管理他国所来旅人的官员,与《续衡斋藏印》所收玺之“戠(职)旅”是一个意思。“由于包括‘羁’和‘客’在内的‘旅’的人数很多,所以需要设职旅这类官来管理有关的事务”,由此可见,管理宾客的职官可以称为“客”,“东堂之客”与“诸侯之旅”的用法是一致的,是“职客”的意思。[②]

(四)君主燕礼不酬“献主”的问题。程文认为根据《仪礼·燕礼》诸侯燕礼不酬“主人”的情况,说明《耆夜》的饮至礼与燕礼是两码事。本文在对丁文(一)(三)问题的陈述中已经说明,《耆夜》中周武王为君,周公为三人,毕公为客,辛公謓甲为位,作策逸为东堂之客,吕尚父望为司正监饮酒的人物职分组合与《仪礼·燕礼》完全相同,《耆夜》饮至礼典可以说是脱胎于燕礼的。程文认为《耆夜》反映的内容与燕礼是两码事,恐难成立。

丁文对《仪礼·燕礼》的仪节做了粗略归纳,其中有(1)主人献宾;(2)宾酢主人;(3)主人献公;(4)公酢主人;(5)主人酬宾;(6)公酬宾;(7)宾酬大夫长(及众大夫)几个最主要的仪节。这些仪节正说明了在燕礼中诸侯、主人、宾之间虽然身份相差悬殊,但他们依然可以完成酬酢之礼。在燕礼的正礼中对献酒、酢酒、酬酒的对象有比较严格的规定,诸侯、主人、宾客应当依礼行事。正礼举行完毕后要歌正歌,奏正乐,即工歌《鹿鸣》《四牡》《皇皇者华》,奏《南陔》《白华》《华黍》,此时仍未到宾主赋诗之时。待正歌、正乐完成,到了无算乐、无算爵的旅酬阶段,君臣之间互相酬酒就成为常态。《仪礼·燕礼》中“无算爵”“无算乐”这段正记载了诸侯和大夫之间互相酬酒的场面,由两个士负责给诸侯和诸侯指定的酬酒对象进爵、受爵,《耆夜》所描述的就是这个阶段的场面。丁文认为《仪礼·燕礼》记述的无算爵中并没有记述卿大夫和宾客之间的互相酬酒,也没有记述宾与诸侯、主人与诸侯之间的互相酬酒,因此推论《燕礼》的无算爵只是诸侯酬大夫,这显然不合于无算爵的礼义,是丁文的凭空想象。

所谓无算爵,主宾之间虽然还保持一定的仪态和名分,但总体上就是诸侯、主人、宾之间的互相酬酒,绝不仅仅止于《燕礼》所记述的很小一部分。如《仪礼·特牲馈食礼》:“宾弟子及兄弟弟子洗,……举觯于其长……爵皆无算。”郑玄注:“宾取觯酬兄弟之党,长兄弟取觯酬宾之党,唯己所欲,亦交错以辩,无次第之数,因今接会,使之交恩定好,优劝之。”可见《特牲馈食礼》中所记录的酬酒与实际无算爵时酬酒有很大的差别。实际“无算爵”时酬酒参与的人数更多,互相之间酬酒的过程更长,不能拘泥于

① 裘锡圭:《“诸侯之旅”等印考释》,《文物研究》第6辑,合肥:黄山书社1990年,第202—205页。
② “诸侯之旅”“职旅”印之例可与“东堂之客”相印证的意见乃承陈剑师面告。

《燕礼》所记录的部分。

《左传》记载有贵族燕饮时赋诗的场景，如《左传》襄公二十七年：

郑伯享赵孟于垂陇，子展、伯有、子西、子产、子大叔、二子石从。赵孟曰："七子从君，以宠武也。请皆赋，以卒君贶，武亦以观七子之志。"子展赋《草虫》，赵孟曰："善哉，民之主也！抑武也，不足以当之。"伯有赋《鹑之贲贲》，赵孟曰："床笫之言不逾阈，况在野乎？非使人之所得闻也。"子西赋《黍苗》之四章，赵孟曰："寡君在，武何能焉！"子产赋《隰桑》，赵孟曰："武请受其卒章。"子大叔赋《野有蔓草》，赵孟曰："吾子之惠也。"印段赋《蟋蟀》，赵孟曰："善哉，保家之主也！吾有望矣。"公孙段赋《桑扈》，赵孟曰："'匪交匪敖'，福将焉往？若保是言也，欲辞福禄，得乎？"

在这次飨礼中，郑国的印段也赋了一首《蟋蟀》，这类赋诗场景应该都是以饮酒礼中"无算爵"为背景的，只是《左传》未予交代罢了。根据《耆夜》的记述,《左传》中子展、伯有、子西、子产、子大叔、二子石所赋之诗，应当是他们酬赵孟之时各自的言志诗。郑简公此时虽然在场，却不是酬酒的主要施与者。由此可知，诸大夫与宾之间的酬酒同样是无算爵、无算乐阶段的重要组成部分。如果按照丁文的设计，则《左传》中的赋诗在礼制上一律无所安顿了。

（五）武王、周公现场作歌的问题。程文已经指出"所谓'当场原创'乐歌，则完全是对'作'的误读","《耆夜》中武王、周公'作歌'，恐怕还是应该理解为他们朗诵了既有的诗篇"。这项判断是准确的。前述已经说明《耆夜》的赋诗性质，与《左传》中贵族在宴饮礼中赋诗的性质相同，故周武王、周公所赋之诗显然就是他们用以言志的成诗，并不是他们的即兴创作。至于丁文说"每酬必作歌……互相'敬酒'则有四十九次以上","如果每酬必作歌，那就不是'饮至礼'而是'乐至礼'了"。这样的推论看似夸张，其实毫无问题，不能以今况古。《燕礼》中所谓"无算乐"指的就是这种情况，在"无算爵"的过程中虽然未必每酬必有赋诗，但赋诗的也不在少数，一酬一歌，很符合当时应有的场景和氛围，与《左传》的叙述也更相合。丁文围绕"作歌"还提出了一些牵强的理由，就不再一一反驳了。

（六）武王赋诗与酬酒仪节矛盾的问题。程文认为"嘉爵速饮"可能是《诗》《书》成辞，这些语句形成于燕礼礼典未备之时。其说有一定道理。还需指出的是"速饮"的"速"恐怕不是"快速"或"告诫"的意思，在《诗经》里"速"皆用为"招请""招至"的意思,"嘉爵速饮，后爵乃从"只能解释为"（主人）好的酒爵来招请饮酒,（宾客）的酒爵就跟上了"。该诗所说的正是主宾之间一人一个酒爵，与无算爵时主宾各一爵完全一致。错误地将"速"释为"快速"，使得丁文得出诗文与燕礼仪节不符的错误结论。

（七）周公"出戏"的问题。程文已举《逸周书·寤敬》说明周公使用告诫的口吻并无不妥。刘文第五节进一步补充《荀子·儒效》所记录的周公训词，认为《儒效》以霍叔衬托周公，而《耆夜》则以群臣凸显周公，“两篇在‘有意突出周公’方面存在惊人的一致”。其实，上举《左传》襄公二十七年印段赋《蟋蟀》，同样也是当着郑简公的面歌赋的，杜预注说“曰‘无以大康，职思其居。好乐无荒，良士瞿瞿’，言瞿瞿然顾礼仪”，因此赵文子有“善哉，保家之主也”之叹。周公在饮至礼中赋此诗没有不妥之处，说周公出戏，是无稽之谈。

四、《耆夜》的礼典性质与成书年代

根据上面的分析，丁文所举七个问题从礼制上讲非但没有问题，反而说明《耆夜》饮至礼与春秋战国时代礼书所记的燕礼礼典若合符节。虽然李文、刘文未将《耆夜》饮至礼与《仪礼》燕礼相对应，程文也未能充分说明丁文在礼典认定上的合理性，但都不怀疑《耆夜》的真实性。丁文虽然正确地将《耆夜》饮至礼与《仪礼》燕礼礼典相联系，但却错误地根据其所认定的礼典上的不一致，轻易得出《耆夜》为伪作的结论。经过上文的分析，即使单纯站在礼制角度观察《耆夜》，也无法认定《耆夜》为后世伪作，更何况《耆夜》在古文字与出土文献方面的特征能充分证实其真实性。程文对丁文轻易质疑《耆夜》篇的真伪提出严肃批评是正确的。

《耆夜》篇在礼典上与燕礼的契合度很高，恰恰说明其并不是一宗西周早期文献，《耆夜》的成书应该与《仪礼·燕礼》《左传》等篇目相先后，时代不会相距很远。简文中提到的戡耆后武王、毕公高、召公保、周公旦、辛公䜣甲、作策逸、吕尚父望行饮至礼的故事，当有其本源。这一史事所用的礼典框架则是春秋时代的，这也就揭示了今本《蟋蟀》归在《唐风》，而《耆夜》中却成了周公赋诗的原因。

《耆夜》中的赋诗可能是春秋时代受过《诗》《书》教育的士人安在武王、周公这些历史人物身上的，就像后世小说里宋代人物会吟诵一些明代创作的诗歌一样，属于文学的再创作。简文《蟋蟀》的文本比今本《诗经》中的《蟋蟀》要古，可能与汉唐间《诗经》的不断改写定型有关，并不能因为简文中有较古的《蟋蟀》，记述的又是武王、周公的事迹，就草率地认为《耆夜》成书于西周。

（作者单位：同济大学中文系）

“安大简”《诗经》对读记

李 山

内容提要 本文从篇章次第、语句和词语等各层面进行对读，同时也对一些现有的关于简本的解释作了评价。结论是：“安大简”本《诗经》有很高的文献价值，一些地方可改进对诗篇的理解。然而，抄写错误之处也不少。简本出现的一些异文，以现有的文献条件还不能解决。

关键词 安大简；《诗经》；对读

关于“安大简”《诗经》的价值大家已经讨论了不少；其更多的价值，或许随时间推移才会看得清楚。现在能看到的是：其一，先秦时期《诗经》已经有文字写本，所谓先秦时尚在“口头流传”以及《诗经》“不可断代”的说法，不是出于无知，就是因为无识。其二，在诗句和语词层面都有大的校勘价值，即对传世本《毛诗》有修补之用。如《扬之水》篇简本最后一章比传世本《毛诗》最后一章多两句，可补传世本之缺。在字词层面，“安大简”也有助于改善对《诗经》的理解。如《毛诗》本《鄘风·墙有茨》“中冓之言”的“中冓”，简本作“中𣄼”，其意为“中夜”，可纠正诗篇传统的理解。以上所说，仅仅是举例而已，都是眼前能看出的“安大简”价值。相信随着研究的深入，其更多的价值还会显现。

不过，本文要做的是想对比一下简本《诗经》与传世本之间的差异，并对这些差异做一点优劣的判断，以期有助于更加客观地看待这份新文献。“安大简”本《诗经》存风诗六种，所含诗篇有五十七篇（其中有些为残篇）之多，且大多完整，是可资比较的。下面就按照章节、语句的顺序，进行对比。

一、简本与《毛诗》本在章次上的差异

“安大简”抄写诗篇，有不少篇章的次第与今传《毛诗》不同。这些不同，有的难说优劣。例如《周南·螽斯》，简本的第二章为《毛诗》的第三章。不过，《螽斯》这首重章叠调的诗篇，三章中“宜尔子孙，振振兮”“宜尔子孙，蛰蛰兮”和“宜尔子孙，绳绳兮”的“振振”“蛰蛰”和“绳绳”，都是“众盛”亦即子孙众多的意思，就是说每章

之间的关系是并列的，孰前孰后在表达上分别不大。像《周南》的《卷耳》等也大体如此。这样的章次"异文"情况，"安大简"《诗经》中数量居多。

然而，有些诗篇章次的前后变化就不是无所谓的，章次倒错会伤及文理。简本这方面的情况颇有一些，是其不如传世本《毛诗》的地方。下面举例说明：

例一：《秦风·驷驖》。《毛诗》本如下：

驷驖孔阜，六辔在手。公之媚子，从公于狩。

奉时辰牡，辰牡孔硕。公曰左之，舍拔则获。

游于北园，四马既闲。輶车鸾镳，载猃歇骄。

简本将《毛诗》本的第三章，提前到了第二章，《毛诗》第二章变成了第三章。于是诗篇变得文势不畅。《毛诗》的篇章次第是狩猎之后游"北园"，满车载的是名贵猎犬，简本的次第则是狩猎、游园、再狩猎，应属于抄写颠倒所致，不如《毛诗》本。

另一个例子也来自简本的《秦风》，是其中的《黄鸟》篇。《毛诗》本如下：

交交黄鸟，止于棘。谁从穆公？子车奄息。维此奄息，百夫之特。临其穴，惴惴其慄。彼苍者天，歼我良人！如可赎兮，人百其身！

交交黄鸟，止于桑。谁从穆公？子车仲行。维此仲行，百夫之防。临其穴，惴惴其慄。彼苍者天，歼我良人！如可赎兮，人百其身！

交交黄鸟，止于楚。谁从穆公？子车鍼虎。维此鍼虎，百夫之御。临其穴，惴惴其慄。彼苍者天，歼我良人！如可赎兮，人百其身！

《毛诗》本哀叹"三良"的顺序是奄息、仲行和鍼虎。因为他们三人为亲兄弟，《毛诗》本的章次先后也是按照兄弟大小而来的。简本则是"仲行"那一章（《毛诗》第二章）被抄写在第一章，之后是"鍼虎"章，最后才是"奄息"章。简本与传世本之间差异的是非不难解决，因为秦穆公去世三良从死一事，《左传》文公六年有明确记载："秦伯任好卒。以子车氏之三子奄息、仲行、鍼虎为殉。皆秦之良也。国人哀之，为之赋《黄鸟》。"①《史记·秦本纪》记录"三良"之事，兄弟排名也是奄息、仲行、鍼虎。就是说，兄弟中奄息为大，次仲行（"仲行"之"仲"也暗示出兄弟的排行），次鍼虎。看来简本没有照顾到这样的顺序。在现有的文献证据下，无疑传世本更可信。

第三个明显不严谨的例子是被"安大简"抄在标名为"魏"那一部分的《绸缪》篇。《毛诗·唐风·绸缪》的章次是这样的：

绸缪束薪，三星在天。今夕何夕？见此良人。子兮子兮，如此良人何？

绸缪束刍，三星在隅。今夕何夕？见此邂逅。子兮子兮，如此邂逅何？

绸缪束楚，三星在户。今夕何夕？见此粲者。子兮子兮，如此粲者何？

"安大简"的抄写顺序则与《毛诗》不同，它的第二章是《毛诗》第三章（即"三

---

① 杨伯峻：《春秋左传注》，北京：中华书局2016年，第597页。

星在户”这一章），《毛诗》的“三星在隅”章（第二章）则被抄在第三章即最后一章。这也是明显不顾文理的做法。因为像简本这样的章次安排，不符合“三星”位置变化应有的次序。诗篇以三星的变动表时光的迁移，按《毛传》解释，“三星在天”谓“谓时见东方”，“在隅”谓“东南隅”，“在户”谓“正月中直户”，如此，诗篇中“三星”位移，是一个晚上的方位变化。《郑笺》则另有解释，认为“在隅”“在户”等变化显示的是不同时令的变迁，即三星“在天”“在隅”和“在户”的变化，是从“三月之末、四月之中”到“四月之末、五月之中”，再到“五月之末、六月之中”。两者说法虽然不同，有一点却是都遵循了的，那就是星辰的变动轨迹。星辰位移，时光变化，是不能忽高忽低乱跳的。因此竹简的抄本次序颠倒，不论如何都是不妥的。

以上几例，与传世的《毛诗》本相比明显文理有碍。还有一类异文情况差异细微，却不是无所谓，细加推敲仍有高下之分。例如《鸨羽》篇，简本将其抄在“魏”的名目之下。《毛诗·唐风》篇章如下：

肃肃鸨羽，集于苞栩。王事靡盬，不能蓺稷黍。父母何怙？悠悠苍天，曷其有所？

肃肃鸨翼，集于苞棘。王事靡盬，不能蓺黍稷。父母何食？悠悠苍天，曷其有极？

肃肃鸨行，集于苞桑，王事靡盬，不能蓺稻粱。父母何尝？悠悠苍天，曷其有常？

简本则将第二章抄在了第三章的位置，《毛诗》的第三章则被抄为第二章。于是诗篇重章叠调中“蓺稷黍”“蓺黍稷”和“蓺稻粱”的顺序，就变成了“蓺稷黍”“蓺稻粱”“蓺黍稷”。这样的抄写变化对诗篇的文理还是有碍，令诗篇的表达不自然。按《毛诗》的顺序，诗篇前两章是变文以协韵，说过“稷黍”就说“黍稷”，很自然。可简本中间插一个“稻粱”，就使得这里的变文协韵“协”得不自然。

再有一例是《秦风·小戎》。《毛诗》本是这样的：

小戎俴收，五楘梁辀。游环胁驱，阴靷鋈续。文茵畅毂，驾我骐馵。言念君子，温其如玉。在其板屋，乱我心曲。

四牡孔阜，六辔在手。骐骝是中，騧骊是骖。龙盾之合，鋈以觼軜。言念君子，温其在邑。方何为期？胡然我念之！

俴驷孔群，厹矛鋈錞。蒙伐有苑，虎韔镂膺。交韔二弓，竹闭绲縢。言念君子，载寝载兴。厌厌良人，秩秩德音。

简本将《毛诗》第二章抄在最后，最后一章抄为第二章。于是原来全诗的结尾就由“厌厌良人，秩秩德音”变成“方何为期？胡然我念之”。这也是让诗味减损的做法。诗篇三章，先表对“君子”的眷恋，首章的“乱我心曲”和“胡然我念之”都是先在思念上做功夫，是相继而出的，思念至极才有最后对“良人”的赞美，也就交代了思念的原因：是"良人"的"德音""秩秩"，才那样令人难忘。现在简本变成这样的次第，诗篇的结尾就显得拖泥带水，远不如《毛诗》本好。

"安大简"抄本诗篇五十七篇，这样章次颠倒的情况有十三四处。可注意的是，《周南》《召南》抄本共二十四首，章次颠倒的情况有五例，占比较低，基本都是《螽斯》《卷耳》那样的情况，颠倒而大体不伤文理。颠倒而有伤文理的情况则基本见于"秦风"和《毛诗》本见于"唐风"的篇章。这些误差出现的原因眼下还难以定论，但在章次安排上，"安大简"抄写本与《毛诗》本的优劣还是明显的。

二、句子层面的差异

上面所谈，是传世《毛诗》本与简本在章次上的不同。在一些句子上，"安大简"本与《毛诗》本也有明显不同。有的不同是句子的多少，有的属于语句次序差异。前者，竹简本与传世本互有优劣；后者，有的可补传世本之缺。后者的例子如《山有枢》第一章，《毛诗》本作："子有衣裳，弗曳弗娄。子有车马，弗驰弗驱。"简本则作："子有车马，弗驰弗驱。子有衣裳，弗曳弗娄。"意谓上两者无甚分别。下面说前者即那些有优劣的例子。

简本优于传世文本的可举《秦风·小戎》为例。该诗简本第二章（《毛诗》第三章）有"龙旆有苑，竹柲绲縢。虎韔豹膺，交鬯二弓"；《毛诗》这几句则作："蒙伐有苑，虎韔镂膺。交韔二弓，竹闭绲縢。""龙旆"（毛本"蒙伐"）句，按"安大简"文，表战车上的旗帜，按《毛诗》文本则表盾牌，但诗篇同一章已有"龙盾之合"句，应不会再重复地出现盾牌。如此，理解为旗帜似更妥。"竹柲"（毛本作"闭"，假借字）句，则写的是战车上所载矛戈的柄及缠绕或固定这些柄的竹制绳索。"豹韔"（《毛诗》作"虎韔"）是用来装弓箭的，所以"豹韔"句应与"交鬯"（毛本"交韔"）句紧连在一起。《毛诗》这几句没有照顾这样的次序，应是传抄发生的语序颠倒，"安大简"整理者认为简本优于《毛诗》传世本是可取的。①

还有就是此文开始时所说，"安大简"本篇章有《毛诗》本没有的句子。还以《扬之水》为例，在《荀子·君臣》篇引用此诗时，《荀子》说："国有大命，不可以告人，妨其躬身。""妨其躬身"，很像是诗句。加之诗篇第三章句数与前两章不同，早就有学者怀疑《扬之水》结尾处有句子丢失现象。②现在"安大简"《诗经》文本出现，不仅证明前人的怀疑有据，且给出了所缺的两句，这正是"安大简"的价值之一。另外还有《葛屦》篇的例子。"安大简"《葛屦》篇"佩其象揥"句之后，比《毛诗》本多一句"可（何）

---

① 安徽大学汉字发展与应用中心编，黄德宽、徐在国主编：《安徽大学藏战国竹简一》，上海：中西书局2019年，第105页。又，刘刚：《〈诗·秦风·小戎〉"蒙伐有苑"新考》，《中原文化研究》2017年第5期。

② ［清］王先谦撰：《诗三家义集疏》，北京：中华书局1987年，第421页。

以自适”，可谓补足了文义。也是过去有学者说这里少一句，看“安大简”的战国写本，果然。

这都是简本可以补足传世本的例子。另外的例子，简本就未必比传世本好了。如《秦风·蒹葭》简本，此诗简本保留得不完整，就其保存部分看，第二章后半部分，《毛诗》本：

溯洄从之，道阻且跻。溯游从之，宛在水中坻。

而简本则为：

朔韦从之，道阻且荠（跻），朔韦从之，道（竹简书写已满，另起一简，缺）。

看简本这几句结尾处的“道”字，后面应该跟的是“阻且跻”“且右”一类的句子。可是，按照《毛诗》，不该是“道”，当是“宛”字引起的句子。写作“道”，就得加句子，诗章的句数因此会增多，应属误写。另外，传世本诗篇是“溯洄从之”与“溯游从之”对举，强调的是顺流或逆流都难及对方的意思。①简本都作“朔韦（溯回）”，对句的文字变成了“一顺边”，文义可就不同了。这应该是误写，曲为回护没有必要。另外，简本整理者将简文缺失的地方用《毛诗》补齐，就可能是有失严谨的做法，因为这样做可能掩盖简本所存在的问题。

还有一例见于《秦风·无衣》篇。简本在《秦风·无衣》篇的“与子偕作”（《毛诗》本属诗第二章）后，多出“赠子以组，明月将逝”两句，很不合理。首先是内容上与前面的诗句不搭调，《无衣》豪迈尚武，忽然加两句“赠子以组，明月将逝”给人有不伦不类之感。其次，就是韵律上的不协调。因为《无衣》此章的韵脚字为“泽”“作”，与“逝”字韵部相去甚远，不可通押。②综上，《无衣》多出来的这两句，判断其与诗篇无关，应该更为合理。

《鄘风·君子偕老》也在文句上有明显差异，就表现在第二、第三章上。一章之中，传世本作两句的，简本则为一句。为醒目，将诗篇第二、三章《毛诗》本和简本并列如下：

玼兮玼兮，其之翟也。鬒发如云，不屑髢也。玉之瑱也，象之揥也。扬且之皙也。胡然而天也！胡然而帝也！（《毛诗》本第二章）

玼其易也，紾发如云，不屑髢也。玉瑱象揥也，扬且皙也。胡然天也。（简本第二章）

瑳兮瑳兮，其之展也。蒙彼绉絺，是绁袢也。子之清扬，扬且之颜也，展如之人兮，邦之媛也！（《毛诗》本第三章）

① 关于《蒹葭》篇“溯游从之”和“溯洄从之”两句的解释历来众说纷纭。笔者以为，所谓“溯游”“溯回”，就是顺流、逆流都到不了对方所在之地，言外之意对方是被水流环绕着。详说见笔者《诗经析读》对此篇的解释。

② 此文写作过程中常就上古音韵问题请教冯先思博士，特志于此。

[瑳其麈也，蒙]彼绉絺，是执乐也。子之清扬，扬且颜也。麈如人也，邦之颜也。(简本第三章)

将简本与传世本对比，很显然简本在一章内的句法上是失衡的。"玼其易也"是表诗中人的衣饰，只有一句，而接下来的写诗中人头发的句子，则用了两句，并列两项内容，表现的诗句却是一长一短，明显是不协调的。第三章情况大致相同，且有明显的异文，如其中"执乐"一词，不知所谓，最后一句"邦之颜"的"颜"，也不如传世本"媛"妥帖。古代抄写不同于后来的刊行，抄写只为方便自己，一些出于省事的简省压缩，只要自己看懂就可以。此处的两句一句之别，也许就是因此而致，而不象是学者所说为"另一个传本系统"的表现。如果是，在这一篇上简本也不如传世本。

三、语词上的差异

简本与传世本在语词方面也存在一些差异，有的关乎诗句的韵味，有的则关乎诗篇理解。应该说，简本的异文对弄清传世本的一些问题很有帮助，却不是简本处处全优，所以对待这些异文应慎而又慎。

简本与传世本在指代词和语气词方面有差异。如传世本《召南·何彼襛矣》的"其钓维何"句，简本"其"作"皮(彼)"，意思相差不多。这样的例子还有，如《魏风·园有桃》篇"其实之肴"句，简本作"其实是肴"；《唐风·鸨羽》篇"曷其有所"句，简本作"曷隹有所"；《唐风·有杕之杜》"有杕之杜"句，简本作"有杕者杜"等。还有就是一些结构助词，如《周南·螽斯》第一句作"螽斯之羽"，而传世本作"螽斯羽"。"之"字有无已涉及诗句节奏感的差别，两者孰是还难以判断。又如《江有汜》"之子归"句，简本作"之子于归"，多了一个"于"，除了节奏感不同之外，意思上似乎也略有差异。"于归"按照《诗经》语例，多指女子出嫁，单一个"归"字则不这样明确。"其后也悔"句，简本"后也悔"，在表达上感觉少了点力道。锣鼓定声，说话听音，诗句的虚词，往往关乎诗句的语气风调，如《桑中》篇"期我乎桑中，要我乎上宫，送我乎淇之上矣"几句，简本都少了一个"乎"字，读来的感受也就不同。就诗篇的整体格调而言，笔者以为，有"乎"字更好一些。

诗句字词的差别，还表现为一些表时间的限定语的有无。如《秦风·权舆》，《毛诗》本作"于我乎"，而简本作"始也于我乎"，多出"始也"一语，是因为与下文"今也每食无余""今也每食不饱"相对。其实，有下文的"今也"，前一句的"始也"未尝不可省略。同样的例子也见于《伐檀》"置之河之干兮"句，简文也多出"今将"，诗句为"今将置之河之干兮"，也是可有可无的。另外，《权舆》的"不承权舆"句，简本作"不称权舆"。"承""称"音近可通，即便不是用词通假，两个词意思上也可各自成立。非要下一个判断的话，传世本的"承"字还是更贴实些。《权舆》篇还有一个差别，就是"每食四簋”简本作“每食八囗”，所缺的字应是“簋”。若真是“八簋”，可就显得有点用词过分。因为按照《诗经》及相关礼书记载，天子八簋。《小雅·伐木》有“陈馈八簋”之语，诗篇显示的宴饮等级是很高的，而《权舆》篇中之“我”，无论如何地位也不会如《伐木》中人那样高。在春秋那个礼乐规范尚未完全坠地的时代，形容贤人待遇的前后悬殊，不至于如此唐突。如此，理解为讹误似更妥。

以上已涉及一些关乎诗篇内容理解的实词。简本中确实有一些语词可以改变传统的理解，就是前文说过的《墙有茨》中“中猏”一词。而《经典释文》保存的韩诗家“中冓，中夜”的说法，正与简本词义相合，是汉代今文家之说仍将“中冓”理解为表时间的语词。可是古文家的《毛诗》却不同。《毛传》释“中冓”为“内冓”，郑玄进一步解释为“宫中所冓”，是将诗篇讽刺的矛头指向卫国宫廷，因而诗篇就被理解为讽刺卫宫“淫昏之语”。郑玄如此解释，很明显是想与《毛序》所谓“公子顽通乎君母”之说相配。今简本既作“中猏”，意为“中夜”，“冓”为“猏”之假借，则诗篇可另做解读，与“公子顽通乎君母”之事是否有关，起码在篇章之内是找不到直接证据的。这又有助于这样的认识：《毛传》解卫地风诗总以之与《左传》所载卫宫廷风流事相连的做法，可能显示出古文经学家的偏向。①

同样的例子还有《甘棠》篇，《毛诗》“勿翦勿拜”句，简本“拜”作“掇”，“安大简”整理者采黄德宽说为“㓹”是可取的。《毛诗》本《召南·殷其雷》第一章“莫敢或遑”，简本作“莫或敢遑”，《毛诗》本第二章“莫敢遑息”，简本作“莫或遑思”，《毛诗》本第三章“莫敢遑处”，简本（第一章）作“莫或皇凥”，也是优于传本的。另外，《毛诗》本《秦风·终南》“有条有梅”句的“条”，简本作“柚”，“条”应该是假借字，简本“柚”为本字。还有《魏风·伐檀》篇的“胡瞻尔庭有县鹑兮”，此处“鹑”，简本作“麢”，“鹑”应为假借字，“麢”本字。这些无疑都是简本最有校勘价值的地方。

简本有的异文可以与传世本并存。如《秦风·晨风》，传世本作“鴥彼晨风，郁彼北林”，晨风指鸟，两句诗篇是两个相连的光景，而此处“郁”，简本作“吹”，就是风吹北林的一幅景象。②两者的是非现在还难下决断。《召南·采蘩》“于沼于沚”句，简本作“于渚于止（沚）”。“渚”，是由水环绕的小洲；“沼”，则为水池，两者所指不同。简本则“渚”“止（沚）”所指为一，只是用词变化而已。字音“沼”要比“渚”响亮。各有长处。还有就是《毛诗》本《有杕之杜》“彼君子兮”句，简本作“彼君子子”，所指应比“君子”更具体。简本整理者引《仪礼·丧服》：“君子子者，贵人之子也。”简本与传世本到底哪个更可信，也是一时难以找到相应的证据做出判断。在《秦风·驷驖》这

① 这里实际涉及汉代今文家与古文家在解释《诗经》上的一个分歧，即古文家试图将《诗经》篇章与历史记载扣合，这一点在风诗部分尤为明显。而就今所见今文家遗说看，盛行于西汉时期的今文家说诗，则更倾向于王式所谓《诗经》“篇篇是谏书”的理解方式。两者明显有别。

② 整理本还是作“郁”，显示出在这个问题上的谨慎。

首诗中，出现了另外一处异文："象车"，即简本"象车鸾镳"，传世本作"輶车鸾镳"。简本整理者说象车"以象牙为饰，为帝王所乘"，即豪华的贵重之车，其说的根据在《周礼》。而传世本的"輶车"则是狩猎用的轻便之车，且诗篇交代得清楚，车上装载的是各种名贵的猎犬。爱好狩猎的秦君让狗乘豪华车驾，这事颇让人犹豫，再想"象车"也不是不可能。所以，就现有的证据看，简本和传世本可以两存。

四、附谈一些现有的解释

对这样一份重要的战国写本，应有的态度是信信疑疑，理性审慎地加以解读。如上所说，简本与传世本出现许多异文，有的当采纳，有的则应小心。例如《秦风·渭阳》篇"我送舅氏"句，简本作"我遗咎氏"，是有问题的，因为下文，按照简本是"矞至于阳"，就是到阳这个地方的意思。若按照《毛诗》本则作"曰至渭阳"，意思与简文大同，都是到达某地。如此，简本"遗"字就有问题。面对这样的问题，整理者说："'遗'表送行之意。"①古汉语中"遗"确有"送"的意思，这"送"不是送行，而是赠送、送礼。这里，是不是怀疑一下抄写者将"送"误作了"遗"更妥当？还有就是《周南·芣苢》篇，传世本诗篇最后一章最后一句是"薄言襭之"。"襭"字简本作"弃"。整理者解之为"抍"，并且说："根据文例，'弃'在这里是取的意思。"②真不知道整理者"根据"的是什么"文例"。诗篇从"采之"到"有之"再到"袺之""襭之"，每章虽只一个动词的变换，意思的表达却是层层递进的。说"弃"是"取的意思"，诗一开始"薄言采之"的"采"字，就已经是"取的意思"了。因而，更合理的态度应该是对简本的"弃"字存疑。此字是错写还是另有解释，都需慎重，而不该不顾诗篇表达上文理是否通畅，还说个"根据文例"。

另外一个例子是《召南·小星》。其第一句传世本作"嘒彼小星"，简本作"李彼小星"。"李"，整理者读为"孛"，又旁采专家之说为"哱"，即"昏暗"的意思。传世本"嘒"字也有异文，如《韩诗》即作"嘒"，就比《毛诗》本更合适，《毛诗》本应为假借或误写。现在这个"李（孛）"字虽然也有昏暗之意，可若真的就采用这个字，诗句在意谓上可能就多出来点什么。多出点什么呢？那就是"孛"字特具的"孛乱"（冲突混乱）的意思。然而，"嘒彼小星"是说天上"三五在东"的成群小星光亮暗淡，以兴起下文对"宵征"者"实命不同"的感慨。诗只是表达一种微末之感，与"孛"字引发的"混乱冲突"无任何瓜葛。因而，简本出现这个"李"的字样，是误写还是假借，还是得慎重以待。

① 《安徽大学藏战国竹简一》，上海：中西书局2019年，第112页。

② 《安徽大学藏战国竹简一》，上海：中西书局2019年，第81页。

还有一处较重要的异文是《秦风·驷驖》，传世本“驷驖孔阜”句，简本写“四駥孔夷”，“夷”有大的意思，与“阜”只有音调上的不同，至于“驖”“駥”之差，也还是以存疑为上，不能如整理者那样轻易就说“《毛诗》‘驷驖’可能为‘四駥’之误书”①。说也奇怪，关于《诗经》表四匹马驾车，整理者也举了《诗经》中“四牡”之外的“驷騵”“四骊”“四黄”“四骆”“四骐”等，而且也应知道在这些言及车马的诗篇中，“四牡”和上举其他表四马的语词也可以同时出现，奇怪的是，整理者还是因简本下文是“四牡”就断定“驷驖”之“驖”为“误书”。还有《蟋蟀》篇的“无以太康”句，简本作“内康”，“内”字在这里这是很莫名其妙的，也是理解为误写更好。

《蟋蟀》篇的另一处异文是传世本的“良士休休”句，简本作“良士浮浮”。简本的整理者认为“浮浮”优于“休休”，缘由是这样不与诗前文“役车其休”的“休”犯韵。这样的理由看上去颇为强大，可是，“犯韵”的概念《诗经》时代有吗？征诸《诗经》本身，《卫风·氓》“既见复关，载笑载言。尔卜尔筮，体无咎言”是“犯韵”的；征诸《商颂》，其《烈祖》篇“绥我眉寿，黄耇无疆。……来假来飨，降福无疆”，也是“犯”了“韵”的；还有《商颂·长发》篇“玄王桓拨，受小国是达，受大国是达。……苞有三蘖，莫遂莫达”，同样“犯韵”。既然《诗》“犯韵”不一而足，如此，理解为《诗经》时代的诗篇写制者尚无“犯韵”意识，是否更好些？另外，“休休”，意思是美好。至于“浮浮”一语，《诗经》出现也不止一次。《小雅·角弓》篇“雨雪浮浮”，《大雅·生民》篇“烝之浮浮”，《大雅·江汉》篇“江汉浮浮”诸句，都是形容涌动升腾的样子。如此，硬要相信简文也不是完全说不通，只是觉得这样会与《蟋蟀》篇整体情调有违。

手抄时代书写上出现一些字样的不同，或许是手民受当时书写风气影响所致。对此，过分解读，就难免为侜张其事。如《墙有茨》的“墙有茨”句，传世本的“茨”字，历来就解作“蒺藜”。至于墙上有了“茨”即“蒺藜”为何“不可扫也”，历来也是众说纷纭。比兴的句子，难以坐实，因而历来各种解释有不少是胶柱鼓瑟的。简本中“茨”写作“蝅蛪”，看字样，是带“虫”字边的，于是学者就征引《尔雅》，以为所指的应该是蜈蚣这样的“凶猛”之虫。蜈蚣有毒害，可如何就“凶猛”了？先让人纳罕。更让人疑惑的是，把传统的“墙有茨”的解释，改换成墙上有蜈蚣，对诗篇的理解究竟又好到哪里去了呢？若说带“虫”字边的字就是一定指昆虫类，那面对简本《殷其雷》“蝨蝨君子”（《毛诗》“振振君子”）的“蝨蝨”，又该如何是好？

《秦风·小戎》篇中传世本“言念君子”句，简本写作“我念君子”；另外，《魏风·园有桃》传世本的“心之忧矣，我歌且谣”，简本也写作了“心之忧矣，言歌且谣”。有了这些例子，有学者就依此将95个有“言”字的句子中的“言”，重新做了解释。这样做，其根据是《毛传》，因为《毛传》在解释这些“言”字时说过：“言，我也。”而《毛

① 《安徽大学藏战国竹简一》，上海：中西书局2019年，第101页。

传》这样说，按过去的理解是采自《尔雅》。现在有了“安大简”，学者就认为《毛传》的“言，我也”之说，还有更多的文献依据。可这里还是得讲一个文理上通达与否的道理。像“言念君子”的“言”，简本写成“我”字，将其解释为“第一人称”还说得过去；像“薄言采之”(《芣苢》，“薄言”句式，不仅出现在《风》，也出现在《雅》和《颂》)的“言”，也像《毛传》那样解作“我”；像“愿言思伯”(《卫风·伯兮》)、“永言配命”(《大雅·文王有声》等)的“言”，像“还车言迈”(《邶风·泉水》)的“言”等，都解释为“我”，就未必合适了。[①]俞敏先生曾说“言”，是“我焉”的合音。[②]这也是学者讨论“言”字的论据。可是，“言”既然是“我焉”，它也就不完全是“我”了。笔者以为，在“言”的理解上，还是要分别对待的。

五、“从乎”该如何解释

与传世的文本相比，简本《召南·驺虞》有两处重要的异文。一是多出了一章，这有其校勘价值；一是《毛诗》本“于嗟乎驺虞”的“驺虞”，在简本则作“于嗟从乎”。这里要谈的是对后者的解释，主要问题首先是“驺虞”“从乎”之别，其次是由“从乎”引来的诗篇主旨的理解分歧。从音韵的角度说，简本写作“从乎”，也可以视为“驺虞”假借。如此，简本与传世本无别。

不过，就现有学者的讨论而言，一些学者还是宁愿相信“从乎”非“驺虞”通假，以便对诗篇作新的解释。于是，有的学者就将“从乎”进一步读成“纵乎”，而“纵”，就是“放生”。关于“放生”，学者解释说：“田猎时遵循常禁而放生幼兽。”[③]先秦时期确有类似的观念，如见乎《孟子》等文献的“斧斤以时入山林”和“数罟不如污池”等，可那只是不要滥砍滥伐和不要竭泽而渔的意思，至于陆地上的“兽”，《诗经》提供的却是相反的概念。如《豳风·七月》篇“言私其豵，献豜于公”的“豵”和“豜”，《毛传》：“一岁曰豵，三岁曰豜。”“豵”恰好是小的“兽”。如果觉得“一岁”的“豵”还不够“小”，那么《小雅·吉日》“兽之所同，麀鹿麌麌。……发彼小豝，殪此大兕”的“小豝”，即小野猪，“小”的意思在表达上够明确了吧？还有就是“从乎”的“从”字，它固然可以被读作“纵”，即便如此，与其理解为“放生”，不如解为弓箭之“发射”更言之有据。因为讲证据，以《诗》证《诗》才是最好的。在《郑风·大叔于田》篇中，其实是可以找到“从(纵)”的更妥当的理解的。该诗有云：“抑磬控忌，抑纵送忌。”其中的“纵”

① 正像学者引用俞敏先生的说法：“言”是“我焉”的合音，就是说“言”已经不再是原义上的“我”了。总之这里对近百个“言”字，应该活参，一概而论的做法是胶柱鼓瑟。

② 俞敏：《〈诗〉“薄言”解平议》，《俞敏语言学论文集》，北京：商务印书馆1999年，第401—410页。

③ 黄德宽：《略论新出战国楚简〈诗经〉异文及其价值》，《安徽大学学报(哲学社会科学版)》2018年第3期。

字，《毛传》："发矢曰纵，从禽曰送。"正可证明简本此处即便真的为"从（纵）乎"，"纵"也是作"发矢"更妥。取证，是要注意质量的。

将《驺虞》"从乎"理解为"放生"，似乎是受《毛序》和《毛传》的影响。《毛传》将"驺虞"解为"白虎黑文，不食生物"的"义兽"，《毛序》则言《驺虞》是"天下纯被文王之化"的应证，因为连驺虞这样的野兽也都仁义了。以文王教化系统地解读《周南》《召南》，本是古文家最令人难信的地方，其对"驺虞"的解释，虽然也不是没有文献根据，只是不着边际，不如今文家将此语解作王朝园林之官更信实。[①]此外，莫名其妙的"义兽""不食生物"，其实也与"放生"离着好远的距离。总之，关于《驺虞》，笔者有这样两点看法：其一，还不能因简本的"从乎"，就否定《毛诗》本的"驺虞"；其二，即便"从乎"不作"驺虞"读，在其解读上也不应随《毛序》《毛传》，将"从（纵）"解作"放生"。

六、"侯"的问题

"安大简"中"侯"的风诗新名目出现，最令人疑惑。"侯"与"周南""召南"以及"秦""甬（鄘）""魏"并列，毫无疑问是某地域风诗的标目。"侯"的标目之下有六首诗，即《汾沮洳》《陟岵》《园有桃》《伐檀》《硕鼠》和《十亩之间》。按诸《毛诗》，这些诗篇都归属《魏风》。《毛诗·魏风》共七首，简本"侯"之下六首，只缺了一首即《葛屦》。不过，麻烦的是简本也有"魏"的标目，如《葛屦》篇就被抄写在"魏"目之下，且排列第一，与《毛诗》"魏风"以《葛屦》为首位次相同。在简本"魏"之下，除了《葛屦》之外，顺次抄有《蟋蟀》《扬之水》《山有枢》《椒聊》《绸缪》《有杕之杜》《羔裘》《无衣》《鸨羽》，共十篇，又都见于《毛诗》的"唐风"。更令人不解的是，在这部分的最后一支简上还写着"魏九葛屦"四字。"魏九"应指的是诗篇数量，可实际竹简抄了十首诗。这十首中除《葛屦》在《毛诗》见于《魏风》之外，其他九首都是《毛诗·唐风》的篇章。

关于这个"侯"，学者提出了一些见解。其中有学者就说"侯"就是《毛诗》中的"王"，无任何文献根据，不可取。有学者提出"侯"应当指"晋"（实即"唐风"），其例又如《春秋》中称鲁总是用"我"，进而认为这个简本渊源自晋。这个说法就论证而言，还是文献不足，且现有的取证，也有些驴唇不对马嘴。此外，还面临着这样一个问题：若说"侯"指晋，亦即《毛诗》的"唐风"，可为什么这部分都是《毛诗·魏风》中的篇章？这就需要再加一个设想：简本抄写者的错误，将"魏"和"唐"弄颠倒了。[②]有无这样的可能呢？有。而且有证据，就在《扬之水》这一篇。一般而言，风诗中明确

① 关于今文家对"驺虞"的解释，见［清］王先谦撰：《诗三家义集疏》，北京：中华书局1987年，第119—122页。

② 在《安徽大学藏战国竹简一》的序言中，就有这样的推测。

显示其地域的内容不是很多，但《扬之水》中“素衣朱襮，从子于沃”的诗句，明确显示了“沃”这个地点，是诗篇属于晋的硬证据。总之，简本“侯”的出现所带来的“侯”与“唐风”“魏风”关系问题，还需要更多的文献条件才能有更好的解释，现在能解的只是一小部分。

结　语

经过对读，可知如下数端：

其一，简本《诗经》，是迄今发现的最早的经典抄本，也确有很高的文献价值。即以校勘而言，就可以在篇章、句子和语词各层面起作用。另外，如简本《驺虞》多出的一章。《诗经》中两章为一篇的，不是没有，但数量很少。以此，《驺虞》的三章值得重视。有些多出的，如《秦风·无衣》，则要慎重。

其二，简本抄写的只是风诗的一部分，就这部分而言，其抄写风诗的次第与传世《毛诗》本不同，也与其他相关记载不同，且多出了一个“侯”的风诗新名目。对这些异同现象，现在只能慎而又慎，不可强不知以为知。例如“侯”，究竟意味着什么，在没有更多证据之前，只有搁置。

其三，简本抄写时是否依据了什么本子，不知道。很像是凭记忆书写。①何以这样说？《周南》《召南》异文相对要少，章的次第颠倒现象不严重，就是理由。这又让人想起孔子教育儿子“不为《周南》《召南》”的话。看来重视《周南》《召南》，为先秦较为普遍的现象。

总之，与简本对读，传世本的《毛诗》尽管有种种问题，但还是一个最可信据的文本。

（作者单位：北京师范大学）

① 在一次会议上，曹建国教授曾对笔者说，此份书写认真却不乏错误的《诗经》抄本，可能是陪葬用品。这是很有意思的说法。

古本《老子》校读释·《德经》8—14章

——《老子》古本阅读笔记之二*

刘志荣

本文为笔者书稿的部分内容，全书可视为笔者以校读释的形式写成的读《老》笔记。《老子》一书，历代整理解释者颇多，但常读常新，这也就是经典的魅力所在。新时代读《老》，有其特殊的优胜条件：文献方面，20世纪70年代以来，《老子》古本迭有发现，迄今已可见四种出土古本，可以说汉代以后，前人都没有这么好的条件。近年来研究界对重要出土文献，如帛书二本进行重新整理，又有一些新的发现和补充；对于传世文本，也有新的整理和认识。学术思想上，进入21世纪以来，学界逐渐在吸收更为深入的学术资源，面临着新的时代环境，也可能产生新的学术思想。这些都有助于加深对以往经典的认识。这是笔者重新读《老》解《老》的背景和条件，在此略作说明。

本书读《老》，以帛书二本，尤其是甲本为主，因此本虽有许多欠缺，但仍为目前所能见及之最早之完整五千言本，保留了许多后世文本没有的信息；帛书乙本抄写年代略晚于甲本而比甲本保留完整，可以补充订正甲本的许多地方，也非常值得珍惜。其他的出土本，郭店楚简本时代最早，也最可珍贵，可能保留了许多早期《老子》文本的信息，但其篇幅只有今本的五分之二；北大收藏汉简本保留最为完整，但其年代与帛书本相较则显稍晚；至于存世各本，包括有古本信息或古本之名的傅奕本和范应元本，也不免在整理和流传过程中受到各种影响，此所以今天欲读尚且保留了本来面貌的古本《老子》五千言，仍不能不以帛书本为主也。文中所据原文，首为帛书甲本原整理本释文（帛书甲、乙本原释文均收《马王堆汉墓帛书（一）》，文物出版社1980年），部分通假字和标点符号有调整；帛书新整理本释文及新见，凡可采纳者均在原文后的“校读释”部分进行说明（新整理的甲、乙二本均收入《马王堆汉墓简帛集成（四）》，中华书局2014年）。不径以新整理本为据者，乃为表示对新整理者的发现和成果的尊重，故特另

* 本文为国家社科基金后期资助项目“《古本〈老子〉校读释》”（19FZXB052）及中山大学文科重大培育项目“中国古典学研究的理论和实践”（20wkjc01）之阶段性成果。

为标出，以示不敢掠美。原文除以帛书甲本为主、比对帛书二本之新旧整理本外，复以郭店楚简本及北大汉简本释文（分收《郭店楚墓竹简》，文物出版社1998年；《北京大学藏西汉竹书（二）》，上海古籍出版社2012年），并比照存世文献中主要的唐前本子（书写年代，非现存版本年代），如严遵本、河上公本、王弼本，和比较重要而有代表性的唐代本子，如有古本来源的傅奕本及影响较为广泛的唐石刻本景龙碑本，以及近代发现的宋范应元本（亦称有古本依据），逐字逐句逐章校而读之、释之、解之。为方便记，作为参校的严本、河本、王本、傅本原本均据《道藏》本（《道藏》所收各本在版本上的优异性，专门研究的学者多有记述，本书在“前言”及“凡例”部分予以说明），并参考王德有、樊波成、王卡、楼宇烈等学者对各本的校勘整理。敦煌文书、帛书、楚简、汉简等文献面世之前，唐石刻本景龙碑本颇受清代及民国时期探寻《老子》古本的学者重视，参校本除依据原碑拓片外，参照清代严可均、魏稼孙等学者的校勘成果及近人朱谦之《老子校释》中的校勘整理。范应元本为近代发现，颇受重要学者和藏书家如缪荃孙、沈曾植、杨守敬、傅增湘、王闿运等重视，收入《续古逸丛书》，题名为《宋本老子道德经古本集注》，即为本书所据，校读过程中也发现此本的确保留了不少古本信息，其称“古本”当有所据。出土所见，除帛书、楚简、汉简外，尚有敦煌文书中所见诸本及《老子》想尔注本，但这些文献都有宗教性质，与学术研究探讨性质有异，故除个别文字外，不作为参校本。帛书本原文分章不清，兹依帛书本原文顺序，据汉简本分章，期能看到今本定型之前部分古本原貌。校读原则，在文本方面力求于“古”有据；解释方面，则在恢复古义之外，不排除吸收域外及后世哲理以证《老》，也不排除表达自己所见，因“体《老》”亦为“解《老》”不可或缺之部分。《道经》之部，严遵本不存，则校读比对世存本仅涉及河、王、傅、景、范数家。

校读所用符号，【 】内为甲本阙文释文据他本补入的内容，[]内为甲本抄漏释文应补入的部分，{}内为衍文或原释文误缀误释，〈〉内为原文抄误释文应是正的字词，( )内为通假、异体所用的正字。补文通假异体字径改。涉及各本文字异同则于所理《老子》原文后讨论；讨论过程中尊重新旧整理者及其他研究者的意见，重要异同和代表性意见均于文后罗列，凡与原释文及新整理释文意见不一致者亦皆于原文后的“校读释”部分讨论。校读首先力求于古本有据，次方及于传本；原文可读通部分则尽量据原字释义，其次方按通假异体处理；凡“校读释”引用部分均在内文说明。现代学者治《老》，帛书出土之前，朱谦之先生的《老子校释》用力较劬；帛书面世之后，高明先生的《帛书老子校注》所获较多。二著均有集校集注的意图，所征引文本及材料均较为浩博，惜乎朱著成书较早（1954），尚未及见到帛书以降诸出土古本（其所用底本为“景龙碑本”。此本在清代民国颇受重视，清严可均至谓“世间真旧本，必以景龙碑为最”，盖亦囿于时代所限也）；高著治帛书甚勤，贡献亦大，高先生生前亦见及郭店楚简本及北大汉简本，而亦因著作成书较早（1990）而未遑研究征引。笔者学力远在二位先生之下，用作校勘的本子也仅限于出土及存世的最重要的核心文献（亦有意避免过于烦琐之意），唯因时代稍晚，所出所见新材料可稍多，学界研究亦甚劬而新见甚多，故虽珠玉在前，而或亦能据此略抒管见（因高著专治帛书，本书部分以之为质，讨论引用亦稍多，凡引用皆一一说明，其不同处则出以己见并加按断）。至于本书的哲理思辨，则古义之外，也有自己的参究，其间有一二可取者，则幸莫大焉。书中凡征引二书，均据中华书局“新编诸子集成”本。

以上为对本书体例和重要参考书目的简要说明，修改过程中将进一步完善。由于全书主要部分以“校读释”形式写成，写作过程中自然对前人成果多所引用借鉴，行文之中均已标出；个人见解则以“按语”、讨论等形式说明、表现；体式所限，行文不能像写论文那样展开，许多地方点到为止，但基本论证和见解则均作说明，读者详参可知。解释经典，最忌喧宾夺主，每苦其不能简，本书所论列，实已较详，由于带有探讨、研究性质，读者或能谅其繁也。《老子》是两千年前的古书，现代读者可以见仁见智，但其思想的高度和深度则为历来所公认，且影响不限于中国，读者贵得其深义，从中体悟一些带有根本性的启发，不可死于句下。校读、对勘、解释各种基本材料外，本书也注重文本内证，重视以《老》解《老》，此外也重视引用其他诸子文献如《论语》《庄子》《韩非子》《文子》《淮南子》等比较印证，取其与《老子》义理相通之处，用以解《老》证《老》。《老子》所言“道德”，广大、深远、微妙、简洁而宏肆，百家众技，时有与其相通者，而皆不足以尽其道。其与《论语》等孔子遗说相通独多者，以皆出于古学——《庄子》所谓“古之道术”是也。此源远流长之古学精脉，演而为两千年之绚烂文化，以后也将找到其发展道路与前途。今虽低头饮泉水一滴，亦可知源头活水滋味，在会心与不会心耳。皓首穷经，偶有所见，则亦有思接千载之乐，不足为外人道也。后之治《老》者尚多，则或亦有与于斯言。

历来对《老子》进行重新整理和认识者甚多，出土诸本面世后，更是不断掀起研究、整理和讨论的高潮。“校读”和“解释”都是比较有历史和成效的基础研究方法，新的时代条件下仍不失有效性，也的确可以有不少新的发现和启发。当然，不同研究者的认识和理解可以不同，也正可以在交流和讨论中求同存异，加深对这一基础经典的认识。管窥蠡测，谫陋难免，希望得到方家的指正。

八、

大成若缺，亓（其）用不幣（敝）。大盈若浧（盅），亓（其）用不竆（穷）。大直如詘（屈），大巧如拙，大赢如炳【肭】。趮（躁）胜寒，靚（静）胜炅（热），请靚（清净）可以为天下正。

是章甲本保存完整，乙本残缺较多，楚简本、汉简本存，皆保存完整。

楚简本文字如下：

大成若夬（缺），其甬（用）不幣（敝）。大浧（盈）若中（盅），亓（其）甬（用）不穿（穷）。大巧若仳（拙），大成（盛）若诎，大植（直）若屈。■喿（燥）勑（胜）蒼（滄），青（静）勑（胜）然（热），清青（静）爲天下定。（乙组简13-15）

楚简本、汉简本文字基本同帛书本，唯楚简本第三句作："大攷（巧）若仳（拙），大成若诎，大植（直）若屈。"汉简本是句作："大直如诎（曲），大巧如（拙），大盛如绌。"王、河、严、傅、景龙、范本，句末皆多一句"大辯若讷"，皆不见于简帛本，《韩诗外传》所引则有。楚简本"喿（燥）勑（胜）蒼（滄），青（静）勑（胜）然（热），清青（静）爲天下定"前有分章墨钉，李零以之与楚简下文（即"善建者不拔"章）连属，然按文义，仍以从帛书等属之本章为宜。

"大成若缺，亓（其）用不幣（弊）。"虽为大成，而若有缺憾者，留余地也，如此则不易败坏。虽有十分实力，可成十分之功，而仅用七分，亦仅成七分者，一则不限制新的发展可能性，为之预留空间，一则亦防此前之弊端，须保守力量，为之校正也。于《易》，十分功成则为既济，"若缺"则犹既济而未济，如《孟子》云"无敌国外患者国恒亡"，亦如城邦之需要苏格拉底式的牛虻也。

"大盈若㳘（盅），亓（其）用不窮（穷）。""盈"，傅本、范本作"满"。"㳘"，楚简本作"中"，乙本作"沖"，王、河、严、景龙本均作"沖"，傅本、范本作"盅"。综合考虑，当以"盅"为是，《说文》："盈，满器也。""盅，虚器也。"帛书甲本原作"㳘"，乃"盅"之别体。大盈若盅，虽内里充实，而不满溢，谦而虚之，有若无有，是以其用无穷尽。若自满者，是以自满自限也，虽号盛大，而终为有限，何若放巨川入大海，则其盛大永存矣。夫《周易》贵谦，一谦而有四益，岂虚言之哉。

"大直如詘（屈），大巧如拙，大赢如炳【朒】。""詘"，楚简本作"屈"，世存本多作"屈"，傅本、范本作"詘"，此当以"屈"字为是，马叙伦："古书屈伸字亦多用'诎'。""炳"，高明谓假借为"朒"，"'赢'指盈余，'朒'谓亏损或不足。'赢朒'本来就是一个复音词，也谓'盈不足'，是我国古代计算盈亏问题的一种算术方法"。按：楚简本是句作"大成若诎"，汉简本是句作"大盛若绌"，汉简本整理者据此谓"盈""盛"义近，"炳"可读为"绌"（乙本是句残剩之末字正为"绌"字），"绌"义为"减损""不足"，与"赢"义正相反。按，"绌"常与"赢"合用，如《荀子·非相》"缓急赢绌"、《吕氏春秋·执一》"长短赢绌"（汉简本整理者已举出此条）。综上所言，则帛书甲本此句可读为"大赢若绌"或"大盛若绌"，义虽不异，说似比高明说胜。又若从楚简原文作"大成若诎"，"诎"可通"屈"（《广雅》《韵会》《说文》），则句义犹"大成（盛）若屈"云。

大直而如弯曲，超出众人之目力，犹视觉偏差也。盖层级不同，而标准有异，上一层之"直"，下一层视之可"若屈"矣，实则若孔子所言"吾道一以贯之"也。大巧而如笨拙，犹"重剑无锋，大巧不工"，盖不屑于花巧矣。道家似屈而实直。"大巧如拙"

者，盖直取关键，即不必管细巧，事有极繁杂者，能直取其紧要处霍然解之，犹“大巧若拙”云。“大赢如炳【肭】”(或“大盛若绌”)，大赢而如亏损，重其实，而不重其名也；若表面亏损，而于原则问题或实际问题取得进展者，则虽若亏而实赢，犹围棋之弃子而取势，即“大赢如炳【肭】”云。“大赢如炳【肭】”，传本多作“大辩若讷”，或为后改，然亦有其理，盖大辩者，显示也，大问题已清楚，则不必琐琐其言矣。

又《韩诗外传》卷九引《老子》此句，作“大直若诎，大辩若讷，大巧若拙，其用不屈”，蒋锡昌、高明均谓“外传所引不足为据”，然此句亦有其理，若能“大直”“大巧”“大辩”者，固可“不屈”矣，亦可见其用，非徒托空言也；于篇章看，此亦可平行于上下句之“其用”“可为”云。

“趮(躁)胜寒，靓(静)胜炅(热)，请靓(清净)可以为天下正。”“寒”，帛书甲本原释文径释出，新整理本释文识为“𡪾”，正为“寒”；乙本原释文缺，新释文已释出。高明谓：“‘躁’与‘静’是指人之体魄在不同环境下而表现的不同情绪或状态。肢体运动则生暖，暖而胜寒；心宁静则自爽，爽而胜热。”引清代医家徐大椿《老子经注》：“凡事相反则能制。如人躁甚则虽寒亦不觉，而足以胜寒；心静则虽热亦不觉，而足以胜热。由此推之，则天下纷纷纭纭，若我用智术以相逐，则愈乱而不可理矣。惟以清净处之，则无为而自化，亦如静之胜热矣。”此犹相反相成、相生相克也，抑亦可有进者，“清净可以为天下正”者，亦可谓已超出“寒热”等两端，不为其扰，故可得“清净”也；夫正则静矣，静则正矣，若“清净可为正”者，亦正则可清净也。

是章末句，汉简本作“清净为天下政(正)”，严本作“能静能清，为天下正”，傅本作“知清靖(静)以为天下正”(范本径作“静”)，河本、景龙本作“清净以为天下正”，王本作“清净为天下正”。

帛书乙本原释文本章仅释出：“……盈如沖，亓(其)……巧如掘(拙)，……絀，趮(躁)朕(胜)寒……”数字，新整理本则释出“……盈如沖，亓(其)用不窮；大巧如拙，大直如屈，大(赢)如絀。趮(躁)朕(胜)寒……”等部分，较原释文多识释出十字。

九、

天下有道，【却】走马以粪。天下无道，戎马生于郊。罪莫大于可欲，𡆕(祸)莫大于不知足，咎莫憯于欲得。【故知足之足】，恒足矣。

此章甲本较全，乙本脱甚，互校仍缺末句“故知足之足”五字，据汉简本、傅本补。楚简本、汉简本“知”作“智”，通假，补文径改。

楚简本本节存后二句，作：

“辠(罪)莫厚虐(乎)甚欲，咎莫佥(憯)乎谷(欲)得，化(祸)莫大虐(乎)不智(知)足。智(知)足之爲足，此亙(恒)足矣。”(甲组简5–6)

楚简本末句无“故”字，善。

“粪”，甲本原释文径释，新释文识为“𠦒”形，释为“粪”。“戎”，甲本原释文径释，新释文识为“式”，正为“戎”。乙本第二句无“天下”二字。“罪莫大于可欲”，乙本无“于”字，世存诸本中王本无此句，余皆有；“𩚬（祸）莫大于不知足”，乙本原释文仅释出“祸”字，新释文亦释出“莫”字；“咎莫憯于欲得”，甲本原释文“憯”字径释，新释文识为“𨅝”，释为“憯”；乙本原释文是句全缺，新释文识读出“……于欲利”数字，“得”作“利”；楚简本是句作“咎莫佥（憯）乎欲得”，汉简本作“咎莫灊（惨）乎欲得”，严本、河本、王本、景龙本、范本作“咎莫大于欲得”，傅本同帛书甲本。“憯”处异文，新旧整理者均如是释；高明亦引马叙伦、刘师培等，言当作“憯”；憯者，痛也（《说文》）。汉简本整理者则以为“灊”“朁”“憯”并当读“惨”（汉简整理者识读楚简“佥”为“朁”）。今按，“憯”“惨”音义可通，简帛本皆作“灊”“佥（朁）”“憯”，则可见传本作“大”为后起。《韩非子·解老》：“苦痛杂于肠胃之间，则伤人也憯，憯则退而自咎。”刘师培《老子斠补》以为即释此句。是则“咎莫憯乎欲得”，犹“咎莫痛乎欲得”或“咎莫惨乎欲得”云。

此言争战之世之情况也，兵戈不息，人心竞争，则兵连祸结，太平难得。“天下有道，【却】走马以粪。”天下有道，则治理得宜，兵甲不用，虽良驹亦归还农家，耕种粪田而已。“天下无道，戎马生于郊。”天下无道，则战祸旷日持久，马匹悉被征发入阵，虽驹犊，亦生于战地之郊野。此虽细节，而极状战祸之绵延不绝，“戎马生于郊”，则境内之境况可想。

“罪莫大于可欲，𩚬（祸）莫大于不知足，咎莫憯于欲得。”此推究其因也。盖天下有道，则人恒知足，各守其守，各乐其乐。天下无道，则野心胜过理性，境内境外，不得安息。夫“可欲”非不可欲，过其分则为淫，淫者过也，过则滥矣，滥则无所不为。究其因，皆因不知足，不知守其所已得，而驰求无厌也。“咎莫憯于欲得”，此痛之深也，夫“欲得”者，未得则受煎熬，已得则复厌倦之，叔本华氏状欲望之特性乃介于“煎熬”及“厌倦”之间，其说甚为切至。此皆以“欲”为因，得犹未得，盖未能满足最深处之需求也。然近世社会，即以此为因，此绝不同于古学，而其病亦非其自身所可医也。夫真能知足者，非道而何？虽然，此犹极少数人所可求；若民人，则安其居，乐其俗，善其业，婚丧嫁娶，老老幼幼，各乐其乐，亦可为知足矣。夫娑婆之太平，亦止能如此而已，过此，则非其份也。夫易贵“无咎”，岂保守乎？“知足”而已矣。是句楚简本作：“辠（罪）莫厚虖（乎）甚欲，咎莫佥（憯）乎谷（欲）得，化（祸）莫大虖（乎）不智（知）足。”语序不同。

“【故知足之足】，恒足矣。”帛书甲本仅余“恒足矣”三字，乙本原整理本仅识出“足矣”二字，新整理本则识读出整句：“故知足之足，恒足矣”，据补。汉简本同乙本。传本“恒”作“常”，严本无“故”字，景龙本无“矣”字。能知足，则恒足，不出其份，不待外求。夫民、士、官、王者，各有其份，亦各有其足，当足其所足，而不当驰心无餍，妄求其所不足。楚简本亦无“故”字，句作“智（知）足之为足，此恒足矣”，极善，譬犹重锤法鼓，收束全章，而非仅为之作逻辑结论也。

夫欲望则无厌，生命则有涯，“以有涯随无涯，殆矣”，而有情众生，乐此不疲，至死犹未歇，劝以知足，其真能知足乎？然亦劝其能劝者而已矣。

十、

不出于户，以知天下；不规（窥）于牖，以知天道。亓（其）出也瓕（弥）远，亓（其）【知弥少】。【是以圣人弗行而知，弗见而名】，弗为而【成】。

是章帛书甲、乙本皆有残损，楚简本无，汉简本存。帛书甲、乙本互校，仍有缺字，据汉简本、傅本补，补文通假字径改。

“远”，帛书甲本原释文径释，新整理本识为“𢓊”，释为“远”。“【弗见而名】”，原释文补为“不见而名”，新释文首字作阙文存疑，“而”字则已释出。乙本原释文作：“不出于户，以知天下。不規于……知天道，亓出籋远者，亓知籋……而名，弗为而成。”新整理本释文“知天道”前增释出“以”字。

“不出于户，以知天下。”自知也，故能知人，不自知，焉能知人。“不规（窥）于牖，以知天道。”专心致志，精义入神，故可以知也；又道贵默契，不在见闻，故不窥牖而知。此二句《韩非子·喻老》篇所引及傅奕本，“以知”皆作“可以知”，则谓虚己忘物，葆精全神，中心有主，然后能知，犹《喻老》篇所云：“此言神明之不离其实也。”“神明”谓精神。此落实于身心，尤为可贵，先秦两汉黄老传统有此，可参《史记·太史公自序》司马谈所云《论六家要旨》。

“亓（其）出也瓕（弥）远，亓（其）【知也弥少】。”其出弥远者，骛外也；其知弥少者，不自知也。耳目驰骋于声色，思虑迷乱于争斗，则不能自见其心；不能自见其心，则失其性；如此，则虽坐拥四海，犹自失也。杜牧诗：“睫在眼前长不见，道非身外更何求。”（《登池州九峰楼寄张祜》）河上公注：“谓去其家观人家，去其身观人身，所观益远，所见益少也。”《吕氏春秋·论人》篇：“主道约，君守近。太上反诸己，其次求诸人。其索之弥远者，其推之弥疏；其求之弥强者，失之弥远。”

“【是以圣人弗行而知，弗见而名】，弗为而【成】。”“弗见而名”，《韩非子·喻老》篇引，作“不见而明”；“弗为而成”，河上公本作“不为而成”。“名”，甲本残缺，乙本原作“名”，汉简本作“命”（汉简本“名”常作“命”），严、河、王、傅、景、范本皆作“名”。高明据马叙伦、蒋锡昌意见，以为“名”当作“明”，此据《喻老》篇及张嗣成本，或可商。帛书原整理者、汉简本整理者、帛书新整理者均以为当从“名”，此于版本依据较多。然“名”“明”义有可通，高明已引《释名·释言语》“名，明也”证之。明则能“名”之，名之则能使其尤“明”也，则此两义实通而正“名”之所以为要也；

然《道经》首章已谓“名可名，非常名”，其更重内在智慧之“明”可知；“弗见而名”者，正因有此内在之“明”也。高明下文引本章语解曰：“‘不出于户，而知天下’，乃‘不行而知’也；‘不窥于牖，而知天道’，即‘不见而明’也。是以圣人知物之性，识物之宗，因势而趋，虽弗为而物自成。”夫“弗为而成”者，乃顺自然也，《老子》已反复言之。

十一、

为【学者日益，闻道者日损，损之又损，以至于无为，无为而无不为】。【圣人之】取天下也，恒【无事；及其有事也，又不足以取天下矣】。

是章帛书甲本仅存数字，乙本亦脱漏数处，楚简本仅存前半部分，汉简本亦有脱漏。因甲本残甚，本章以乙本补之，复以楚简本、汉简本，其仍不足处，据傅奕本及通行本补。严本是章有较大差异，见后校。

楚简本存文作：

“學者日益，爲道者日員（损）；員（损）之或（又）員（损），以至亡（无）爲也。亡（无）爲而亡（无）不爲。”（乙组简3-4）

“为【学者日益，闻道者日损】”，甲本原释文仅释出“为”字，新释文则亦释出“道”字，其余据乙本补，“损”字乙本原作“云”。楚简本作“学者日嗌（益），为道者日员（损）”，汉简本作“为学者日益，为道者日损”。此句世存本多作“为学日益，为道日损”，严、河、王、景本均如是，傅本、范本则保留二“者”字，同帛书（范应元云“傅奕、严遵与古本有‘者’字”，是或亦为范氏所见严本不同于《道藏》现存本之一证）。帛乙“闻”，楚简、汉简、严、河、王、傅、景皆作“为”，此所谓“为道者”，犹体道者也，今本作“为”有据，然帛乙或有其特殊性。今按，有无“者”字意义不同，“闻道”与“为道”亦不同，此保留帛书原貌，不改。

“【损之又损，以至于无为】”，甲本原缺，此据乙本补。乙本、汉简本皆缺末“为”字，据楚简本、傅本补。“损”，乙本原作“云”，通假。“又”，楚简原作“或”，魏启鹏、廖名春以为当通“又”，引《经传释词》卷三：“‘或’，犹‘又’也。”汉简原作“有”，通假。是句王本、河本同，傅本、景龙本、范本则作“损之又损之，以至于无为”，多一“之”字。楚简本句末多一“也”字。

“【无为而无不为】。”甲本原释文此句全缺，新整理本据新缀残片释出前“为”字及“而无不”四字；乙本原释文亦全缺，新释文据衬页反印文及新缀残片释出最末“为也”二字；汉简本此句亦全缺；简帛本中唯楚简本此句全存，作“亡为而亡不为”，“亡”“无”通假，可据补。世存本中，王本、河本作“无为而无不为”，傅本、范本作“无为则无不为”，景龙本作“无为无不为”；诸本唯严遵本与简帛本及世传各本有重大差异，严本是句连上句，作：“损之又损之，至于无为而无以为。”是句高明先生过云以为当补为“无为而无以为”，此与高先生认为老子无“无不为”思想，此思想为战国法家所加有关。过去帛书二本原释文是处皆缺，似无以断之（汉简本此句亦缺）；然郭店楚简此句恰存，正作“亡为而亡不为”，则证作“无为而无不为”亦起源甚早；现在新整理者又据新缀残片释出帛甲本“而无不”等字，则此案已可定，足证楚简《老子》及帛书《老子》均有“无为而无不为”思想，高先生的论断从原始文献上看，不能成立（然严本是处作“无为而无以为”，则高说亦非全无所据）。“无为而无不为”与“无为而无以为”，其中差异，李零以为代表两派道家思想，似最得其解，亦可平靖文本之间矛盾。“而”，或作“则”，二者义可通，亦可有别，学者当善体会之。然不论“无为而无不为”“无为而无以为”，抑或“无为则无不为”，当皆以“无为”为主旨也，盖“无为”则能渐近自然，否则不可也。

“为【学者日益】”，学不厌也；“【闻道者日损】”，知边界也。“【损之又损，以至于无为】”，近自然也；“【无为而无不为】”，明通变也。

综按，楚简、帛书、汉简与傅本、范本，皆多一“者”字，则明“为学者”与“闻道者”（或“为道者”）为两类人，所守亦不同。河上公注：“学谓政教礼乐之学也”“道谓自然之道也”；若仅从为学一路，则“情欲文饰日以益多”，离根本益远，其能知学之边界者，则或亦可由“为学者”跃迁为“闻道者”，譬犹孔子知“天何言哉”前后之别。《论语·里仁》：“子曰：‘朝闻道，夕死可矣。’”岂空言哉。“【损之又损，以至于无为】”，层层破去执着也。下一层之执着，上一层视之譬犹蛇足，故可层层破去，则渐日近自然，无所造作云。“【无为而无不为】”，若能明自然，无执着，则可通方便，于常人视为无路处寻得道路。此道之圆通周转也。夫“可与立，未可与权”（《论语·子罕》），“权”则犹所谓方便者也；《论语·雍也》所谓“能近取譬，可谓仁之方也”，或能得其一端。此圆通灵活、周转不息，高等级思想皆有此，吾国儒道思想皆有与也。然“无为”则可“无不为”，否则为“妄作凶”，此即所谓“差之毫厘，谬以千里”者，不可不辨也。

“【圣人之】取天下也，恒【无事】”，明民性也；“【及其有事也，又不足以取天下矣】”，事繁冗也。事繁冗则失民之性，失民之性则失民之心，失民之心则失天下矣。“取”，河上公注为“治”，则犹治天下也。此无为而治之极理，古学皆讲此，儒道两家皆明之。

是句楚简本无；甲本“圣人之”三字及“恒”字以后缺，据乙本补；乙本原释文“取天下也，恒无事”前缺字，原整理者据傅本补为“将欲”二字，新整理者据衬页反印文及新缀残片，发现应为“圣人之”三字，则甲本是处阙文亦可能为“圣人之”三字。新整理者为谨慎记，甲本此处仍以阙文符号□□表示，此则据乙本新整理本释文补入。乙本原释文“又不”及“下矣”缺，原整理本据傅本补；新整理本则据衬页反印文直接释出。汉简本无“矣”字，“又”作“有”。傅本作：“将欲取天下者，常以无事；及其有事，又不足以取天下矣。”严本、范本近傅本，唯无“又”字。王本、河本、景龙本则均缺“圣人之”等三字及“也”“又”“矣”等虚字，作：“取天下常以无事，及其有事，不足以取天下。”

十二、

【圣人恒无心】，以百【姓】之心为【心】。善者善之，不善者亦善【之，德善也。信者信之，不信者亦信之，德】信也。【圣人】之在天下，翕翕（歙歙）焉，为天下浑心。百姓皆属耳目焉，圣人皆咳（晐）之。

是章帛书甲乙本阙字皆较多，楚简本未见，汉简本存。甲乙本互校，仍有残缺，据汉简本补足，并复以傅奕本，补文通假字径改。

“【圣人恒无心】”，是句甲本不存，据乙本、汉简本补；严、河、王、傅、范本皆作“圣人无常心”；景龙本则作“圣人无心”；按：此当以“恒无心”为是，无心则能应万物。“恒无心”为根本，“无常心”为现象也。“以百【姓】之心为【心】”，“姓”，乙本原作“省”（新整理本识为“眚”，可通“省”），汉简本原作“生”，均当通为“姓”；世存本如王、河、严、傅、景龙本是句均无“之”字，唯范本与简帛本同。“【圣人恒无心】，以百【姓】之心为【心】。”“恒无心”，故无所执着，不自拘于私见，唯以百姓之所思为所思、所求为所求，故能廓然如太虚，无心而包容万物也。

“善者善之，不善者亦善【之，德善也。信者信之，不信者亦信之，德】信也。”“德善也”“德信也”，甲本缺；乙本作“德”处，汉简本皆作“直”。帛书原整理者、高明均以此处当读为“得”；汉简本整理者亦谓“直”读为“得”，当从严、傅本作“得”（景龙本亦作“得”）。按：“德”字古有作“悳”字者，则汉简本此处之“直”字，或为“悳”字脱去下之“心”旁，本字或当为“悳（德）”。王本、河本、范本，则径作“德”。古“德”“得”义通，“德”即“得”也，“德善”“德信”即“得善”“得信”矣，否则为“不得”矣。“悳（德）”字亦有“惪”“㥁”之异写，《说文》：“惪，从直从心”，“外得于人，内得于己也”；“㥁”则为“惪”之“古文”。《六书精蕴》：“直心为惪。生理本直，人行道而有得于心为惪。小篆加彳，取行有所复之义。”《长笺》：“《论语》：‘以直报怨，以惪报惪’，则知直即是惪。”（据《康熙字典》引）按此所谓德，即直心行道也，直心行道而有得之谓德。“德”“得”二义于此通，至其所谓“得”者，则“外得于人，内得于己”也。综上所解，则此句之义，犹谓圣人以百姓之心为心，而能直心行道，则能“得善”“得信”也，此包容无为之至，犹所谓“我无为而民自化，我好静而民自正，我无事而民自富，我无欲而民自朴”，而亦正直心行道之功也。盖此犹澄之化之也，澄之化之日久，则民人自归其本性而朴，变怪莫作，此则德善亦得善，德信亦得信矣；否则，有为法用之无尽，而诈伪易作，变怪百出。夫仁义犹先王之蘧庐，“有为”止可为方便法，终以无为自然为究竟也。或谓此当从“德”字本义解，谓能如此即“德善也”“德信也”，亦为善解。

是二句甲本残缺，原释文仅释出“善者善之，不善者亦善……”数字，新释文亦仅增加“亦信……信也”数字；乙本亦不全，原释文释出部分为“……善也；信者信之，不信者亦信之，德信也”，新释文上句增释出二字，句为“善……德善也”，下句同原释；汉简本此句为：“善者虖亦善之，直善也。信者虖信之，不信者虖亦信之，直信也。”整理者读“虖”为“吾”，释“直”为“得”，说已见上。傅奕本、严遵本此句为：“善者吾善之，不善者吾亦善之，得善矣；信者吾信之，不信者吾亦信之，得信矣。”范应元本“得”作“德”，余同严、傅本。河上公本、王弼本作：“善者吾善之，不善者吾亦善之，德善；信者吾信之，不信者吾亦信之，德信。”景龙碑本“德”作“得”，余同河、王本。

“【圣人】之在天下也，翕翕（歙歙）焉，为天下浑心。”“圣人”，甲本原释文残缺，新释文已补足。“翕翕”，甲本原整理者读为“歙歙”，新整理者读为“愉愉”，是字原字形有心旁，释为“愉愉”当是，然其义则当通为“歙歙”：“愉”为“心热貌”(《集韵》)；“歙”则为“缩鼻也”(《说文》)，引申则为“缩”“收敛”义，又同“翕”。是词乙本作“欲欲”，汉简本作“匧匧”，王本、傅本、范本作“歙歙”，河上公本、景龙本作“怵怵”，严本作“惵惵”，帛书原整理者及高明均谓当以“歙歙”为是，高明采王注，以“歙歙”为“心无所主”，释“浑心”为“无所适莫”。按，“歙”同“翕”，亦常与“翕”为异体，则此诸字本字，或当从“翕”。《周易·系辞上》：“夫坤，其静也翕，其动也辟，是以广生焉。”“翕”与“歙”同有“闭合”“收拢”等义，“翕翕浑心”，犹关闭妄心，“不见可欲，使心不乱”，使天下人心复归淳朴混沌，则“我无为而民自化，我好静而民自正，我无事而民自富，我无欲而民自朴”；又，“翕”有“和”“合洽”义，则亦可言使天下和合，是亦无为自然之效验也。此所大戒者，在察察用其明。夫用其明者，人皆以其明应之，则相与虚与委蛇，莫得其尽；莫若浑浑沌沌，我无为而物自化，我好静而民自正，则皆日归于朴素和合云。且一人之明，终究有限，浑然漠然，天下皆归天真，则共以其明用之矣，如此则无尽也。

“为天下浑心。”乙本残；汉简本、严本句同，唯汉简本缺末字，严本上句末有语气词“乎”字；王、河、景龙本句前无“也”字，句作“为天下浑其心”。傅奕本、范本则整句中均有两语气词“焉”字，傅本作：“圣人之在天下，歙歙焉，为天下浑浑焉。”范本除同他本作“浑心”外，余同傅本。

“百姓皆属耳目焉，圣人皆【晐之】。”甲本“属”，乙本作“注”，汉简本同甲本作“属”，严、河、王、傅、景龙、范本皆同乙本作“注”。“属”“注”音义相同可通，《国语·晋语五》：“若先，则恐国人之属耳目于我也。”韦昭注：“属，犹注也。”按“属”“注”皆可谓集中注意于一点，今犹言“属望”“属意”“注目”之类是也。“晐”，帛书甲本是字残甚，乙本则残缺，此从汉简本补。王、河、景龙本作“孩”，严本作“骇”，傅本、范本作“咳”。帛书甲本是字残甚，原整理者释为“咳”字，当为参据傅本；新整理者则疑原释非是，为谨慎计是字释文从缺；高明从高亨、孙星衍说，以为当作“阂”，谓其义为“闭塞百姓耳目之聪明”，“此老子之愚民政策耳”，云云。今按，高明、高亨之说，均未说明于《老子》原文之文献依据，从其引用看，其说均可溯源至孙星衍，而孙说系为《晏子》而说，非为解《老子》也。《周易》有蒙卦，是卦彖传：“蒙以养正，圣功也”，此所谓“蒙”者，或犹《老子》所谓关闭百姓之耳目，即所谓“不见可欲，使心不乱”“虚其心，实其腹，弱其志，强其骨”之类（见下第四十七章，今本为第三章），然此犹“蒙”以长养之也，时机不到、未发育成熟则不可“击蒙”（蒙卦上九爻辞），非必所谓“愚民政策”也。又，汉简本此字本字可通，且能贯通全章，则此字或当从汉简本作“晐”。“晐”，《说文》：“兼晐也。”徐锴注：“日光兼覆也。”“圣人皆晐之”者，谓圣人皆包容之也，犹上文之“善者善之，不善者亦善之，德善也。信者信之，不信者亦信之，德信也”。下六十八章云“故善【人，善人】之师；不善人，善人之齎（资）也”（今本为第二十七章，首句作“善人，不善人之师”），此“不善人”者，即各种有缺点或偏蔽之一般人也，非即恶人也；当善用其特长和优点，而教育乃至克化其缺点，使之改过迁善，日进于朴，则己亦有所“资”（依靠、凭借也）云。此乃圣人应有之心量和修养，亦为社会道德与和解的基础，圣人所明者，明此也，而亦中西道德相通之处。又，是字王、河本作“孩”，此亦有其理，意谓百姓皆以其耳目聪明属意于圣人，圣人则浑然无私，一体包容，皆视之如子，待之如孩，则固“长之育之”，亦“成之熟之”“养之覆之”（见下十四章，今本为五十一章），会其所宜，无所适莫，其以无心待天下，天下亦无所用其私云。王弼注：“皆使和而无欲，如婴儿也。”河上公注：“圣人爱念百姓如孩婴赤子，长养之而不责望其报。”傅本、范本是字作“咳”，《说文》：“小儿笑也。”“咳”“孩”古通。范注：“百姓皆倾注耳目以观听于上，是以圣人清静无欲，皆使自化，以全其初，而不失其赤子之心。此爱养之至也。”是句汉简本前多一“而”字；严本、河本、王本、傅本、景龙本、范本皆无“焉”字。

十三、

【出】生【入死。生之徒十】有【三，死之】徒十有三，而民生生，動（动）皆之死地之十有三。夫何故也？以亓（其）生生也。盖【闻善】执生者，陵行不【避】矢（兕）虎，入军不被（备）甲兵。矢（兕）无所椯亓（其）角，虎无所昔（措）亓（其）蚤（爪），兵无所容【其刃】。【夫】何故也？以亓（其）无死地焉。

是章帛书甲乙本皆有残缺，乙本阙字较多。楚简本未见。汉简本存，完整。甲乙本互校仍有阙字，据汉简本、傅本补。

“【出】生【入死。生之徒十】有【三，死之】徒十有三，而民生生，動（动）皆之死地之十有三。”“動”，甲本新释文识为“勭”，古同“動（动）”；乙本作“僮”，通

"動（动）"。"而民生生"句，"生生"，汉简本首"生"字作"姓"，整理者以"姓"通"生"，此有据（帛书及世传本均作"生"），论者亦多从其说；生生，一般以为即求生、谋生，此为通解，其义自可通。今按，"姓"又或可通"性"，古"性""生"通，"生生"或亦可解为"性生"，即《解老篇》所云"民之性生，生者固动"也。此本无不善，犹人天生所秉向上之欲望，生物皆有此，《易·系辞下》所谓"天地之大德曰生"，或即通此；然有生则有动，动则有正妄之别，即《庄子·庚桑楚》所言："性之动谓之为，为之伪谓之失。"此亦有毫厘之辨，其结果则有千里之别。夫民性乐生，生进不止而妄动为伪则失其性而"动之死地"也，故下文亦曰"夫何故也？以亓（其）生生也"。此"生生"如作"性生"解，则其进动有正妄之别，故亟宜谨也。是句王本、河本、景龙本作"人之生，动之死地，十有三"，严本首句作"而民生"、范本作"民之生生"，余同；世存本是句皆较简，唯傅本作"而民之生生而动，动皆之死地，亦十有三"，句较繁；《韩非子·解老》篇所引同傅本，故此必有所据也；又傅本是句，亦恰足为"而民生生"句作解也。诸本"民"或作"人"（河、王、景龙），"生生"或仅作"生"（严、河、王、景龙），唯傅本、范本近古本，作"民之生生"。

"十有三"，甲本三处均作"有"；乙本第二处为"又"（新整理本第一处亦识为"又"），第三处复为"有"；严、河、王、傅、景龙、范本则皆作"有"。"有""又"固可通假，而理解有异，高明据王弼注，以为当以"有"为本字，犹"十分有三分"也，而辟《韩非子·解老》篇、河上公注等释作数字"十三"为臆解。按此不可轻从，因《解老》篇为先秦文献，河上公注属黄老系统，皆渊源有自，不可轻忽。《解老》篇存是节之解，亦可见战国时人对此之理解："人始于生，而卒于死。始之谓出，卒之谓入。故曰：'出生入死。'人之身三百六十节，四肢九窍，其大具也。四肢与九窍十有三者，十有三者之动静尽属于生焉。属之谓徒也，故曰：'生之徒也，十有三者。'其至死也，十有三具者皆还而属之于死，死之徒亦有十三。故曰：'生之徒十有三，死之徒十有三。'凡民之生生，而生者固动，动尽则损也；而动不止，是损而不止也。损而不止，则生尽；生尽之谓死，则十有三具者皆为死死地也。故曰：'民之生生而动，动皆之死地之十有三。'"

"夫何故也？以亓（其）生生也。""生生"，世存本皆作"生生之厚"，高明以为"生生"即"表达厚自奉养之义"，不必妄增"之厚"二字。今按，"生生"若作"性生"解，则此句义本自可通，性本无不善，进而动之则有正妄之别，故亦致其结果有异。简帛本前后皆用此词组，正在同义反复中以见其悖谬也。此极平淡之问答，而实惊天动地也。以《老子》本文言，夫大患莫若"有身"，有身则必"生生"，"生生"而动，为而不厌，则必之死地也。此实人生在世之根本悲剧，实难完全避免者也，而若不知节制，求其厚无厌，则祸之必至，岂止倍乎其本原，世传本多加二字而成"生生之厚"，盖为此发也，而似不若古本意思含浑深远。夫民之"生生"也，每熏染于后天欲习，生生之厚无已，则必至泛滥无归，是以《老子》悲之也。他章云“是以圣人为腹不为目”，此正欲转此弊习，故重其实而轻其华也；又云“故去彼取此”，此者本分，彼者淫滥也。河上公注：“言人所以动之死地者，以其求生活之事太厚，违道忤天，妄行失纪。”“其生也，目不妄视，耳不妄听，鼻不妄嗅，口不妄言，舌不妄味，手不妄持，足不妄行，精不妄施。其死也反是。”

“盖【闻善】执生者，陵行不【避】矢（兕）虎，入军不被（备）甲兵。”“执生”，帛书甲乙本同；汉简本“执”作“聂”，通“摄”；世存本皆作“摄”；帛书原整理者谓“执”“摄”音近义通；高明谓音同通假，据订为“摄生”。今按，此亦可从帛书二本原字，不改。“摄生”，犹“摄持其生”，保守之也；“执生”，则从根本上保全执守之也。“陵行”，帛书甲乙本、汉简本同，世存本皆作“陆行”，此以“陵行”为善，高明云“𧰼虎猛兽，当处山陵，不处大陆”，有理。“避”，甲本缺，乙本原作“辟”，通“避”；汉简本作“避”；此据乙本、汉简本补；严本、景龙本作“被”，王本、河本、傅本、范本作“遇”。“矢”，乙本作“𧰼”，为“兕”之异体，存世本皆作“兕”。“兕”，或谓即犀牛之属，或谓“兕”“犀”有别也。《尔雅·释兽》：“兕，似牛”“犀，似猪”（郭注：“似水牛。”）。李零以为“兕一角似牛者应指印度犀，犀两角似猪者应指苏门答腊犀，犀或一角者应指爪哇犀”（《十二生肖中国年·牛年说牛》）。今在中国境内皆绝迹。“被”，《韩非子·解老》引作“备”，或可从，盖此句所言者，已解脱于争竞之心，则亦不为争竞之气所袭，故可“不被”，亦可“不备”也。后世长春真人丘处机西行万里说成吉思汗止杀，犹有此象。“甲兵”，乙本、汉简本作“兵革”，严本、河本、王本、傅本、景龙本、范本则皆同甲本。

“矢（兕）无所椯亓（其）角，虎无所昔（措）亓（其）蚤（爪），兵无所容【其刃】。【夫】何故也？以亓（其）无死地焉。”此为理想境界，或传闻推想之辞，盖亦莫能究知其详，故上句前即曰“盖闻”也。穷究其理，则莫若“以亓（其）无死地焉”。此语良可深玩，犹纯阳之象也，盖缺陷全无，阴气全消云。上已言“而民生生，动皆之死地”云云，此则“无死地焉”。夫“死地”可“无”乎？抑未至者，但可“损之又损”云。“矢（兕）无所椯（投）亓（其）角，虎无所昔（措）亓（其）蚤（爪），兵无所容【其刃】。”乙本句序同，汉简本“虎无所错（措）亓（其）蚤（爪）”句居首，世存本句序同帛书。“椯”，乙本残，汉简本同；帛书原整理者及汉简本整理者均读为“揣”；存世本均作“投”；帛书新整理者以为作“揣”或“投”均费解，而以罗振玉从敦煌己本作“驻”读为“拄”有理。今按：“椯”，《说文》：“箠也。……一曰剟也。”段注：“箠、策、椯一物也”，“端有箴以刺马谓之錣”；“剟”亦有刺义，如“刺剟”（用例见《史记·张耳陈余列传》等）；是则“椯”亦可引申为“刺”义，其本字可通，可不必另改作他读；传本“投”为“掷”义，义亦可通，而似不如简帛本原字解为“刺”准确也。甲本“昔”，乙本缺，汉简本、范本作“错”，严、河、王、傅本作“措”，此当以“措”为是，《说文》“置也”，

《广韵》"举也，投也"；景龙本作"揩"，当误。"蚤"，甲乙本、汉简本同，均当从传本通"爪"。"【夫】何故也？以亓（其）无死地焉。"甲本"夫"字缺，据他本补。乙本原释文仅释出"也以亓无"数字，新释文则释出整句，为："夫何故也？以亓（其）无死地焉也。"汉简本、傅奕本为："夫何故也，以其无死地焉。"河本、王本、景龙本同简帛本而无虚词，为："夫何故？以其无死地。"严遵本为："夫何故哉？以无死地。"范本为："夫何哉？以其无死地。"皆略有小异。

十四、

道生之而德畜之，物刑（形）之而器成之。是以万物尊道而贵【德】。【道】之尊，德之贵也，夫莫之时（爵）而恒自然也。道生之畜之，长之遂之，亭之【毒】之，【养之复之。生而】弗有也，为而弗寺（恃）也，长而勿宰也，此之谓玄德。

此章甲乙本皆有阙字。楚简本未见。汉简本存。甲乙本互校，仍有个别缺字，据汉简本补。

"道生之而德畜之，物刑（形）之而器成之。是以万物尊道而贵【德】。""尊"，原整理释文径释，新释文识为"龏"，为"尊"之异体；乙本、汉简本、存世本并为"尊"。"器"，帛书甲、乙本同；汉简本作"埶"，读为"势"，存世诸本并作"势"；古书常"形""器"连用，高明以为当从帛书作"器"，可从。道为本元，故曰"道生之"；"德"者，得也，为万物由道所得者，有此方可蓄而养之（《说文》："德，升也。"《韵会》："四时旺气也。"），故曰"德畜之"；有道有德，物得而形（eidos），器得而成（enbodiment），"是以万物尊道而贵德"，重其本元而贵其本分也。乙本无首"而"字；汉简本以下前两"而"字并无；严本而外，其他存世五本后句皆多"莫不"两字，作"是以万物莫不尊道而贵德"。句末之"德"字，甲本原释文缺，新释文已径释。

"【道】之尊，德之贵也，夫莫之时（爵）而恒自然也。"甲本"道"字缺，据乙本、汉简本补。帛书甲本"时"，为"爵"之异省；乙本、汉简本作"爵"，严本、傅本、范本同；王本、河本、景龙本作"命"；当以"爵"为是。夫道、德之尊贵，自然也，且恒常如是，非由人为品秩赐封之爵位也。故当尊其所尊而贵其所贵；世俗之尊贵，亦不毁之（圣人法道，空虚不毁万物），而不可成为内在准的。此哲人与俗人所见不同，法道贵德者必明此，百姓则日用之而不知也。汉简本整理者谓："古者授爵必以'命'，'爵命'常连言，故二字可互用。"由"爵"演为"命"，其理由是可见，而歧解亦由此而生。乙本每小句后均有"也"字，作："道之尊也，德之贵也，夫莫之爵也，而恒自然也。"汉简本以下均无"也"字，汉简本句作："道之尊，德之贵，夫莫之爵而恒自然。"世存诸本"恒"作"常"，"爵"或作"命"（见上），其中傅本作"道之尊，德之贵，夫莫之爵而常自然"，河本、王本、景龙本、范本作"道之尊，德之贵，夫莫之命而常自然"；诸本唯严本较简，作："道尊德贵，夫莫之爵而常自然。"

“道生之畜之，长之遂之，亭之【毒】之，【养之复之】。”甲本脱王字，据乙本补。是句帛书两本句前皆无“故”字，汉简本句前则多是字，作“故道生之畜之，长之遂之，亭之孰（熟）之，养之复之”；“道生之”，世存本多作“道生之，德畜之”，王、河、严、傅、景龙本皆如是。各本或有“故”字（河、王、傅、景龙、范），或无（严）；或作“熟”（严、河、景龙），或作“毒”（王、傅、范）；或作“养之覆之”（严、河、王、景龙），或作“盖之覆之”（傅、范），但在“道生之，德蓄之”句型上多一致，如王本作“故道生之，德畜之，长之育之，亭之毒之，养之覆之”，河本作“故道生之，德畜之，长之育之，成之熟之，养之覆之”，严本作“道生之，德畜之，长之育之，成之熟之，养之覆之”，傅本作“故道生之，德畜之，长之育之，亭之毒之，盖之覆之”；诸本唯范本作“故道生之蓄之，长之育之，亭之毒之，盖之覆之”，近帛书本句型；按此当从简帛本作“道生之畜之”云云，否则无法通贯全句，于义不伦。“亭之【毒】之”，“毒”字据乙本补，汉简本作“孰（熟）”，世存本“熟”“毒”各或从之。王弼注谓：“‘亭’为品其形，‘毒’为成其质，各得其庇荫，不伤其体矣”（据楼宇烈校补本）；蒋锡昌则谓，“亭”为定也（《仓颉篇》），“毒”为安也（《广雅·释诂》），则“亭之毒之”犹“定之安之也”。按，“亭”有安定之义，《说文》：“民所安定也”，《释名》：“亭，停也。人所停集”，段注谓此“安定”“停集”者，亦有聚民以备盗贼之义（古者设亭，亭有长，以禁盗贼也）；“毒”则有“治”之义（如《庄子·人间世》：“无门无毒”，郭象注：“毒，亦训‘治’。”），又有“育”之义（后有“亭育”之说，以代“亭毒”）；则此亦犹“安之治之”或“安之育之”之义也；安之治之，则必以道。汉简本、河上公本、严遵本作“亭之孰之”“成之孰之”或“成之熟之”，可与“亭之毒之”并存。河上公注：“道之于万物，非但生之而已，乃复长养、成孰（熟）、覆育，全其性命。人君治国治身，亦当如是也。”“【养之复之】”，甲本近缺，此据乙本补（乙本原释文缺末字，新整理本释文已补入），汉简本同，存世诸本“复”并作“覆”，帛书新旧整理者、高明、汉简本整理者皆读为“覆”，高明以为帛乙“复”即通“覆”；按，此似仍以帛乙、汉简原字作“复”为善，复者，复其根本，复其性命也，非仅覆育庇荫之而已，犹《周易》复卦之象。高氏又谓：“从文义分析，‘长’‘育’而谓体魄，‘亭’‘毒’而谓品质，‘养’‘覆’则谓全其性命耳。”此则有其理。

“【生而】弗有也，为而弗寺（恃）也，长而勿宰也，此之谓玄德。”“勿”，乙本、汉简本作“弗”；存世本“勿”“弗”皆作“不”，无“之”字；“此”，乙本、严本、傅本、景龙本、范本作“是”；汉简本句前有“故”字。夫道生万物，因其根本，顺其性命，皆无为自然，故生而不以为己有，为而不恃以为己功，长养之而不为之主宰，凡物之性命得失、吉凶祸福，虽不离道，而皆自取，故“怨者其谁欤?”圣人法此，其于天下也，亦“生而弗有，为而弗恃，长而弗宰”，无为也而为天下所重。“玄德”，王弼谓：“有德而不知其主也，出乎幽冥，是以谓之元（玄）德也。”夫玄者，远也，远之又远之，众妙之门也,“玄德”者,深远微妙之德,莫知其所自来,亦莫知其所从终,故亦莫得为众所窥也。

草于2017年春

校改于2018年8月、2021年2月

(作者单位:中山大学博雅学院)

北大汉简《儒家说丛》第一章与《晏子春秋》等文献对读拾遗

邬可晶

内容摘要 北京大学藏西汉竹简《儒家说丛》第一章与传世《晏子春秋·内篇杂上》《说苑·敬慎》所载鲁国国君弃国走齐之事相合，但彼此在故事人物、时代以及具体文句上有一些出入，值得深入校读。本文主要讨论了与"譬若秋蓬之美其枝叶而恶其根荄"（以《儒家说丛》本文句称说，下同）、"愚者自慧，不肖考多悔"有关的各本异文，并对清人校勘文献的局限有所议论。

关键词 北大汉简；《儒家说丛》；《晏子春秋》；习语；校勘

《北京大学藏西汉竹书［叁］》所收《儒家说丛》（由整理者命名），整理者据内容和简首所加分章标识分为三章（另有残简一支附于篇末）。各章皆有缺损，其中第一章存文最多（共计4支简），其所记之事与《晏子春秋·内篇杂上》"景公贤鲁昭公去国而自悔晏子谓无及已"章、《说苑·敬慎》"鲁哀侯弃国而走齐"章相合，唯故事人物、时代不同，[①]最引人瞩目。

北大简整理者在释读第一章简文时已很注意跟传世文献的对照。2018年，刘乐贤先生发表《读北大汉简〈儒家说丛〉第一章》（以下简称"刘文"）[②]，对简文和相关传世文献作了更为细致、深入的研究，解决了不少问题，读后获益良多。在本章简文与传世文献的对读方面，我们也有一些不成熟的想法，或可拾遗补阙。因草此文，粗陈鄙见，以就教于方家。

北大简《儒家说丛》简2：

辟（譬）若秋蓬之美其支（枝）叶而恶其根萁也，见时风至而厥（蹷/蹶）矣。

《晏子春秋·内篇杂上》"景公贤鲁昭公去国而自悔晏子谓无及已"章相应之句云：

① 北京大学出土文献研究所编：《北京大学藏西汉竹书［叁］》下册，上海：上海古籍出版社2015年，第199页（图版）、第211页（释文注释）。下引整理者说皆出于此，不另注。

② 刘乐贤：《读北大汉简〈儒家说丛〉第一章》，《古文字论坛》第三辑，上海：中西书局2018年，第407—418页。下引刘文不另注。

譬之犹秋蓬也，孤其根而美枝叶，秋风一至，根且拔矣。

《说苑·敬慎》“鲁哀侯弃国而走齐”章作：

是犹秋蓬恶于根本而美于枝叶，秋风一起，根且拔矣。

此是“弃国走齐”的鲁国国君自省之语。这位鲁君，《晏子春秋》作“鲁昭公”，《说苑》作“鲁哀侯”，但《太平御览》卷九百九十七《百卉部四》“蓬”条下引《晏子》作“鲁哀公”，与《说苑》较近。《晏子春秋》此事发生在齐景公时，后有景公与晏子的对话，对鲁君发表评论（《说苑》行文简短，无齐侯与晏子对话）；北大简《儒家说丛》则为齐桓公与管仲的对话，人物、时代有变，这位“弃国走齐”者就不可能再是鲁昭公或鲁哀侯，且简文有残缺，故不知此君名号。

《儒家说丛》的“根萁”，整理者原读为“根基”，抱小（蔡伟笔名）先生指出“萁”当读为“荄”[①]。刘文同意“根荄”的读法，并有进一步论证。刘文所举《群书治要》卷三十三引《晏子春秋》此句作：

譬之犹秋蓬也，孤其根荄密其枝叶……

是《儒家说丛》“譬若秋蓬之美其枝叶而恶其根萁”的“根萁”当读“根荄”的佳证。此说甚确。

王念孙曾据《群书治要》的引文，认为今本《晏子春秋》“孤其根而美枝叶”当从《治要》所引作“孤其根荄密其枝叶”。他说《治要》引文“‘密’与‘孤’正相对”，《说苑》“恶于根本而美于枝叶”，“美与恶亦相对”，今本《晏子》此句“‘美’与‘孤’不相对，两用《晏子》《说苑》之文，斯两失之矣”。[②]刘文指出，简文与《治要》引文的“根荄”以及《说苑》的“根本”，皆可指植物的根部，“今本《晏子春秋》作‘根’，‘根’虽然也可以用来指植物的根部，但与后面的‘枝叶’不甚对称，故应从《群书治要》引文校作‘根荄’”，从而对王说加以肯定。王氏关于今本《晏子》“孤”“美”非对文的见解，刘文认为虽不能完全证实，但其“思路是合理的，应当得到重视”。

我认为王说似可商榷。由“时风至而蹷矣”或“秋风一至，根且拔矣”可知，其前一句必是说秋蓬之根荄孤浅而枝叶繁茂，借此比喻鲁君“辅拂无一人，谄谀我者甚众”的处境。如以“恶”“美”言秋蓬之根荄、枝叶，则失之浮泛而不切。可以注意的是，古书言草木“美”者，往往实指茂密，如扬雄《太玄·养》“初一”：“藏心于渊，美厥灵根。”范望注：“美，茂也。”[③]《孟子·告子上》：“牛山之木尝美矣，以其郊于大国也，斧斤伐之，可以为美乎？”这里的“美”处在“斧斤伐之”的语境之中，只能是“茂盛”

---

① 抱小：《读〈北京大学藏西汉竹书（叁）〉（一）》，复旦大学出土文献与古文字研究中心网，2015年11月17日。下引抱小说不另出注。

② ［清］王念孙撰，徐炜君、樊波成、虞思征校点：《读书杂志》第三册，上海：上海古籍出版社2014年，第1396—1397页。

③ “美”指土壤时，可以当“肥沃”讲，与指草木时可当“茂密”讲同例。

的意思，而非美丑之“美”。[①]《逸周书·周祝》：“叶之美也解［其］柯，柯之美也离其枝，枝之美也拔其本。”《战国策·秦策三》“范雎至秦”章引“诗曰”：“木实繁者披其枝，披其枝者伤其心。”《韩非子·扬权〈榷〉》：“数披其木，毋使枝大本小，枝大本小，将不胜春风，不胜春风，枝将害心。”语与《周祝》相似。[②]《逸周书》“叶之美”“柯之美”“枝之美”，《战国策》作“木实繁者”，《韩非子》作“枝大”，亦“美”指“繁”“大”之证。所以今本《晏子春秋》“孤其根而美枝叶”的“美”，也应理解为“茂密”，与《群书治要》所引“孤其根荄密其枝叶”的“密”同义（“美”“密”字音亦近），没有必要据《治要》引文来改今本之“美”字（《治要》引作“密”，倒有可能是据文义改的）。

估计先秦秦汉时代的有些人，曾以美恶之“美”误解《晏子》此语茂密义之“美”（王念孙亦有此误解），遂依“美”“恶”成对之例，改“孤”为“恶”，《说苑》和北大简《儒家说丛》便是此种改动的产物。改“孤”“美（茂密义）”对举为“恶”“美”对举，看起来更符合古人行文习惯，语亦可通，但文义却大为逊色。“譬若秋蓬”这类譬喻句，应是当时智识阶层公用的习语（后文《儒家说丛》“辟（譬）如临战乃铸兵，饐（噎）而后凿井”、《晏子春秋》“譬之犹临难而遽铸兵，噎而遽掘井”，类似的话又见于《说苑·杂言》《墨子·公孟》等，[③]即譬语为习语的明证），其在流传、使用过程中出现各种变异，是很正常的事，我们可以根据有关线索探寻其改易之迹。

《说苑·敬慎》此章只存齐侯与鲁哀侯的问答，不见齐侯与晏子的评议，相当于《晏子春秋》这一章的前半截，其文句亦与《晏子》大体相近。颇疑《说苑》此章是从《晏子春秋》截取而来的，所以只取其前半，盖为鲁君自省之语与《说苑》本篇“敬慎”的主题相吻合；后半段晏子批评鲁侯，认为他不足以为“贤君”，“虽速亦无及已”云云，游离于“敬慎”之旨，故不为《说苑》所取。北大简《儒家说丛》此章人物为齐桓公与管仲，而非齐景公与晏子。学者们已指出，齐桓公在位之时，鲁国并无“弃国走齐”的国君，而齐景公在位期间，确有鲁昭公先后逃亡齐、晋二国之事。所以，从史实角度看，应以《晏子春秋》所载人物齐景公、晏子、鲁昭公为其本原，《说苑》作“鲁哀侯”，已有改动；《儒家说丛》更是将晏子言行“讹化”到管子头上。[④]此章人物、文本的变异情况，跟我们讨论的字词层面由《晏子》“孤”“美”对举变为《说苑》《儒家说丛》“恶”“美”或“美”“恶”对举，正可相互印证。

王念孙校改《晏子春秋》“孤其根”之“根”为“根荄”，诚如刘文所说，“确有道理”。

---

① 参看杨伯峻：《孟子译注》，北京：中华书局1960年，第263页。

② 黄怀信、张懋镕、田旭东：《逸周书汇校集注（修订本）》下册，上海：上海古籍出版社2007年，第1060页。

③ 《金楼子·立言篇》《刘子·言苑》又有化用敷衍此二句之文。参看许逸民：《金楼子校笺》，北京：中华书局2011年，第944页。

④ 参看刘娇：《从相关出土文献看〈晏子〉的成书和流传》，《出土文献与古典学重建论集》，上海：中西书局2018年，第68—69页。

不过这里有一个问题似未为人所察觉。如依王说,《晏子春秋》此句似应改作如下之貌(“美”不必改为“密”,从上文说):

孤其根荄而美枝叶。

“而”字连接的前后二小句文例、字数皆不一致,前一小句多一“其”字。《群书治要》引文、北大简《儒家说丛》前后二小句都有“其”字;《说苑》虽改用“于”,但也前后二小句都有。如果认为今本“美”下脱一“其”字,当然很直截;但这就意味着今本《晏子》在短短一句中,前一小句脱去“荄”字,后一小句脱去“其”字,脱夺未免过甚,而且找不出令人信服的致误之由。

我有些怀疑,《晏子春秋》此句本作“孤根荄而美枝叶”,后一小句无误,问题就集中在前一小句。抱小先生读《儒家说丛》的“萁”为“荄”时,已指出“凡从其从亥之字声近而相通”。疑《晏子春秋》前一小句“根荄”之“荄”原写作“其”或“萁”;如作“萁”,也有可能讹脱为“其”。不知“其”或“萁”表“荄”者,自然无法读通“孤根其而美枝叶”,故将“其”“根”互倒而成“孤其根而美枝叶”,以求文句通顺。这就是说,王念孙所校“根荄”之“荄”,在今本中实未脱去,可能就是那个破坏前后二小句文例、字数和谐的多余的“其”字。

《儒家说丛》简3—4记管子批评那位“弃国走齐”之君说:

臣闻之,愚者自慧,不宵(肖)者多悔,惑(引者按:原从“辵”从“或”)者不问其路,弱(溺)者不问其遂也。

《晏子春秋》归为晏子语,其前无“臣闻之”引起:

夫愚者多悔,不肖者自贤,溺者不问坠,迷者不问路。

《群书治要》卷三十三引《晏子》,上举之语唯“坠”作“隧”,余皆同。

王念孙、苏舆指出今本《晏子》“溺者不问坠”的“坠”当作“隧”或“遂”,乃径隧之义。刘文引据《儒家说丛》“溺者不问其遂也”,“说明王念孙、苏舆等人的意见是正确的”。按马王堆帛书《五十二病方》192行、张家山汉简《奏谳书》简61等“坠”写作“遂”,“遂”即后之“隧”字;汉碑西狭颂、熹平石经《论语·子张》等“坠”则写作“隧”,[①]《说文·十四下·𠂤部》以“队”为坠落之“坠”的本字,“隧”似亦可视为“队(坠)”之异体。古书中也有不少以“隧”为“坠”和以“坠”为“隧”的例子。[②]《晏子春秋》“溺者不问遂”的“遂”如有写作“隧”或“遂”之本,按汉代人的阅读习惯,不免会被误读为坠落之“坠”(溺水与“坠”的意思也有点联系)。当然,今本《晏子》的这个“坠”字也有可能是后代抄刻者所改。

我们想着重讨论的是“愚者”“不肖者”二句。俞樾认为今本《晏子春秋》“‘愚者多

① 参看于淼:《汉代隶书异体字表与相关问题研究》上编《汉隶异体字表》,2015年吉林大学博士学位论文(指导教师:吴振武),第649页。

② 高亨、董治安:《古字通假会典》,济南:齐鲁书社1989年,第555、556—557页。

悔'与'不肖者自贤'，两意不伦"。《说苑·杂言》有如下之文：

越石父曰："不肖人，自贤也；愚者，自多也；佞人者，皆莫能相其心口以出之，又谓人勿言也。譬之犹渴而穿井，临难而后铸兵，虽疾从而不及也。"

俞氏引此谓"即本《晏子》之言"，并疑《晏子》之文"本作'愚者自多'，传写夺'自'字，浅人妄补'悔'字耳"。[①]于省吾批评"俞说未照"，他说"下云'溺者不问坠，迷者不问路'，即承'不肖者自贤'而言；'溺而后问坠，迷而后问路，譬之犹临难而遽铸兵，噎而遽掘井，虽速亦无及已'，即承'愚者多悔'而言。两段文义较然"，今本《晏子》无误。[②]刘文认为从《儒家说丛》"愚者自慧，不肖者多悔"来看，俞樾的"猜测显然不对"，"于省吾的理解，似大致可从。比较而言，今本《晏子春秋》这一段文句明显不及简文清晰易懂"。[③]我们基本上赞同刘文的判断，俞樾所改确不可从，[④]但他的"两意不伦"的语感还是值得重视的。所以这两句话的问题恐怕并不简单。

北大简《儒家说丛》"愚者""不肖者""惑者（引者按：《晏子春秋》作'迷者'）""溺者"诸句以"臣闻之"引出，表明这些话都是当时流通甚广的习语，管子（晏子）引而化用，以利其说。王念孙校今本《晏子》"迷者不问坠"时，曾引及《荀子·大略》如下一段：

天下国有俊士，世有贤人。迷者不问路，溺者不问遂，亡人好独。《诗》曰："我言维服，勿用为笑。先民有言，询于刍荛。"言博问也。

此文不但引用了"迷者""溺者"二句，还衍生出"亡人好独"，可证"迷者""溺者"等句确为"言公"之习语。《晏子春秋》《儒家说丛》此章后文"临难而遽铸兵，噎而遽掘井"等譬语，前已指出也见于其他多种文献，[⑤]性质与"愚者""不肖者""迷者""溺者"等句同。《慎子》逸文中也有与此相近的讲"不肖者""愚者"的话：

不肖者，不自谓不肖也，而不肖见于行；虽自谓贤，人犹谓之不肖也。愚者，不自谓愚也，而愚见于言；虽自谓智，人犹谓之愚[也]。[⑥]

更可证实"愚者""不肖者"二句确是习语。此文又见于《鬻子·道符》，[⑦]或以为盖前人

① ［清］俞樾撰，王宝华整理：《诸子平议》第一册，南京：凤凰出版社2020年，第172页。

② 于省吾：《双剑誃诸子新证》，北京：中华书局2009年，第226页。

③ 刘师培《晏子春秋补释》对《晏子春秋》这两句话也有自己的校改，刘文已指出其问题。这里就不涉及了。

④ 王其和《俞樾训诂研究》也认为"愚者多悔"文意甚明，不必改（济南：齐鲁书社2011年，第131—132页）。参看《诸子平议》第一册第172页校勘记［二］。

⑤ "饐/噎""渴"音近（参看刘文第413页所举诸例），"饭窒""口渴"皆可"思饮"。我认为"掘井"一句用"饐/噎"或用"渴"，乃习语流传致异，当分别如字作解，不必通读为一。

⑥ 许富宏：《慎子集校集注》，北京：中华书局2013年，第107页。按"人犹谓之愚"后"也"字据前人校勘意见补。我们的标点与许书有所不同。

⑦ 钟肇鹏：《鬻子校理》，北京：中华书局2010年，第11页。

“盗《鬻子》文而充之”[1]。待考。这里暂且用“《慎子》逸文”指称之。

为了讨论的方便，我们把文献中“愚者”“不肖者”与不同述谓语的搭配情况，用表格的形式列在下面：

	愚者	不肖者
北大简《儒家说丛》	自慧	多悔
《晏子春秋·内篇杂上》	多悔	自贤
《说苑·杂言》	自多	自贤
《慎子》逸文	自智	自贤

“不肖者”，有的文献作“不肖人”，姑以“不肖者”统称；“愚者”“不肖者”语序先后或有不同，此统一处理；为便于比较，我们对《慎子》逸文的表述稍加改动，以求与他文一律。

从上表可以看到，以“自贤”言“不肖者”者占了多数席位。读过古书的人大概不会没有印象，“贤”“不肖”连言或对举，在古书中是相当常见的。“不肖者”即“不材之人”，“不肖者自贤”意谓不材之人却自以为贤才，这种搭配真是再合适不过了。《慎子》逸文愚者“虽自谓智，人犹谓之愚”的“自智”，与北大简《儒家说丛》“愚者自慧”的“自慧”实是一义。古书“愚”“智”对举之例甚夥；“愚”“慧”对举亦不乏其例，如《淮南子·说山》“不小慧，不大愚”，《春秋繁露·必仁且智》“其慧足以惑愚”等。“自多”是“自夸、自以为是”之意，广义地说，与“自智”或“自慧”也可算作一类。如此看来，“愚者自慧/自智/自多”的说法在上举文献中竟也超过了半数。

“多悔”的出现情况更值得推敲。此语只出现在晏子或管子评论“弃国走齐”之君的文本中，与此故事无关的文本（《说苑·杂言》及《慎子》逸文）则不见。在出现了“多悔”的文本里，“多悔”既可以跟“愚者”搭配，又可以跟“不肖者”搭配，显得比较自由；它跟“愚者”和“不肖者”的语义关联度，不如“自慧、自智”与“愚者”“自贤”与“不肖者”那么强。而且，无论是“愚者多悔，不肖者自贤”，还是“愚者自慧，不肖者多悔”，都存在俞樾所指出的“两意不伦”的毛病。下文“溺者不问隧，迷者不问路”“临难而遽铸兵，噎而遽掘井”等习语，就没有这个毛病。

上引于省吾对《晏子春秋》前后脉络的梳理很有道理，不过仔细分析，“溺者不问隧，迷者不问路”其实只扣“自贤”而言，“溺而后问隧，迷而后问路，譬之犹临难而遽铸兵，噎而遽掘井，虽速亦无及已”只扣“多悔”而言。“自慧、自智”与“自贤”义近，所以《儒家说丛》的“自慧”“多悔”仍能与下文扣合，但其前主词与《晏子春秋》对调，

① 许富宏：《慎子集校集注》，北京：中华书局2013年，第108页。

正好说明“自贤”或“自慧”者、“多悔”者是“愚者”抑或“不肖者”，对于“自贤”或“自慧”“多悔”之举来说，是无关紧要的。

根据上述种种现象，我们推测“愚者”“不肖者”这两句习语的最初面貌应是：

愚者自慧（或“自智”），不肖者自贤。

亦即上举文献中占据多数的表达。“愚者自慧（或‘自智’）”与“不肖者自贤”并举，“两意不伦”的问题就得以避免。《慎子》逸文虽只是解析此二语，但其所据之文与我们推测的原貌一致；《说苑·杂言》“愚者”“不肖者”二句亦近于原貌。《儒家说丛》和《晏子春秋》分别保留了一句原貌（《儒家说丛》保留“愚者”一句的原貌，《晏子》保留“不肖者”一句的原貌），另一句则改其述谓语为“多悔”；所以作此改动，乃是为了照应晏子或管子对那位“弃国走齐”的国君多悔而“悔之不及”的评论。上引《说苑·杂言》“越石父曰”，在“不肖人”“愚者”后多出“佞人者”句，想必跟《荀子·大略》多出“亡人好独”一样，也是作者根据立说的需要衍化发挥的，情况与《晏子春秋》《儒家说丛》改作“多悔”相类。《说苑·杂言》所录越石父语虽与《晏子春秋》《儒家说丛》同出一源，但这些话并未融入《晏子春秋》《儒家说丛》那样的故事之中，其总体形态似较原始（故《说苑》归于“杂言”），[①]因此无须配合故事而作“多悔”之类的改写。

现在看来，俞樾改《晏子春秋》的“愚者多悔，不肖者自贤”为“愚者自多，不肖者自贤”，导致前后文义失照，难逃不明援习语入文者必临文点窜之讥；但是，经他改动之后，“愚者”“不肖者”二句却与它们的本来面貌大体相合，所以他所改定的实际上是这两句习语的原貌，而非他想校订的《晏子春秋》之文。这是由于俞氏没有意识到应该区分文本的不同层次，并且不能无条件地把非同一层次的文本用作校改依据的缘故。

写于2021年2月

（作者单位：复旦大学出土文献与古文字研究中心）

① 越石父所说的话，“譬之犹”以下与前文语义似无关联，疑是两段不同来源的话，也许应该标点作：“越石父曰：‘不肖人，自贤也；愚者，自多也；佞人者，皆莫能相其心口以出之，又谓人勿言也。’‘譬之犹渴而穿井，临难而后铸兵，虽疾从而不及也。’”《晏子春秋》《儒家说丛》里晏子或管子的评论，可能是根据这样的两段话敷衍编排而成的。

论《晏子春秋》的礼学思想*

袁　青

内容摘要　《晏子春秋》认为“君强臣弱”是为政之本，而要做到“君强臣弱”，关键在于施行礼治，因为礼是维持社会秩序的关键所在，这一点与儒家尤其是荀子有相通之处。但另一方面，《晏子春秋》“重变古常”，而认为儒家将礼乐过度化了，这根本就是“变古常”，无利于治国安民，故而《晏子春秋》反对儒家的“盛声乐”和“繁礼节”，这一点与《墨子》有相通之处，但《晏子春秋》并不反对礼乐本身，而《墨子》从根本上反对礼乐，这一点又从根本上将《晏子春秋》与《墨子》区别开来。《晏子春秋》还认为“礼”是人区别于禽兽的关键，这一点与儒家有相似之处，突出“礼”之分的功能，更近于荀子，但与墨子相差较远。因此，《晏子春秋》的礼学思想与儒墨二家均有所差别。

关键词　《晏子春秋》；礼学；儒家；墨家

春秋战国时期，君主时常受到来自臣下的威胁，弑君事件时有发生，造成社会秩序的动荡，对此问题诸子都在寻求解决的良方，《晏子春秋》所提出的良方即礼治。本文拟在详细阐述这一问题的基础上，将其与儒墨二家进行比较①，以挖掘《晏子春秋》的独特思想。

一、君强臣弱，政之本也

《晏子春秋·外篇第七·景公问后世孰将践有齐者晏子对以田氏第十五》载：

*　本文系教育部人文社科研究青年基金项目“汉代老学研究”（17YJC720035）和中国人民大学科学研究基金项目（15NXL034）的阶段性成果。

①　之所以要将《晏子春秋》与儒墨二家比较，是因为传统关于《晏子春秋》的学派归属一直存在归属于儒家或墨家的争论，如《汉书·艺文志》认为《晏子春秋》当为儒家著作，而唐代柳宗元则认为其为墨家著作，将《晏子春秋》与儒墨二家相比较，对我们认识《晏子春秋》的学派归属问题也有一定的帮助。此文引用《晏子春秋》，均以吴则虞《晏子春秋集释》原文为依据。

景公与晏子立曲潢之上，望见齐国，问晏子曰："后世孰将践有齐国者乎？"晏子对曰："非贱臣之所敢议也。"公曰："胡必然也？得者无失，则虞、夏常存矣。"晏子对曰："臣闻见足以知之者，智也；先言而后当者，惠也。夫智与惠，君子之事，臣奚足以知之乎！虽然，臣请陈其为政：君强臣弱，政之本也；君唱臣和，教之隆也；刑罚在君，民之纪也。今夫田无宇，二世有功于国，而利取分寡，公室兼之，国权专之，君臣易施，能无衰乎！婴闻之，臣富主亡。由是观之，其无宇之后无几。齐国，田氏之国也？婴老不能待公之事，公若即世，政不在公室。"公曰："然则奈何？"晏子对曰："维礼可以已之。其在礼也，家施不及国，民不懈，货不移，工贾不变，士不滥，官不謟，大夫不收公利。"公曰："善。今知礼之可以为国也。"对曰："礼之可以为国也久矣，与天地并立。君令臣忠，父慈子孝，兄爱弟敬，夫和妻柔，姑慈妇听，礼之经也。君令而不违，臣忠而不二，父慈而教，子孝而箴，兄爱而友，弟敬而顺，夫和而义，妻柔而贞，姑慈而从，妇听而婉，礼之质也。"公曰："善哉！寡人乃今知礼之尚也。"晏子曰："夫礼，先王之所以临天下也，以为其民，是故尚之。"

这段记载又见于《左传》昭公二十六年，但其中并无"君强臣弱、政之本也；君唱臣和，教之隆也；刑罚在君，民之纪也"的话语，可见这句话为《晏子春秋》的作者所增，代表了作者的观点。《晏子春秋》认为君主的权力必须绝对高于臣下，这是政治的根本。《晏子春秋》这段话以春秋战国时期的君主制危机为背景①，由于《晏子春秋》为齐人作品，我们在此着重论述一下春秋战国时期齐国的君主制危机。

据《左传》《史记》等书的记载，齐桓公晚年由于处置失当，其"五公子各树党争立"(《史记·齐太公世家》)，致使其后齐国陷入长达四十余年的诸子争位的混乱局面之中，齐国公室地位逐渐衰落，而一些大夫如公子开方逐渐掌握实权，甚至国君的废立都掌握在其手，最终发展为崔杼、庆封之乱。鲁襄公二十五年（前548），崔杼弑其君齐庄公，齐景公立，以崔杼为右相，庆封为左相，虽然崔杼、庆封很快被消灭，但二人专权时期，政由己出，根本不把作为君主的齐景公放在眼里。鲁襄公二十八年（前545），陈、鲍二氏联合栾、高氏共灭庆氏，"栾、高二氏执政，亦甚专横，二氏互争"②。栾、高二氏势衰后，又出现田氏专齐的局面，至鲁哀公二十七年（前468），齐国最高政权开始落入田氏之手，③之后发生田常弑齐简公之事，最终公元前386年田氏取代姜氏而始为诸侯。《晏子春秋》成书于田齐时期，《晏子春秋》所说的"君强臣弱"正是以这种君主制危机作为背景的。

---

① ［以］尤锐著，孙英刚译：《展望永恒帝国——战国时代的中国政治思想》，上海：上海古籍出版社2013年，第29—35页。

② 童书业：《春秋左传研究》，上海：上海人民出版社1980年，第330页。

③ 童书业：《春秋左传研究》，上海：上海人民出版社1980年，第102页。

上述这段话又强调“刑罚在君”，这是针对田氏夺取齐国政权方法而言的，据《史记·田敬仲完世家》载：“田常言于齐平公曰：‘德施人之所欲，君其行之；刑罚人之所恶，臣请行之。’行之五年，齐国之政皆归田常。”田常用诡计诱骗齐平公，自己掌握刑罚，最终导致齐国之政皆归于其手，《晏子春秋》提出“刑罚在君”的观点，正是吸取了田氏篡夺齐国政权之方法的教训。

由此我们可以看出，《晏子春秋》是维护姜齐政权而反对侵占姜齐政权的田氏的，它从田氏篡夺姜齐政权的事件中意识到“君强臣弱”才是为政之本，又从田氏篡夺姜齐政权的方法中得出“刑罚在君，民之纪也”的教训，当时社会面临强烈的君主制危机，《晏子春秋》要做到“君强臣弱”“刑罚在君”，就需要“以礼已之”，即要大力提倡礼仪来改变“君弱臣强”“刑罚在臣”的局面，只有礼才能拯救当时的君主制危机。究其原因就在于“其在礼也，家施不及国，民不懈，货不移，工贾不变，士不滥，官不謟，大夫不收公利”，以礼治国，社会各个等级都恪守本阶级的职分，这样才能永远维持“君强臣弱”，而不会导致“君臣易施”的局面，故而“君强臣弱，政之本也”，也就是说“以礼治国，政之本也”。因此，《晏子春秋》对礼的作用十分重视，认为“礼与天地并立”，是先王临天下最重要的手段。美国著名汉学家史华慈（Benjamin I. Schwartz）说：“在普世的世界秩序中，等级制、身份与权威等也仍有存在的必要。‘礼’的终极目的是要赋予等级制与权威以人情的魅力，但肯定也意味着要维护并澄清它的基础。”①既然礼要维护等级制和权威，礼相应地就突出王权了，施行礼就能扭转“君弱臣强”的局面，关于礼这方面的作用，史华慈又说：“依靠礼而把它们凝聚到一起的秩序并不只是一种仪式性的秩序，还是地地道道的社会政治秩序，它包括等级制、权威与权力在内。……如果不存在那种普遍王权，以便让有德行的君王能够藉以影响整个社会，单独的礼也就不能最终实现，因而礼必须从各个方面来支持王权的典章制度。”②礼必须从各个方面支持王权的典章制度，而王权的典章制度最重要的就是王权，突出王权，自然就是君强臣弱，自然不会出现臣下侵夺君主的权力的现象。

《晏子春秋》强调“君强臣弱”这种看法在先秦儒墨中也能找到其身影。孔子说：“唯器与名，不可以假人，君之所司也。”（《左传》成公二年）杨伯峻注曰：“器指曲县、繁缨等器物，名指当时爵号。”③“器”与“名”为君主所独操而不可假人，突出了君主在礼制上的权威性，所以孔子强烈批评作为鲁大夫的季氏舞天子专有的八佾（《论语·八佾》），因为这已经挑战了君主的权威性。子路问为政之先，孔子认为必须先“正名”（《论语·子路》），“正名”具体说来就是“君君，臣臣，父父，子子”（《论语·颜渊》），这反映了孔子对君主集权制度的肯定，“正名”也是礼制的要求，与《晏子春秋》的“君

① ［美］史华慈著，程钢译：《古代中国的思想世界》，南京：江苏人民出版社2004年，第69页。

② ［美］史华慈著，程钢译：《古代中国的思想世界》，南京：江苏人民出版社2004年，第69页。

③ 杨伯峻：《春秋左传注》，北京：中华书局1981年，第788页。

强臣弱，政之本也”的论述有异曲同工之妙。孟子说：“民为贵，社稷次之，君为轻。”（《孟子·尽心下》）似乎对君主的权势不是特别看重，但他又引用《尚书》中的话“天降下民，作之君，作之师”（《孟子·梁惠王下》），认为君权天授，如此君权就具有至高无上的地位了，而“欲为君，尽君道”（《孟子·离娄下》），如果不尽君道，如桀、纣等就根本不是君了，而是残贼之人，谓之“一夫”（《孟子·梁惠王下》）。可见孟子从根本上也同意君主的绝对权力，只是他并不特别强调这一点，他所强调的是贵民，如果君主不尽君道，则人民可以推翻他。荀子相对孟子，更为强调君主的绝对权力，他说：“君者，国之隆也；父者，家之隆也。隆一而治，二而乱。自古及今，未有二隆争重而能长久者。”（《荀子·致士》）可见《晏子春秋》“君强臣弱”的命题与先秦儒家尤其是孔子和荀子的思想相通。墨子则提倡“尚同”，要求“天下之百姓皆上同于天子”，做到“天子之所是皆是之，天子之所非皆非之”（《墨子·尚同上》），这种思想“主张绝对的干涉政治，非惟不许人民行动言论之自由，乃并其意念之自由而干涉之”①，而《晏子春秋》只是强调“君强臣弱”，并没有主张君主对臣民的绝对干涉，与《墨子》有所区别。

由此我们可以看出，对于“君强臣弱”这一点诸子都没有异议，所不同的是如何实现“君强臣弱”，《晏子春秋》认为以礼就能达到；孔子和荀子持同样观点；孟子对此虽也同意，但并不特别强调这一点；墨子则主张“天下百姓皆尚同于天子”，主张绝对的政治干涉。《晏子春秋》的观点与孔子和荀子类似，与孟子也没有根本分歧，而与墨子区别开来。

二、重变古常，毋变尔俗

《晏子春秋》认为礼为治之本，只有礼才能改变“君弱臣强”的现状，而礼是具有一定的固定性的，如果礼是变动不居的，那么民众将失去行为的准则，变得无所适从，国家也不能保持稳定。美国汉学家史华慈认为，礼之所以能成为整个规范性社会秩序之黏合剂的原因就在于：“‘礼’的主要内容涉及到人们的行为，在一个结构化的社会之内，人们依据角色、身份、等级以及地位而相互联系在一起。”②礼使得人们依据角色、身份、等级及地位相互联系在一起，就在于它是相对稳定的，故而礼是社会秩序的粘合剂，社会秩序由于礼而变得稳定，从而使得国家能够长治久安。因此，《晏子春秋》又提出“重变古常”（《晏子春秋·内篇杂上第五·景公欲堕东门之堤晏子谓不可变古第七》）的命题，认为古代的制度不能随便加以变更，不仅制度，就是一般的风俗也不能随便变更，所以晏子将死时说：“吾恐死而俗变，谨视尔家，毋变尔俗也。”（《晏子春秋·内篇杂下

① 梁启超：《先秦政治思想史》，北京：东方出版社1996年，第161页。

② ［美］史华慈著，程钢译：《古代中国的思想世界》，南京：江苏人民出版社2004年，第68页。

第六·晏子病将死妻问所欲言云毋变尔俗第二十九》）

“重变古常”中的“古常”不仅包括礼，也包括乐，《晏子春秋》认为乐也不能轻易变动，在景公发出“夫乐，何必夫故哉”的疑问后，晏子回答说：“夫乐亡而礼从之，礼亡而政从之，政亡而国从之。国衰，臣惧君之逆政之行。有歌，纣作北里，幽厉之声，顾夫淫以鄙而偕亡。君奚轻变夫故哉？”（《晏子春秋·内篇谏上第一·景公夜听新乐而不朝晏子谏第六》）需要说明的是，中国古代的“乐”包含了舞，英国著名汉学家葛瑞汉就说：“乐，包括了舞，最初指神圣典礼中的音乐和舞蹈，相应地，礼伴有音乐在类似于精彩表演风格的指挥下徐徐展开。”①《晏子春秋》突出了“乐”的作用，认为乐与礼及政治紧密相关，这一点也为许多学者所注意到，美国汉学家艾瑞克·佛克斯·布林德利（Erica Fox Brindley）就认为早期中国的乐因其与礼和国家紧密相关而特别受到重视。作为前帝国时代六经之一的乐，被当作中原和周代文明特征的一个重要组成部分而受到官方的尊崇。即使在六经作为一种知识类型和学习课程之前，周代的乐也与礼和王权在多方面联系在一起：其一，乐构成了祖先和其他神灵礼节活动中的一个重要组成部分。其二，它可以用《诗》的形式表达出来。其三，它是周代贵族接受教育的六艺之一。②乐与礼及政治息息相关，故而“适当的乐总与一个有秩序、和平的国家联系在一起，而过度的乐总与亡国相关”③，“古乐”与古礼和上古圣贤之治是密不可分的，所以变革“古乐”也就相应地会影响礼制以及政治。

《晏子春秋》虽然“重变古常”，但并非提倡一味墨守成规、不知变通，据《晏子春秋·内篇杂上第五·景公使鲁有事已仲尼以为知礼第二十一》载：

> 晏子使鲁，仲尼命门弟子往观。子贡反，报曰：“孰谓晏子习于礼乎？夫礼曰：‘登阶不历，堂上不趋，授玉不跪。’今晏子皆反此，孰谓晏子习于礼者？”晏子既已有事于鲁君，退见仲尼，仲尼曰：“夫礼，登阶不历，堂上不趋，授玉不跪。夫子反此乎？”晏子曰：“婴闻两楹之间，君臣有位焉，君行其一，臣行其二。君之来遬，是以登阶历、堂上趋，以及位也。君授玉卑，故跪以下之。且吾闻之，大者不逾闲，小者出入可也。”晏子出，仲尼送之以宾客之礼，不计之义，维晏子为能行之。

在这则故事中，晏子能够不囿于传统礼制的规定，根据实际情况对此加以灵活变通，得到孔子的称赞。在其中晏子说：“大者不逾闲，小者出入可也。”孔子的学生子夏

---

① ［英］葛瑞汉著，张海晏译：《论道者——中国古代哲学论辩》，北京：中国社会科学出版社2003年，第13—14页。

② Brindley E F. *Music, Cosmology, and the Politics of Harmony in Early China*. Albany: SUNY Press, 2012, p. 25.

③ Brindley E F. *Music, Cosmology, and the Politics of Harmony in Early China*. Albany: SUNY Press, 2012, p. 31.

也说过类似的话："大德不逾闲，小德出入可也。"（《论语·子张》）不过一个是说礼，一个是说德，从《晏子春秋》"吾闻之"来看，这句话可能是当时的流行用语，苏时学就说："此与《论语》子夏言同，盖古有此语。"[①]"大者不逾闲，小者出入可也"代表了《晏子春秋》关于礼的态度，即在《晏子春秋》看来，礼之大节如君强臣弱等方面不可违背，但礼之小节即不涉及礼之大本等方面可以有所变通，即要把握礼之精神实质。礼之精神实质就在于对君主的尊崇，也就是我们开头所说的"君强臣弱，政之本也"，从更广的范围说也就是有利于治国安民。在上述这则故事中，晏子"登阶历""堂上趋""授玉跪"，其实所体现的都是臣下对君主的尊重，都是围绕着"君强臣弱，政之本也"这个大原则而展开的。《晏子春秋》将礼完全当作政治性的东西，一切礼节都必须遵从"君强臣弱，政之本也"或说有利于治国安民这个大原则，在这个大原则内，一些具体的礼节可以加以适当的变通。

对于无利于"君强臣弱，政之本也"或说治国安民这个大原则的东西，《晏子春秋》都加以批判。据《晏子春秋·外篇第八·仲尼见景公景公欲封之晏子以为不可第一》载：

> 仲尼之齐，见景公，景公说之，欲封之以尔稽，以告晏子。晏子对曰："不可。彼浩裾自顺，不可以教下；好乐缓于民，不可使亲治；立命而建事，不可使守职；厚葬破民贫国，久丧道哀费日，不可使子民；行之难者在内，而傳（当作"儒"）者无其外，故异于服，勉于容，不可以道众而驯百姓。自大贤之灭，周室之卑也，威仪加多，而民行滋薄；声乐繁充，而世德滋衰。今孔丘盛声乐以侈世，饰弦歌鼓舞以聚徒，繁登降之礼，务趋翔之节以观众，博学不可以仪世，劳思不可以补民，兼寿不能殚其教，当年不能究其礼，积财不能赡其乐，繁饰邪术以营世君，盛为声乐以淫愚其民。其道也，不可以示世；其教也，不可以导民。今欲封之，以移齐国之俗，非所以导众存民也。"公曰："善。"于是厚其礼而留其封，敬见不问其道，仲尼乃行。

这段话又见于《墨子·非儒下》和《孔丛子·诘墨》中，初看起来，这段话批评孔子"盛声乐以侈世，饰弦歌鼓舞以聚徒，繁登降之礼，务趋翔之节以观众"，似乎与前面所讲的《晏子春秋》重礼乐的思想是矛盾的，刘向《晏子叙录》就认为这篇"殊不合经术"，而将其归入《外篇》中，[②]但我们仔细考察一下就会发现两者并不矛盾。《晏子春秋》此处批评的是儒家"盛声乐""饰弦歌鼓舞""繁登降之礼""务趋翔之节"，也就是说在《晏子春秋》看来，儒家将礼乐复杂化了，过度讲求繁文缛节而不利于治国安民，儒家这种做法正是"变古常"的体现，《晏子春秋》反对以此"移齐国之俗"，正是"重变古常"思想的体现。《晏子春秋》这种思想与《墨子》有相通之处，郭沫若早就指出："晏

① 吴则虞：《晏子春秋集释》，北京：中华书局1962年，第345页。
② 吴则虞：《晏子春秋集释》，北京：中华书局1962年，第50页。

子反对孔子的说话完全是墨子的理论，《公孟篇》云：‘子墨子谓程子曰：儒之道足以丧天下者四政焉。儒以天为不明，以鬼为不神，天鬼不说，此足以丧天下。又厚葬久丧，重为棺椁，多为衣衾，……此足以丧天下。又弦歌鼓舞，习以声乐，此足以丧天下。又以命为有，……此足以丧天下。’这四政和这儿的傲倨自顺，好乐淫人，立命怠事，崇丧循哀，是完全一致的。”①在反对儒家过度追求声乐以及繁文缛节方面，《晏子春秋》与《墨子》是相通的，但《晏子春秋》并不反对礼乐本身，认为礼乐是维持社会秩序的关键，《晏子春秋》所反对的只是儒家将礼乐过度化了，而《墨子》根本反对礼乐，从这一点上看，《晏子春秋》与《墨子》有根本的不同。

三、人而无礼，胡不遄死

《晏子春秋》不仅阐述了“礼”在政治生活中的作用，它还认为礼使得人区别于禽兽，晏子在劝谏齐景公时说：“力多足以胜其长，勇多足以弑君，而礼不使也。禽兽以力为政，强者犯弱，故日易主，今君去礼，则是禽兽也。群臣以力为政，强者犯弱，而日易主，君将安立矣！凡人之所以贵于禽兽者，以有礼也；故《诗》曰：‘人而无礼，胡不遄死。’礼不可无也。”（《晏子春秋·内篇谏上第一·景公饮酒酣愿诸大夫无为礼晏子谏第二》）禽兽之间“以力为政”，完全遵循弱肉强食的森林法则，故而日易主，而人类所以能区别于禽兽就在于礼，礼使得臣下不能挑战君主的权威，若去礼而像动物界一样以力为政，则君主之位不稳固，天下便会大乱。因而晏子认为礼是民众的行为准则：“夫礼者，民之纪，纪乱则民失，乱纪失民，危道也。”（《晏子春秋·内篇谏下第二·景公为泰吕成将以晏餮晏子谏第十二》）若不以礼治国，民众没有行动的方向，这样便会危及国家的统治，故而可以说礼是维持社会秩序的关键所在。

由于礼是维持社会秩序的关键，故而是否守礼成为判断一国强弱的标准。据《晏子春秋·内篇杂上第五·晋欲攻齐使人往观晏子以礼侍而折其谋第十六》载：

> 晋平公欲伐齐，使范昭往观焉。景公觞之，饮酒酣，范昭曰：“请君之弃罇。”公曰：“酌寡人之罇，进之于客。”范昭已饮，晏子曰：“彻罇，更之。”罇觯具矣，范昭佯醉，不说而起舞，谓太师曰：“能为我调成周之乐乎？吾为子舞之。”太师曰：“冥臣不习。”范昭趋而出。景公谓晏子曰：“晋，大国也，使人来将观吾政，今子怒大国之使者，将奈何？”晏子曰：“夫范昭之为人也，非陋而不知礼也，且欲试吾君臣，故绝之也。”景公谓太师曰：“子何以不为客调成周之乐乎？”太师对曰：“夫成周之乐，天子之乐也，调之，必人主舞之。今范昭人臣，欲舞天子之乐，臣故不为也。”范昭归，以报平公曰：“齐未可伐也。臣欲试其君，而晏子识之；臣欲犯其礼，

① 郭沫若：《十批判书》，北京：东方出版社1996年，第76页。

而太师知之。"仲尼闻之曰:"夫不出于尊俎之间,而知千里之外,其晏子之谓也。可谓折冲矣!而太师其与焉。"

在这则故事中,范昭想要用景公的罇饮酒,为晏子所阻止,又想要舞"成周之乐",太师没有准许他的要求。因为范昭作为人臣,用景公之罇饮酒和舞作为天子之乐的"成周之乐"都是不合乎礼仪的,范昭据此认为齐国不可攻。范昭得出齐国不可攻的结论背后隐藏的前提是:一个国家如果守礼,那么这个国家的人民便会各安其职,社会保持和谐,这样这个国家就是强大的。由此可见礼在治国方面的价值。

《晏子春秋》并非泛论礼在治国方面的作用,它对于日常生活中的礼仪也十分注重,在其中晏子被视为"习礼者",《晏子春秋·内篇谏下第二·景公猎休坐地晏子席而谏第九》载:"景公猎休,坐地而食,晏子后至,左右滅葭而席。公不说,曰:'寡人不席而坐地,二三子莫席,而子独搴草而坐之,何也?'晏子对曰:'臣闻介胄坐陈不席,狱讼不席,尸坐堂不席,三者皆忧也。故不敢以忧侍坐。'公曰:'善。'令人下席曰:'大夫皆席,寡人亦席矣。'"席不席而坐地似乎是无关紧要的事,但晏子认为当时不席而坐并不合乎礼仪,因而坚持席而坐。初看起来,晏子在此似乎有些大题小做,然而正如美国著名哲学家芬格莱特(Herbert Fingarette)所说,礼仪具有神奇的魅力,他解释说:"我所谓的'神奇魅力'(magic),是指一个具体的人通过礼仪(ritual)、姿态(gesture)和咒语(incantation),获得不可思议的力量,自然无为地直接实现他的意志。这种神奇魅力的施行者并不运用诱使神灵附体的策略和方术来作为达到其目的的手段;他也不使用强迫或物理的力量。在那种神奇魅力的施展中,并没有在实用性上经过发展和经过检验的策略。他只是在适宜的礼仪环境中,通过恰当的仪态和言词来希冀他的目标。"①礼仪具有"神奇魅力",在这种不是特别重要的情境下,通过"独搴草而坐之"这种行为,晏子试图提醒景公及诸位大臣时时恪守礼仪。《晏子春秋》还记载了关于晏子恪守礼仪的小事:

景公使晏子于楚,楚王进橘,置削,晏子不剖而并食之。楚王曰:"当去剖。"晏子对曰:"臣闻之,赐人主之前者,瓜桃不削,橘柚不剖。今者万乘之主无教令,臣故不敢剖;不然,臣非不知也。"

这段记载颇类似于《韩非子·外储说左下》所记鲁哀公赐孔子桃与黍,孔子先饭黍而后啖桃而不以黍雪桃之事,无论是晏子"不剖而并食橘"还是孔子"先饭黍而后啖桃",原因都只有一个,那就是这样做符合礼仪。通过礼仪这种"神奇的魅力",民众自发地维护君主的权威,使得社会秩序得以和谐,以此便能实现国家的长治久安。

《晏子春秋》对日常生活中一些琐碎的礼仪都十分注重,那么对于一些重要的礼仪

① [美]赫伯特·芬格莱特著,彭国翔、张华译:《孔子:即凡而圣》,南京:江苏人民出版社2002年,第3页。

如君主继承制就更加重视了。《晏子春秋》坚决反对君主继承制中的废长立少，认为这是乱之本。据《晏子春秋·内篇谏上第一·景公欲废適子阳生而立荼晏子谏第十一》载，齐景公想要废其嫡子阳生而立少子荼，晏子加以反对，并阐述了他的理由："夫以贱匹贵，国之害也；置大立少，乱之本也。夫阳生，生而长，国人戴之，君其勿易！夫服位有等，故贱不陵贵；立子有礼，故孽不乱宗。愿君教荼以礼而勿陷于邪，导之以义而勿湛于利。长少行其道，宗孽得其伦。夫阳生敢毋使荼餍粱肉之味，玩金石之声，而有患乎？废长立少，不可以教下；尊孽卑宗，不可以利所爱。长少无等，宗孽无别，是设贼树奸之本也。"在礼制的顶端就是王权，而君主继承制又是王权的一个重要组成部分，周代礼仪确定了立长立嫡的君主制，如果不遵循这种君主继承制，就必然会出现争位的情况，自然会导致天下大乱。

在先秦诸子中，毫无疑问，儒家最重视礼，孔子重视周礼已为世人所公认，他说："吾从周。"（《论语·八佾》）关于"仁"和"礼"孰为孔子思想的核心虽有争议，但礼在孔子思想中的重要性已不言而喻。孟子突出"仁""义""礼""智"这四心，在其中特别重视仁义，但他对礼也并非不重视，正如梅珍生所说："在孟子那里，他讲'礼'远不及讲'仁''义'突出，但由于他着眼于将礼内化为一种心理原则，因而，他所讲的仁义，也不过是'礼'的别名，在有些地方，甚至仁、义、智、礼、乐这五者均可集合在传统意义的'礼'下。他说：'仁之实，事亲是也；义之实，从兄是也；智之实，知斯二者弗去是也；礼之实，节文斯二者是也；乐之实，乐斯二者。'（《离娄上》）在仁、义、智、礼、乐这五个范畴中，最核心的是仁义，它体现的却是礼的内容：'事亲''从兄'。"①孟子所谓的人禽之辨可能也受到《晏子春秋》的影响，孟子说："人之所以异于禽兽者几希，庶人去之，君子存之。舜明于庶物，察于人伦，由仁义行，非行仁义也。"（《孟子·离娄下》）其中"察于人伦"也即礼，只是孟子强调"由仁义行，非行仁义也"，将舜所掌握的礼内化了，使得礼之本质——仁义"根于心，而所行皆从此出"②，可见孟子可能继承了《晏子春秋》的思想。荀子"集先秦礼论之大成"③，他认为："礼者，人之所履也，失所履，必颠蹶陷溺。所失微而其为乱大者，礼也。礼之于正国家也，如权衡之于轻重也，如绳墨之于曲直也。故人无礼不生，事无礼不成，国家无礼不宁。"（《荀子·大略》）礼不仅是个人行动的准则，而且是治国之本。礼具有如此大的作用，就在于它的"别"或"分"的功能，具体说来就是："贵贱有等，长幼有差，贫富轻重皆有称者也。"（《荀子·礼论》）关于荀子礼论的特点，梁启超说："孔子言礼专主'节'（《论语》所谓不以礼节之亦不可行），荀子言礼专主'分'，荀子以为只需将礼制定，教人各安本

① 梅珍生：《论孟子的礼学思想》，《湖南大学学报（社会科学版）》2003年第2期，第18页。
② ［宋］朱熹：《四书章句集注》，北京：中华书局1983年，第294页。
③ 萧公权：《中国政治思想史》，沈阳：沈阳教育出版社1998年，第98页。

分，则在社会上相处，不至起争夺。”①孔子言礼也不是专主“节”，他所说的“君君，臣臣，父父，子子”（《论语·颜渊》）其实也是强调礼之“分”或“别”的功能，不过相对来说，他更多地是将礼当作一种修养功夫，突出其“节”的一面，而荀子言礼更重视“分”。我们可以看到，《晏子春秋》讲礼对于治国的作用，强调礼可以维持“君强臣弱”的局面，在日常生活中恪守礼制，反对废长立少，如此等等，其实都是突出礼之“分”的功能，而非“节”的功能，《晏子春秋》虽讲节俭，但节俭与礼之节制并非一回事，从这一点说《晏子春秋》更近于荀子。

需要指出的是，虽然“墨子并没有完全否定‘礼’（仪式）的观念”②，但墨子说：“今人固与禽兽、麋鹿、蜚鸟、贞虫异者也。今之禽兽、麋鹿、蜚鸟、贞虫，因其羽毛以为衣裘，因其蹄蚤以为绔屦，因其水草以为饮食。故唯使雄不耕稼树艺，雌亦不纺绩织纴，衣食之财固已具矣。今人与此异者也，赖其力者生，不赖其力者不生。”（《墨子·非乐上》）也就是说，墨子认为人区别于动物在于“力”，这与《晏子春秋》关于人禽之辨在于“礼”有根本的区别。

总之，《晏子春秋》认为“君强臣弱”是为政之本，而要做到“君强臣弱”，关键在于施行礼治，因为礼是维持社会秩序的关键所在，这一点与儒家尤其是荀子有相通之处。但另一方面，《晏子春秋》“重变古常”，认为一切礼乐都必须遵从“君强臣弱，政之本也”或是有利于治国安民这个大原则，在《晏子春秋》看来，儒家将礼乐过度化了，这根本就是“变古常”，无利于治国安民，故而《晏子春秋》反对儒家“盛声乐”和“繁礼节”的做法，这一点与《墨子》有相通之处，但《晏子春秋》并不反对礼乐本身，而《墨子》从根本上反对礼乐，这一点又从根本上将《晏子春秋》与《墨子》区别开来。《晏子春秋》还认为“礼”是人区别于禽兽的关键，这一点与儒家有相似之处，突出“礼”之分的功能，更近于荀子，而墨家认为人禽的根本区别在于“力”，所以与墨家相差较远。因此，《晏子春秋》的礼学思想与儒墨二家均有所差别。

［作者单位：中山大学哲学系（珠海）］

① 梁启超：《先秦政治思想史》，北京：东方出版社1996年，第118页。

② ［美］史华慈著，程钢译：《古代中国的思想世界》，南京：江苏人民出版社2004年，第156页。

阴阳家的形成与五行相胜的系统化*

刘全志

内容摘要 在阴阳家的知识结构中，阴阳、五行是最为核心的知识概念。阴阳家的形成，与阴阳、五行的交融存在密切关系，也与五行相胜的系统化存在直接的关联。在春秋时期，五行相胜学说并未形成完整的链条，还处于各要素之间关联的开拓阶段。进入战国时期，墨家、兵家的"五行毋常胜"无论从内涵还是外延均不是阴阳家所说的五行相胜，但他们讨论的内容为五行相胜的系统化准备了相应的知识资源。除了逐渐积聚的五行相胜，阴阳家五德终始理论的形成还与远古时期天文历法的转化密切相关。《汉志》"诸子略"之阴阳家与"兵书略"之兵阴阳家存在着互动的关联，他们与"数术略"的相关文本一起建构着阴阳家的知识体系和文献流布。

关键词 阴阳家；五行相胜；系统化；知识来源

阴阳家是战国中后期十分活跃的思想流派①，以致在秦汉时期，其学派的许多主张不但通过政治权力付诸实践，而且也直接被汉代知识界所继承和阐释。阴阳家在汲取战国时期共同知识的基础上②，又表现出异于其他学派的独特性，而这种独特性的形成显然又与其核心的知识结构密切相关。

在《汉书·艺文志》中，直接标为阴阳家的文献众多，据梁启超的统计，仅算"诸子略阴阳家""兵书略阴阳家""数术略五行家"，"为书一千三百余篇，对于《艺文志》总数万三千二百六十九卷，已占十分之一而强。其实细审全志目录，揣度其与此等书同性

* 本文系贵州省哲学社会科学规划国学单列课题"战国时期六经文本的衍生与定型研究"（17GZGX25），国家社科基金项目"先秦两汉话语中五帝形象的衍生与相关文献的形成研究"（17BZW082）的成果。

① 战国时期也许并没有"阴阳家"的称谓，"阴阳家"的名称迟至西汉时期才出现，但是与之相关的知识体系显然在战国时期已经形成，这也是西汉之时得以命名的原因和前提。正如顾颉刚所说"其成为系统的学说始自战国"，至汉代成为这种学说的全盛时代（顾颉刚：《秦汉的方士与儒生》，北京：北京出版社2016年，第16页）。因此，为方便起见，仍使用"阴阳家"来称谓努力建构这一知识体系的士人群体。

② 李锐认为"诸子所学，大体有古来的数术知识（如阴阳五行之类）、一般性的经典（如六艺、老子之类）、本学派经典，乃至小宗派（如儒家八派内部）的经典"。以战国实情而言，这些学习内容已涉及许多学派价值理念的内容，按一般士人的知识结构而言，其所通习的基本知识应包括"六艺"（或曰"经典"，指文本化的"六经"）、历史知识和言语文字技能。参考李锐：《先秦诸子百家争鸣综说》，《江海学刊》2020年第3期。

质者，恐占四分之一乃至三分之一”。[1]以浸染阴阳五行的色彩而言，梁启超的统计显然是合理的。客观来看，从先秦至两汉社会，阴阳家的文本远不止《汉书·艺文志》所载录的这些，如汲冢竹书的《大历》、马王堆帛书的《阴阳五行》乙篇、《刑德》诸篇等[2]，都是以出土文献的形式展现于世人面前。这些信息说明，阴阳家文本在战国秦汉社会早已在文献丰富性的基础上呈现出体系化、整体化的趋势，只是由于大量文献的失传，后人难以窥见其原貌。但我们如果从知识、文本、经典文献互动的角度来加以考察的话[3]，仍然能从相关传世文献与出土文献的信息中勾勒出阴阳家形成和知识衍生的基本过程。

一、阴阳家知识结构的核心要素

对于阴阳家的知识特征与来源，班固在《汉书·艺文志》“诸子略”中说：

> 阴阳家者流，盖出于羲和之官，敬顺昊天，历象日月星辰，敬授民时，此其所长也。及拘者为之，则牵于禁忌，泥于小数，舍人事而任鬼神。[4]

这是在强调阴阳家知识内容的来源，而且集中于上古时期的天官。汉人对于阴阳家的这种知识追溯显然是有道理的，但仅仅把阴阳家的知识结构限定于“敬顺昊天，历象日月星辰，敬授民时”是不够的。所以，我们要想明确阴阳家的知识结构，还必须关注《汉书·艺文志》“数术略”中的天文、历谱、五行三大类文献的知识特点。也就是说，无论在汉代还是在战国时期，阴阳家的知识结构往往以天文、历谱、五行为知识背景。

对于《汉书·艺文志》“诸子略”之阴阳家与“数术略”之天文、历谱、五行之间的关系，当代学界在关注两者关联的同时，也表达了诸多困惑，如台湾学者邝芷人说，产生此种现象可有三种解释：第一，诸子之言既重于社会政教，自然有疏于其他专门的知识；第二，天文及历法家根本就未曾与阴阳家相混；第三，天文、历法（谱）者及五行者皆为阴阳家。在这三种解释中，邝芷人认为“第三种情形可能性最大”[5]。与邝芷人相比，李零更倾向于第一种解释，他说“关键在于阴阳家是以人类书，多有题名作者，五行类没有，只是技术书”[6]。两位学者讨论得较为深入，同时更能启发深思：也许以《汉

---

① 梁启超：《阴阳五行说之来历》，顾颉刚编著：《古史辨》第五册下，上海：上海古籍出版社1982年，第353—358页。

② 李锐认为银雀山汉简《曹氏阴阳》、虎溪山汉简《阎氏五胜》也为先秦古书（李锐：《先秦诸子百家争鸣综说》，《江海学刊》2020年第3期），如此，先秦时期属于阴阳家的文本将更为丰富。

③ 这里的文献与文本都是指文字性知识体系，而两者的区别主要表现在：前者凸显知识系统的稳定性，其名称往往以后世的立场加以称谓；后者强调知识系统的建构过程，突出变动性，往往以同时代的立场加以称谓。

④ ［汉］班固：《汉书》，北京：中华书局1962年，第1734—1735页。

⑤ 邝芷人：《阴阳五行及其体系》，北京：文津出版社1998年，第42页。

⑥ 李零：《兰台万卷》，北京：生活·读书·新知三联书店2011年，第98页。

书·艺文志》为代表的汉代知识界，的确存在将思想观念与专门技术加以区分的意识，但从班固所列书籍以及评述中，无疑能够清晰地看出阴阳家与天文、历法、五行类书籍的交叉和融合。所以，我们要分析、追寻阴阳家的知识结构以及形成过程，必须同时关注“诸子略”与“数术略”所呈现出的共同信息。

总的来说，在《汉书·艺文志》中，无论是“阴阳家”所列书籍，还是天文、历谱、五行类所列书籍，都是阴阳家思想观念与专门技术知识互动的结晶：阴阳家依据相关的专门知识提炼出系统的思想观念，随之这种系统化的思想观念又影响了专门的技术知识。这种互动的情形，我们可以从班固对“五行者”的评述中看出，他说：“五行之序乱，五星之变作，皆出于律历之数而分为一者也。其法亦起五德终始，推其极则无不至。”(《汉书·艺文志》)其实，班固的这一评述固然符合汉代图书以及知识分类的情况，但是如果要追溯阴阳家的思想体系以及形成过程，显然必须突破反映汉代图书与知识分类的《汉书·艺文志》所限定的文献及知识分类范围。

《汉书·艺文志》的知识观念可追溯至刘歆、刘向，而生活于他们之前的司马谈在提到阴阳家时，这样描述：

> 夫阴阳四时、八位、十二度、二十四节各有教令，顺之者昌，逆之者不死则亡。未必然也，故曰“使人拘而多畏”。夫春生夏长，秋收冬藏，此天道之大经也，弗顺则无以为天下纲纪，故曰“四时之大顺，不可失也”。①

与班固相比，自认为承自先人、世守史职的司马谈，对于天文历法知识应该比班固更为熟稔，因为对他而言，传承和阐释属于史官职责范围的天文历法知识，不仅是他的责任，更是一种世承祖业的表现，尽管这种追溯并非客观事实。②所以，相对于班固概括地评述阴阳家的知识出于天文历法，司马谈更为具体地点出了阴阳家知识结构的关键词。司马谈所说的“阴阳四时、八位、十二度、二十四节”，无疑都是对阴阳家知识结构关键词的叙述。李若晖认为从阴阳四时到二十四节，存在着数的演算，“由此，阴阳家经由数的演算达致了绝对的必然性”，即构成“以道生阴阳，阴阳生四时，四时生八位、生十二度，八位或十二度生二十四节”的秩序。③但在这里，阴阳家知识结构的关键词还仅限于天文自然方面，也许司马谈只是为了强调阴阳家“四时之大顺”的知识依据④，所以对于阴阳家的知识并未罗列全面。着眼于战国至秦汉时期，阴阳家知识结构的关键词至少还包括五行。

---

① ［汉］司马迁：《史记》，北京：中华书局2014年，第3995页。

② 参见过常宝：《世系和统系的构建及其意义——〈史记·太史公自序〉相关内容解读》，《中国人民大学学报》2019年第2期。

③ 李若晖：《循必然以窥天道——试析阴阳家理论的逻辑结构》，《哲学研究》2016年第2期，第48—53页。

④ 如李若晖指出此处的关键词为“顺”，而“顺”的基本意涵为依从、遵循。参见李若晖：《循必然以窥天道——试析阴阳家理论的逻辑结构》，《哲学研究》2016年第2期。

当然，对于阴阳家来说，这些关键词并不是处于同一层级的：相对于“四时、八位、十二度、二十四节”，阴阳家的知识结构更强调“阴阳”“五行”这两个术语对其他关键词的统摄关系。而这种话语体系之中的统摄关系，正是阴阳家与诸如“天文者”“历谱者”等一般数术家的重要区别：阴阳家话语体系之中的统摄关系和系统性，显然要高于只掌握天文星象或仅以此制定历法者。与“数术略”之“五行者”相比，阴阳家不但突出天文星象的重要地位，而且更加强调阴阳五行之于客观世界以及人类社会变迁循环的决定性意义。于此，我们要探讨阴阳家的形成，不但需要关注阴阳与五行观念交融的过程，更需要关注五行相胜理论的衍生和系统化。①

二、五行相胜的细目与系统化

五德终始学说得以成立的理论依据是五行相胜学说，但这一学说在春秋时期并未形成一个完整的系统，而是表现为比较分散的具体细目。在这些细目之中，火胜水的知识观念出现最早，也最为成熟。《左传》昭公二十四年：

> 夏五月乙未朔，日有食之。梓慎曰：“将水。”昭子曰：“旱也。日过分而阳犹不克，克必甚，能无旱乎？阳不克莫，将积聚也。”②

梓慎之所以判断为“将水”，是因为发生了日食，即代表着阳气的太阳隐而不彰。而昭子预言将旱，其依据是时节已过了春分，阳气应该慢慢强盛，但发生日食说明阳气仍然在积聚状态，而阳气一旦力量大增，必然引起旱灾。梓慎和昭子的结论虽然不同，但他们推衍的根据都是代表阴气的水与代表阳气的旱之间盛弱消长的较量。这当然可归结为阴阳之间的对抗，但水、旱的区分又自然而然地联系到水火之间的此消彼长。

相似的记载，还见于《左传》昭公二十一年梓慎与鲁昭公的问对：

> 秋七月壬午朔，日有食之。公问于梓慎曰：“是何物也，祸福何为？”对曰：“二至二分，日有食之，不为灾。日月之行也，分，同道也；至，相过也。其他月则为灾，阳不克也，故常为水。”③

其中的“阳不克也，故常为水”，阳气弱，而水气胜。如果说这两则记载表现水、火之间的对抗还比较模糊的话，那么《左传》哀公九年“水胜火”的记载则已十分明晰了。此事缘于赵简子占卜是否出兵救郑，所得的兆辞是“水适火”，赵简子不知所云，于是让史龟、史墨、史赵依次加以解释：

> 史龟曰：“是谓沈阳，可以兴兵。利以伐姜，不利子商。伐齐则可，敌宋不

① 阴阳家的使用“五行相胜”解释历史变迁，集中于秦汉时期，而到了王莽执政的西汉晚期，开始使用五行相生来解释历史的变迁，这一思维模式经东汉魏晋的沉淀，成为古代社会解释王朝更替的主流理论。

② ［清］阮元校刻：《十三经注疏》，北京：中华书局1980年，第2106页。

③ ［清］阮元校刻：《十三经注疏》，北京：中华书局1980年，第2106页。

吉。”史墨曰：“盈，水名也。子，水位也。名位敌，不可干也。炎帝为火师，姜姓其后也。水胜火，伐姜则可。”史赵曰：“是谓如川之满，不可游也。郑方有罪，不可救也。救郑则不吉，不知其他。”①

史龟所言“沈阳”，杜预注云“火阳得水”，即阳为火，沈为水，就是兆辞“水适火”之义。史龟的这一解读脉络，正与梓慎、昭子观念相一致：阳为火，水火相反相胜。从衍生序列来看，史龟的观念正如哀公在昭公之后一样，处于梓慎、昭子之后。其中“不利子商”，王念孙认为是“不利予商”，“予”通“与”，与“敌宋”之敌同义。②

在这里，需要重点关注史墨的言辞，与史龟相比，史墨的解释更为细致，不仅包括“敌宋不吉”的原因，更说明了“伐齐则可”的根据。这种现象，很让人怀疑史墨之言似乎是史龟占辞的注释。具体到推衍的过程，史墨的思维逻辑如下：赵简子为嬴姓，嬴、盈同音，盈为水，所以赵简子为“水名”；宋为子姓，子属水，水水相等，不可攻伐；而“水胜火”，炎帝以火纪，是姜姓的祖先，而齐国是其后，所以齐国属火，水火相争则水胜，故利于伐齐。在言语之中，史墨主要从三个国家的姓氏入手，来判断他们的五行属性，而在这一表象之下，三方属性的确定又各有根据：赵简子一方，是通过嬴与盈的同音，确定为“水名”；宋国一方，一般认为是通过子在十二地支之位，确定为“水”；齐国一方，通过姜姓祖先炎帝“为火师”，来追认为“火”的属性。三方通过三个途径来确定他们的属性，史墨的思维逻辑着实复杂。

考虑到《左传》文本形成过程的复杂性，史墨的言辞也免不了后世润色加工的因素。特别是“子，水位也”，杜预认为是“子姓又得北方水位”，其依据显然是后世的五行方位理论，但子姓如何得北方水位并没有得到解释。结合史墨与史龟言辞一一对应的现象，史墨之言也许正是战国卜筮之官对史龟言辞的注释和演绎。尽管史墨言辞形成的时间值得怀疑，但他对史龟“伐齐则可”的解读，无疑具有文献的依据——“炎帝为火师，姜姓其后也”，《左传》昭公十七年郯子已明言“炎帝氏以火纪，故为火师而火名”。这一文本依据说明，由“水适火”的兆辞得出“水胜火”的过程，至少存在着与之直接相关的知识资源。退一步说，也许“水胜火”的提出时间较晚，但由前述梓慎、昭子、史龟的言辞事例可以证明，水火相反相胜的知识观念应该早已产生。这一点也同样反映在《尚书·洪范》中，《尚书·洪范》的作者在谈到“初一曰五行”时说：“水曰润下，火曰炎上，木曰曲直，金曰从革，土爰稼穑。润下作咸，炎上作苦，曲直作酸，从革作辛，稼穑作甘。”其中“水曰润下，火曰炎上”，一润一炎、一上一下很能折射出两者相反相胜的意味，虽然这一点从作者对木、金、土的描述中还不能清晰地看出来。

除了“水胜火”，现存的春秋文献还存在着“火胜金”的说法。《左传》昭公三十一

① ［清］阮元校刻：《十三经注疏》，北京：中华书局1980年，第2165页。

② ［清］王引之：《经义述闻》卷十八，北京：商务印书馆1936年，第714页。

年记载赵简子请史墨占梦，史墨说："六年及此月也，吴其入郢乎，终亦弗克。入郢必以庚辰，日月在辰尾。庚午之日，日始有谪，火胜金，故弗克。"其中"火胜金"之火，杜预认为是指"庚午"之午，指南方，即楚国之位；"火胜金"之金指"庚午"之庚，即代表着吴国。随后，杜预又联系到"金为火妃，食在辛亥，亥，水也。水数六，故六年也"。[①]客观来看，且不说杜预如此解释是否准确，只从他回环曲折的关联中，我们就会发现史墨的言辞着实让杜预产生了一番较为曲折的探索。其实，除了吴楚之战的时间、结果，史墨言说吴楚之战的行为，本身就成问题：赵简子向史墨询问的是，日食与自己梦境之间的关系，即他想知道是否对自己或晋国有灾害。但史墨却答非所问，预测远在南方的吴楚两国之间的征战，而且这种征战也不是发生在当年，而是发生在六年之后。显然，史墨的言辞并不能解除赵简子的困惑，如果此次对话真的发生在赵简子与史墨之间，那么史墨的回答无疑又增添了赵简子新的困惑和疑问，于是对话也不会像《左传》现在的文本那样结束。赵简子与史墨之间问对的错位，说明这一段文字并非是历史的实录，而是战国时人结合吴楚之战的时间和结果，捏合进了赵简子与史墨的问对。

当然，更为明显的漏洞还是"火胜金"，史墨地处北方，指称吴楚之地均应是南方，所以杜预通过"庚午"之午来分配火属于楚国，是有问题的。即使如杜预所言，那么"庚午"之庚代表着金，为什么指吴国呢，难道是因为它处于楚国的东南方？而东南方显然又不是金所处的方位。另外，"日始有谪"与"火胜金"之间的关联，也让人困惑：太阳代表着火，太阳有了灾异，火的力量弱小，如何又能"火胜金"呢？如果太阳代表着刚，刚又指代吴国，那么"日始有谪"与"火胜金"倒是能够联系起来，但这种推衍不仅与"火胜金"一般的指代和含义存在着明显的区别，而且与前述梓慎、昭子、史龟等人对"阳"的相同解读存在矛盾。简而言之，这段文字应是卜筮之书的掺入，并非春秋鲁昭公时代的知识观念。

同样的例子还见于《左传》昭公九年：

> 夏四月，陈灾。郑裨灶曰："五年陈将复封，封五十二年而遂亡。"子产问其故，对曰："陈，水属也，火，水妃也，而楚所相也。今火出而火陈，逐楚而建陈也。妃以五成，故曰五年。岁五及鹑火，而后陈卒亡，楚克有之，天之道也，故曰五十二年。"[②]

这段文字是裨灶与子产之间的问对，重在呈现裨灶预测陈国的命运：前一年陈国被楚国灭掉了，现在陈地又发生了火灾，是人为还是天灾，问对内容并没有透露。而裨灶言说的是五年之后陈国的"复封"和五十二年之后陈国的最终灭亡。在这里，"陈灾"与裨灶的言辞存在缝隙：陈地已属楚国，楚国大夫穿封戌为县公，昭公九年春天楚王在陈地大会

① ［清］阮元校刻：《十三经注疏》，北京：中华书局1980年，第2127页。
② ［清］阮元校刻：《十三经注疏》，北京：中华书局1980年，第2057页。

诸侯，而且对陈许之地的人群、土地都做了调整，几个月后，陈地发生了火灾，其中的原因应是人为因素大于天灾，而对此裨灶并不关心，他在言辞中透出的信息主要是年数的推衍。其中陈、楚分属水、火，也许比较合理，但“妃以五成，故曰五年”“岁五及鹑火，而后陈卒亡，楚克有之”“故曰五十二年”的推衍，显然颇费周折。

《汉书·五行志》对于其中的关节做出了解释①，但从其推衍、关联的过程可以看出，不但“岁五及鹑火”需要联系岁星在大梁，即使“妃以五成”之五年也需岁星至大梁才能解释清楚。如此复杂的数术推衍和星空分野，足可说明裨灶的言辞如同前述史墨的言辞一样，是战国时期卜筮之文的掺入。其实，对于陈属水，也是存在问题的：《左传》昭公十七年梓慎说陈是太皞之虚，为“火房”，所以大火星出现将有火灾，以此看来陈属火，而非水。对于《左传》中类似的预言，刘子立依据《晋书·束皙传》记载的汲冢竹书有“《师春》一篇，书《左传》诸卜筮，‘师春’似是造书者姓名也”②，认为一些神秘预言“可能出自当时流传的卜筮、杂占一类的术数类专书”③。于此来看，以上两则有关五行推衍的预言，其形成时间应晚于《左传》文本记录的时间，以《师春》之书形成于战国魏襄王之世判断，以上两则预言应出现于战国中前期。

结合前述对水、旱、“水适火”观念的分析，我们可以判定在春秋时期，知识阶层虽然已经十分熟悉五行的内容，但对于五行相反相胜的理论还处于开拓阶段。以其后的五行相胜学说来看，春秋时期已存在“水胜火”的知识观念，即使算上《左传》昭公三十一年的“火胜金”，五行相克相胜的体系也无法与战国时期相比。

更为重要的是，无论是“水胜火”还是“火胜金”，都没有与方位相关联。这些缺憾和断裂，到了战国时期，也许正需要那些诸如假托史墨、裨灶言辞的人或者像汲冢竹书之“师春者”，进一步运用战国时期所面对的知识资源加以拓展和完善了。

谈到五行相胜，经常被学界引用的是《墨子》和《孙子兵法》，《墨子·经下》云“五行毋常胜，说在宜”，《经说下》又说：“五：金、水、土、木、火、离。然火烁金，火多也。金靡炭，金多也。金之府水，火离木。若识麋与鱼之数，唯所利。”对于其中的“离”，谭戒甫认为“金水土木火五者皆彼此相附丽，并非相生，故曰金水土木火离。何

---

① 《汉书·五行志》：“说曰：颛顼以水王，陈其族也。今兹岁在星纪，后五年在大梁。大梁，昴也。金为水宗，得其宗而昌，故曰‘五年陈将复封’。楚之先为火正，故曰‘楚所相也’。天以一生水，地以二生火，天以三生木，地以四生金，天以五生土。五位皆以五而合，而阴阳易位，故曰‘妃以五成’。然则水之大数六，火七，木八，金九，土十。故水以天一为火二牡，木以天三为土十牡，土以天五为水六牡，火以天上为金四牡，金以天九为木八牡。阳奇为牡，阴耦为妃。故曰‘水，火之牡也；火，水妃也’。于《易》，《坎》为水，为中男，《离》为火，为中女，盖取诸此也。自大梁四岁而及鹑火，四周四十八岁，凡五及鹑火，五十二年而陈卒亡。火盛水衰，故曰‘天之道也’。哀公十七年七月己卯，楚灭陈。”（［汉］班固：《汉书》，北京：中华书局1962年，第1328页）。

② ［唐］房玄龄等：《晋书》，北京：中华书局1974年，第1433页。

③ 刘子立：《〈左传〉神秘预言及其文献来源》，《四川理工学院学报（社会科学版）》2011年第1期，第118页。

以故？以水聚藏于金而火附丽于木故耳”。[①]其实，无论是“附丽”还是“所利”，都具有相生的意义，至少要比《尚书·洪范》所说“初一曰五行……”以及《左传》文公七年所说“水、火、金、木、土、谷，谓之六府”，意义要丰富得多。正如许多学者所指出的那样，五行相生的知识观念形成甚早[②]。《国语·郑语》记载史伯论述“夫和实生物，同则不继。以他平他谓之和，故能丰长而物归之。若以同裨同，尽乃弃矣”，则借用“土与金木水火杂，以成百物”来说明。史伯的五行相生描述，虽然稍显朴拙，但已开启了五行相生系统化的过程。史伯的这一例证，无疑说明五行相生已走上衍生、壮大的旅途。所以，以此来看，《墨子·经说下》作者的知识背景，本身就有五行相生的内容，这一点也是墨家学者能够反驳五行相生的前提。另外，也许《经说下》的作者是在运用“金之府水，火离木”来反驳盛行的“金生水、木生火”的说法，但同时这句话也能证明“金生水，木生火”，这应该是《经说下》的作者所始料不及的。

当然，与五行相生相比，《墨子》对“五行毋常胜”的分析更值得重视。从《经说下》所举“然火烁金，火多也。金靡炭，金多也”可以看出，墨家对“五行毋常胜”的理解还较为表象，因为在墨家看来，无论是火克金还是金克火，都是由量决定的，而不是决定于金、火的性质。于此，墨家的“五行毋常胜”便是量的对抗，而非质的较量。同时，墨家的“五行毋常胜”并不是循环往复的，而是交互作用的：火对金，金对火，而非火克金、金克木、木克土的循环往复过程。墨家的这一认识，与春秋时期的知识观念非常相似，如前述昭子之所以预言将旱，其依据就是代表着火的阳气虽然一时弱小，但当积聚一定力量的时候，必然战胜水。如此的推理逻辑也见于《左传》昭公十七年：有彗星扫过大火星，向西到达银河，梓慎预言宋、陈、郑、卫四国在大火星再次出现时将发生火灾，其中火灾发生在卫国的根据是“汉，水祥也。卫，颛顼之虚也，故为帝丘，其星为大水，水，火之牡也”，而发生火灾的日期“其以丙子若壬午作乎！水火所以合也。若火入而伏，必以壬午，不过其见之月”。其中的言辞是否在同一时间形成也许还需要细致梳理，但他将卫地定义为颛顼之虚，代表着水，“水火所以合”但火胜，原因即如杜预所说“水少而火多，故水不胜火”[③]。以水火量的多少来判定胜负，其思维脉络如同《经说下》。所以，相对于战国中后期的五行相胜理论的系统化、完整性，《墨子》的“五行毋常胜”无论从内涵还是结构上，都具有不完整、不严谨、非系统性的特点，而且重在强调五行之物的量。

至于《孙子兵法·虚实》所说“故兵无常势，水无常形，能因敌变化而取胜者，谓

① 原文及释读皆采谭戒甫说。见谭戒甫：《墨辩发微》，北京：中华书局1964年，第291—293页。

② 杨向奎：《五行说的起源及其演变（中国哲学史纲中之一章）》，《文史哲》1955年第11期。另如，周立升指出先秦“五行”观念经历了从“相杂”到“相生”再到“相胜”的发展过程。详见周立升：《五行观念在春秋时期的沿革》，《山东大学学报（哲学社会科学版）》1989年第2期。

③ ［清］阮元校刻：《十三经注疏》，北京：中华书局1980年，第2084页。

之神。故五行无常胜，四时无恒位”，揣其文意，其中的“五行无常胜”与“因敌变化而取胜者”相提并论，也应如《墨子》一样暗含着两种五行的交互作用，因为战争往往是敌我双方的较量。但同时，作者又将“五行无常胜”与“四时无恒位”并列，似乎又意味着五行的“无常胜”如同一年四季的循环往复一样，即只在一定的时段内表现一种五行属性的主宰。相似的说法，还见于《六韬·龙韬·五音》“五行之神，道之常也，可以知敌。金、木、水、火、土，各以其胜攻也”。“五行无常胜”在兵法文献中的多重意义，至少说明这种知识观念已在《墨子·经说下》的基础上进行了衍生和发展。

结合春秋时期五行相克相胜的分析，我们可以列出五行相胜文献衍生的序列：在五行相胜学说中，水胜火的观念形成最早，可追溯于《尚书·洪范》，《左传》昭公二十一年、二十四年的水旱之争是其表现，而正式见于文本书写的是《左传》哀公九年的“水胜火”。其后，经过巫史卜筮之官的推衍，出现了“火胜金”，《左传》昭公三十一年、《墨子·经说下》的金火关系可兹证明。至于金胜木，应是如《管子·版法解》所说的“春生于左，秋杀于右”衍生而来，即随着五行学说的体系化，五行与四季相配，由春秋两季的相反相对衍生出了“金克木”。“土胜水”，因与日常生活紧密相关，且《尚书·洪范》已有“鲧堙洪水，汩陈其五行”，也许因为鲧治水的失败，所以《洪范》在具体描述土、水时仅仅提到“水曰润下……土爰稼穑”，而并未突出两者的相克相胜，尽管如此，作为一种生活的常识，“土胜水”的观念应该起源甚早，特别是在春秋战国之际随着河流堤岸堰坝的设置、水渠运河工程的开展，“土胜水”的这一知识观念无疑得到进一步强化。

与其他五行相胜的细目相比，“木胜土”在邹衍之前的文献中出现很少，《尚书·洪范》说“木曰曲直，……土爰稼穑”，一指形状一指生养，两者并不形成相胜相克的关系。在邹衍之后，两汉知识界对“木胜土”的原理也众说纷纷，如《春秋繁露·五行相胜》解释“君大奢侈，过度失礼”，于是“民叛其君”为“木胜土”，这是从君民关系论说；《白虎通》认为“专胜散，故木胜土”，这是从木、土性质论说；东汉的苏竟说“德在中宫，刑在木，木胜土，刑制德”①，这是从刑德关系论说。从汉人对“木胜土”解释的纷乱情形可以发现，邹衍在五德终始学说中并未明确说明“木胜土”的根据。依据这一现象，再结合夏朝为木德的推衍过程，我们可以判断，“木胜土”是邹衍时代的阴阳家将各个细目都纳入五行相胜系统时进行的创新。这一创新使五行相胜学说成为一个自足完整而又循环往复的体系。

三、阴阳家知识的直接来源与文献衍生

通过前述论证，五行相胜由具体细目到系统组合，可以在春秋至战国时期的文本

① ［南朝宋］范晔：《后汉书》，北京：中华书局1965年，第1045页。

描述中清晰地加以展现：春秋时期阴阳相克的背后首先是水胜火、火胜金，再加上自古而来的“土胜水”，这些知识观念共同成为战国知识界进一步推衍的基础，于此“金克木”“木胜土”的观念得以形成，并进而加以系统化，阴阳家的五行相胜理论也由此成形。

除了五行相胜的系统化，阴阳家五德终始理论的形成，还应有远古时期天文历法知识的支撑。《管子·五行》把一年分成五个时段，分别用木、火、土、金、水加以相配，认为五行的每一行均主导72天的时间，天下因此形成五个不同的季节：春、夏、季夏、秋、冬。阴阳家的这一季节命名虽然透露出滑稽和不周延，但一年分为五个时段，的确有着远古时代历法的踪迹，即一年分为10个月，一个月36天，两个月为一个时段，这也就是太阳历。上古时期存在十月太阳历的事实，已被多位学者所揭示，如陈久金指出有充分的证据说明《夏小正》是十月太阳历①，并认为《洪范》之“五行”并非哲学概念，而是“将一年分为五个季节的历法”②。对于《洪范》五行的含义也许还存争议，但是《夏小正》的文本信息表明，十月太阳历在上古时期的确存在，因为不但《夏小正》的星象、物候与时序的差距说明后世的作者将原本为10个月的时间拉长至12个月③，而且《诗经·豳风·七月》没有出现十一月、十二月的名称，也折射出至少周民族早期在施行十月太阳历。

由此可知，以邹衍为代表的阴阳家，身处战国时期，一方面将前代既有的“五行相胜”加以系统化，另一方面又借鉴了遥远时代的十月太阳历，将五行的运行与天时紧密相连。阴阳家的这一做法，不但确证着五行运行的天道根据，而且使自家的知识体系追溯至遥远的时代，给人一种宏大而久远的感觉，以此增强了其知识体系的合法性和可信度。

当然，无论相对于遥远时代的十月太阳历，还是从春秋时期知识界五行知识，阴阳家都进行了必要的改造和提升，比如分散形态的五行细目在阴阳家手中不但变成了前后相连、循环往复的自足系统，而且将五行与一岁之天数紧密相连，认为年岁、季节、日月的循环往复，其背后均存在五行运行的依据。也就是说，在阴阳家看来，一年之内天时季节的轮转，是由五行相生的次序决定的，这一点也是阴阳家将土的运行系于季夏、处在火金之间的原因：因为随着天时由夏到季夏再至秋的转变，作为内部根据的五行也由“火生土”向“土生金”转移。

当然，五行运行与天时的关系，还只是阴阳家的一部分创新内容。构成阴阳家知识体系的另外一方面就是历代王朝的转移和更替，即五德终始学说，其实这是阴阳家对历

---

① 陈久金、卢央、刘尧汉：《彝族天文学史》，昆明：云南人民出版社1984年，第199—238页。

② 陈久金：《阴阳五行八卦起源新说》，《自然科学史研究》1986年第2期。

③ 参见陈久金：《论〈夏小正〉是十月太阳历》，《自然科学史研究》1982年第4期。刘尧汉、陈久金、卢央：《彝夏太阳历五千年——从彝族十月太阳历看〈夏小正〉原貌》，《云南社会科学》1983年第1期。

史变迁的一种解读，代表着他们不同于其他学派的历史观。相对于五行与天时的关系是由五行相生决定的，历史的变化即历代王朝的更替是由五行相胜决定的。一是天道观，一是历史观，它们正好构成了阴阳家知识体系的两个最重要的方面：前者由五行相生决定，规定着天时的轮转；后者由五行相胜决定，规定着人间历史的更替。

结合上述分析，战国时期属于阴阳家的人士不仅仅只有邹衍，还有《汉书·艺文志》"诸子略·阴阳家"所列：邹奭、公梼生、公孙发、乘丘子、杜文公、南公、闾丘快、冯促、将钜子、周伯以及燕齐方士等。由这一庞大队伍形成的文本也十分众多，除了《汉志》所列的文本，战国时期属于阴阳家的文本还应包括《管子》之《五行》《幼官》《幼官图》《四时》等，汲冢竹书《大历》，马王堆帛书《阴阳五行》乙篇、《刑德》诸篇以及董仲舒《春秋繁露》中"五行"诸篇。这些文本从多种角度阐释了阴阳家的理论体系，进而使阴阳家的知识观念播散至整个战国知识界。

于此，仅以兵阴阳家的文本为例，以展现阴阳家文献衍生的情形。与一般的兵书不同，真正属于"兵阴阳家"的文本是马王堆帛书《阴阳五行》乙篇、《刑德》诸篇。《阴阳五行》乙篇，又称《隶书阴阳五行》，包括《刑德占》《择日表》《五行禁日》《上朔》《刑日》《天地》《女发》等，整理者也认为它们是"属于以兵占为主的阴阳五行文献"①。从《阴阳五行》乙篇内容来看，正如班固《汉书·艺文志》说的"阴阳者，顺时而发，推刑德，随斗击，因五胜，假鬼神而为助者也"②，所以"以兵占为主的阴阳五行文献"即班固所说的"兵阴阳家"。至于《刑德》诸篇，整理者已经指出马王堆帛书中的"《刑德》甲篇与《刑德》丙篇、《刑德》乙篇以及《阴阳五行》乙篇的关系十分密切。《刑德》甲篇的《刑德占》是在《刑德》丙篇的基础上，以《刑德》丙篇的《刑德占》为中心扩充改写而成的"，"《刑德》乙篇和《阴阳五行》乙篇的《刑德占》，均是据《刑德》甲篇《刑德占》改写而成"。③如此一来，不但《阴阳五行》乙篇是兵阴阳家的作品，《刑德》甲、乙、丙也是兵阴阳家的文本。这里就以广泛见于各种文本并不断被改写的《刑德占》内容为例：

> 刑、德初行，六岁而并于木，四岁而离，离十六岁而复并木；太阴十六岁而与德并于木。刑、德六日而并于游也，亦各徙所不胜；刑以子游于奇，以午与德合于正。故午而合，子而离。④

与邹衍等阴阳家不同，这里的行已不是五行，而是刑德之行，即在文本作者看来，金木水火土具有固定的位置，而刑德在其间不断并、离。有学者已经指出，其中的金木水火

① 裘锡圭：《长沙马王堆汉墓简帛集成》（五），北京：中华书局2014年，第117页。
② ［汉］班固：《汉书》，北京：中华书局1962年，第1760页。
③ 裘锡圭：《长沙马王堆汉墓简帛集成》（五），北京：中华书局2014年，第1页。
④ 裘锡圭：《长沙马王堆汉墓简帛集成》（五），北京：中华书局2014年，第118页。

土是方位的代表，即五方[①]。这一点尽管与以邹衍为代表的阴阳家的五行、五方相配的结果相同，但邹衍等阴阳家的五行显然是运动变化的主体，而非具体的位置；但对于兵阴阳家来说，运行变动不居的是刑德，而非五行。《刑德占》文本的这一话语逻辑，标志着它使用的五行与邹衍等阴阳家近似，但却是“兵阴阳家”学派理念的呈现。再如马王堆帛书《刑德》乙篇：

> 德在土：名曰不明，四时以闭，君令不行，以此举事，必破毁亡，虽胜有殃，取人一亩，偿以百里，杀人奴婢，偿以嫡子。德在木：名曰柖榣，以此举事，众心大劳，君子介而朝，小人负子以逃，事若已成，天乃见祅，是谓发筋，先举事者，地削兵弱。德在金：名曰清明，求将缮兵，先者昌，后者亡，攻城伐邑，将帅有庆，而无后殃。德在火：名曰不足，以此举事，必见败辱，利以侵边，取地勿深，深之有后殃。德在水：名曰阴铁，以此举事，其行不疾，是谓不果，必毋迎德以地，五年军归，迎之用战，众多死。[②]

这段文字也见于《阴阳五行》乙篇，胡文辉已经指出“此处的德之方位当指德之大游”，整理者也认为其中的文字分别写于《阴阳五行》乙篇的“《太阴刑德大游图》中、东、西、南、北五方，与五方之五行对应”[③]。显然，在《刑德》的作者看来，德之大游的主体是德，而非五行，即在作者的潜意识中，五行固定于五方，根本无法移动，这一知识观念与前述所引的《刑德占》极为一致。更为重要的是，作为兵书强调的是敌我对抗，兵阴阳家使用五行理论时也着意于“五行相胜”，而非“五行相生”，即班固所说的“随斗击，因五胜”[④]。所以，在“兵阴阳家”的《刑德占》等文本中，关注的是如何利用五行相胜而取得胜利，而非五行相生而轮转，这一知识取向也决定了《阴阳五行》乙篇、《刑德》诸篇等的内容是“兵阴阳家”的学派理念的呈现，由此它们可以被看作不同于邹衍等人的另外一派阴阳家的理论体系。也许正是基于此，班固在“诸子略”开辟“阴阳家”之外，又在“兵书略”重新分立“兵阴阳家”。

“兵阴阳家”文本的繁盛，本身就是阴阳家知识观念的集中体现，它们与“诸子略”中的阴阳家文本一起，共同构成了战国时期繁复而庞大的阴阳家知识体系。也正是因为这一知识体系的建立，阴阳家的知识观念逐渐飞出了学派的藩篱，进而成为战国知识界共用的知识资源和话语根据。

（作者单位：北京师范大学文学院）

① 裘锡圭：《长沙马王堆汉墓简帛集成》（五），北京：中华书局2014年，第117—118页。
② 裘锡圭：《长沙马王堆汉墓简帛集成》（五），北京：中华书局2014年，第42页。
③ 裘锡圭：《长沙马王堆汉墓简帛集成》（五），北京：中华书局2014年，第43页。
④ ［汉］班固：《汉书》，北京：中华书局1962年，第1760页。

先秦汉代道家的沧海遗珠

——《鹖冠子》《泰鸿》《泰录》成篇年代与思想研究

杨兆贵　李德恩

内容摘要　《泰鸿》《泰录》是《鹖冠子》里比较重要的两篇文章。学者认为它们是“姊妹篇”。《泰鸿》篇的思想主要是通过泰一阐述理想政治，兼融儒学、黄老学；通过论述泰一、泰皇、五官六府观念的演变，汉武帝实施泰一祀典过程，可见《泰鸿》成篇于汉武帝建元二年至元鼎四年之间。《泰录》侧重阐述神圣在本体、宇宙形成之初的作用，提出禅让、传子并存说。这在道家史上颇有独特的价值。此说受荀子影响。该篇写成于战国晚期。可见，《泰鸿》《泰录》两篇思想中心不同，写成年代不同。今本《鹖冠子》绝非成书于战国晚期，也非一时一人之著。

关键词　《鹖冠子》；《泰鸿》；《泰录》；先秦汉代道家

一、问题提出

自汉迄唐初，学者都认为《鹖冠子》是先秦子书。刘勰《文心雕龙》也赞成此说，还称赞“鹖冠绵绵，亟发深言”①，文句绵绵，一气呵成，含义深远。然而柳宗元认为《鹖冠子·世兵》抄自贾谊《鵩鸟赋》，就判断《鹖冠子》是伪书②。柳说的影响很大，以致唐宋“晚进小生，不敢妄据此书”③。《鹖冠子》伪书说几乎成为传统的定论。20世纪70年代长沙马王堆帛书出土，学者发现《鹖冠子》有18处文句与《黄帝四经》④的意思或

---

① ［南朝梁］刘勰著，范文澜注：《文心雕龙注》，北京：人民出版社1998年，第309页。

② ［唐］柳宗元：《辩〈鹖冠子〉》，《柳河东集》，上海：上海人民出版社1974年，第72页。

③ ［宋］王楙撰，王文锦点校：《野客丛书》，北京：中华书局1987年，第332页。

④ 裘锡圭认为马王堆《老子》乙本卷前佚书最好称为“马王堆《老子》乙本卷前佚书”或“《经法》等四篇”。见裘锡圭《文史丛稿》，上海：上海远东出版社1996年，第89页。现学术界多称此书为《黄帝四经》。

文字相同[①]，就反对柳说，认为《鹖冠子》并非伪书[②]。

学者通过对《鹖冠子》的研究，对《鹖冠子》成书年代提出三种看法：第一种认为写成于战国晚期[③]，第二种认为在战国晚期至秦楚之际[④]，第三种主张在汉代[⑤]。这三种说法以第一种的影响最大。本文对《鹖冠子》《泰鸿》《泰录》成篇年代研究，主要针对这一说法进行商榷。

笔者认为研究先秦汉代子书，应先明白子书体例。近现代研究这方面的权威著作有余嘉锡先生《古书通例》[⑥]。该书认为先秦诸子随写随传，有的单篇传出，有的多篇传去，且作者往往不署姓名。这些篇章后来由一代或数代的传人汇集成书。因此，先秦有些子书是多人、多次、多时、多地结集而成。

据笔者研究，先秦子书编纂有几种模式：一是由门弟子及再传弟子编纂而成，如《论语》由孔子弟子及再传弟子所编纂。二是由与书名相同的作者及其弟子、后学共同编撰的，如《孟子》是由孟子及门弟子编纂[⑦]。三是有些书分为内外篇，甚至有杂篇，如《庄子》有内、外、杂三篇。内、外、杂篇由于作者群的生活时代不同，其思想、观念、流派也有异同[⑧]。

一般来说，从传世的先秦子书编纂模式来看，基本上有以上三种。一些道家、杂家文献，情况会比较复杂。如《庄子》外、杂篇里的一些篇章，每篇内容不一定完全一致，有一个突出的中心思想。它们有些是“由不同文字杂纂而成的，很难把它们断为某派某派”[⑨]。郑良树师研究先秦古籍多年，认为研究先秦子书，应以篇甚至以段为单位，“逐段

① 唐兰：《马王堆出土〈老子〉乙本卷前古佚书的研究——兼论其与汉初儒法斗争的关系》，《考古学报》1975年第1期，第17—27页。

② 杨兆贵：《〈鹖冠子·世兵〉篇非抄袭贾谊〈鵩鸟赋〉辨》，《中国文学研究》2009年第3期，第50—54页。

③ 李学勤：《〈鹖冠子〉与两种帛书》，《道家文化研究》第1辑，上海：上海古籍出版社1992年，第338—342页。黄怀信：《〈鹖冠子〉源流诸问题》，《文献》2001年第4期，第39页。

④ 吴光：《黄老之学通论》，杭州：浙江人民出版社1985年，第157页。［英］A.C Graham（葛瑞汉），“A neglected pre-Han philosophical text: *Ho-kuan-tzu*”，*Bulletin of the School of Oriental and African Studies*, Vol.52, No.3, p.529。［日］大形彻《〈鹖冠子〉の成立》，《大阪府立大学纪要（人文社会科学）》第31卷，1983年。［比］Carine Defoort（戴卡琳）著，杨民译：《解读〈鹖冠子〉》，沈阳：辽宁教育出版社2000年，第33页。

⑤ 陈克明：《试论〈鹖冠子〉与黄老思想的关系》，社会科学战线编辑部编《哲学史论丛》，长春：吉林人民出版社1980年，第231页。杜宝元：《〈鹖冠子〉研究》，《中国历史文献研究集刊》第五集，长沙：岳麓书社1985年，第60页。

⑥ 余嘉锡：《古书通例》，上海：上海古籍出版社1985年。

⑦ 屈万里：《孟子七篇的编者和孟子外篇的真伪问题》，《论孟论文集》，台北：黎明文化公司1982年，第371—380页。

⑧ 有关《庄子》内、外、杂篇之别，参见刘笑敢《庄子哲学及其演变（修订版）》，北京：中国人民大学出版社2010年，第25—49页。

⑨ 杨兆贵：《庄子“为善无近名，为恶无近刑”原意臆解》，《学灯》第3辑，上海：上海古籍出版社2019年，第125页。

逐篇考订及观察，而不是过去那种以书为单位的方式了”①。

《鹖冠子》自汉代以来就被认为是道家或杂家著作。学者多认为它只有一个作者，即鹖冠子。然而真实的情况未必如此。今传《鹖冠子》有19篇，如果其中一篇不写于战国晚期，作者不是鹖冠子，那么《鹖冠子》作者即鹖冠子的看法就不能成立。笔者赞同屈万里先生的说法，要研究被视为伪书或成书年代、作者争议较大的古籍，应采用一些有效的方法，如字义演变、古礼制度、地理与疆域观念、思想观念发展、避讳等②。吴光先生采用避讳法，指出《鹖冠子》的《博选》《著希》里的“端”字避秦皇政之讳，所以这两篇是写成于秦代③。这一看法得到学界认同。这样说，《鹖冠子》显然不是写成于战国晚期。那么，《鹖冠子》在哪个历史时段编、撰完成？

先简介《鹖冠子》各篇的思想要点：《博选》谈五至论，《著希》哀叹儒士处乱世的悲哀，《夜行》给十三种概念如天、地、日、月等予简要的定义，《天则》提出各种巩固君权的方法，《环流》阐述宇宙生成论，《道端》强调儒家仁、勇、辩、智、谦、礼、贤、信、圣九德及其政治作用，《近迭》《兵政》两篇阐述鹖冠子的军事思想，《度万》阐述鹖冠子的五正论，《王鈇》阐述鹖冠子的理想政治论（成鸠氏治国万年论），《泰鸿》提出泰一、圣人，政论兼融儒、道，《泰录》论神圣境界及禅让、传子并存说，《世兵》提出用兵要重用有修养的将才，《备知》论贤人在黑暗政治里自处之方，《学问》反映鹖冠子的知识观、仁义观，《世贤》记庞煖回答赵悼襄王而提出神明治国论，《天权》《能天》两篇都阐述用兵之道，《武灵王》记庞焕回答赵武灵王而提出用兵贵在用计谋。

以上《近迭》《度万》《王鈇》《兵政》《学问》五篇完全反映鹖冠子思想。《博选》《夜行》《天则》《环流》《备知》《世贤》《天权》《能天》《武灵王》都是战国时期作品。《近迭》《兵政》《世兵》《天权》《能天》《武灵王》是兵家之作。就思想内涵、深度、特色言，《博选》“五至论”、《度万》“五正论”、《王鈇》“成鸠氏治国论”、《泰鸿》“泰一、泰皇政论”，《泰录》“禅让、传子论”都比较有特色，有意义。有关五至论、五正论、成鸠氏治国论，

① ［马来西亚］郑良树：《诸子著作年代考》，北京：国家图书馆出版社2001年，第276页。

② 有些学者提出一些方法来研究古代伪书与成书年代先后，如钱穆提出用字义演变、时代背景、思想观念发展等方法来考辨《老子》成书年代，见钱穆：《庄老通辨·自序》，《钱宾四先生全集》第7册，台北：联经出版社1998年，第5—17页。屈万里考定今文《尚书》各篇的写成年代而采用一些方法，包括文辞风格、字义演变、古礼制度、地理与疆域观念、思想观念发展、地理物产、由袭用早期《尚书》篇章推其晚出等，可参考许书齐《屈万里尚书学研究》，2009年彰化师范大学硕士论文，第92—100页。刘殿爵善用避讳法来论证先秦汉代典籍成书年代与先后关系，详刘殿爵：《秦讳初探》，《中国文化研究所学报》第19卷，1988年。以上三位学者的方法值得借鉴、运用。

③ 吴光：《黄老之学通论》，杭州：浙江人民出版社1985年，第157页。

笔者有专文研究[①]。至于《泰鸿》《泰录》的丰富的思想内涵、思想特色及其与时代思潮的关系，有待进一步探研。这对研究《鹖冠子》成书年代、推进先秦汉代思想史研究有一定的帮助。为了深入、全面了解这两篇文章，下文分别论证其思想、成篇年代，相信这样会得出比较客观的结论。

二、《泰鸿》篇思想内涵与成篇年代

《泰鸿》篇托泰一答泰皇有关“天地人三者”（33b/4）的关系[②]，提出治国理念，要以本体泰一为最高典范，爱精养神，修身进德，为政要效法自然规律，配合五方、五行、四季变化，以和化天下。在这语境下，天子与圣人合而为一（圣王）。他们皆深得泰一之传。另，本文依泰一内涵的演变、汉武帝祭祀太一过程，可以推见本篇写成于汉武帝时期。兹先论本篇的政治理念，次论成篇年代。

（一）“泰一”的政治理念

本篇借泰一阐述政治思想，它融合道、儒两家思想。下文就此分论。

1. 提高圣王的精神修养，掌握自然规律，建立法制，配用音乐

这一看法与黄老学说一致。

作者指出，首先君王不断提高精神境界，以能得到泰一之传。能得泰一之传的，就是圣王，也是最高统治者：“传谓之得天之解，传谓之得天地之始，传谓之道，得道之常，传谓之圣人。”（33a/7–9）在《鹖冠子·天则》篇里被认为是最理想的君王——九皇也得泰一之道，“九皇受传，以索其然之所生”（33a/6–7），成为圣王（33a/9）。

圣王得泰一之传，就能掌握天地万物生成的情况：“夫物之始也倾倾，至其有也录录，至其成形，端端王王”（34b/5–6）、“精微往来，倾倾绳绳”（35b/6）。倾倾，指物未成形之气；录录，众也；端端，即正正，指其始末已分，不再浑沌鸿蒙[③]。句意是讲宇宙生成，说万物由气变化而来，气极精微，非常人所能知，只有圣王能知、能见、能明，因此能立制天成，妙万物之真，这样，本立道生，“于原流洋。”（35b/5）

圣王明了宇宙生成，能掌握自然规律，必能调顺阴阳两气，顺应四时，施政有功：

---

① 杨兆贵：《先秦“五至”论与帝道、王道、霸道说——由〈鹖冠子·博选〉篇说起》，《古代文明》2009年第3期，第66—74页。又，《鹖冠子的理想政治论——五正论及其理论渊源》，《船山学刊》2007年第1期，第45—47页。又，《鹖冠子的理想政治论——成鸠氏之治及理论渊源》，《管子学刊》2005年第3期，第89—93页。

② 先秦汉代典籍或写太一，或写泰一，或大一，三者其实相同。本文《鹖冠子》引文根据明代《子汇》本。

③ 倾倾，俞樾谓当作湏湏，未成形之气也，见［清］俞樾：《曲园杂纂》卷二十，《春在堂全书》，光绪十五年（1889）复印本，叶六。录录，洪颐宣认为是逯逯，解为众（见张金城：《鹖冠子笺疏》，《国文研究所集刊》1975年第19期，第72页）。正正，《路史·前纪》卷三黄神氏注引正作“王王”（见孙人和：《鹖冠子举正》，《国立北平图书馆月刊》1929年第3卷第2号，第163页）。

"归时离气，以成万业"(35a/3)、"偷气相时，后功可立"(35a/10)。归、离，意附合；气，指阴阳二气；偷，意匹[1]，句意为圣王根据四季的不同特点，推行不同的政令而有丰功懋烈。四季的特点是三时生长，一时收藏，圣王则分别教以德化，严以刑治："天明三以定一，则万物莫不至矣。三时生长，一时煞刑，四时而定，天地尽矣。"(34b/2-4)"牧以刑德"(34a/3)。这与《黄帝四经》之《经法·论》《十六经·姓争》等相关话语基本相同。《论》篇说："天执一以明三"、"天明三以定二……刑晦而德明，刑阴而德阳"[2]，《姓争》篇说："天德皇皇，非刑不行……刑德相养，逆顺若成。"[3]德先刑后，德明刑晦，德、刑相辅相成，把阴阳与刑德结合，阴阳是刑德的自然根据，这是黄老学派政治思想的一个重要的特点[4]。《管子》有不少篇章也有相同的看法，如《四时》篇说："阴阳者，天地之大理也；四时者，阴阳之大径(经)也；刑德者，四时之合也"，"阳为德，阴为刑"，"德始于春，长于夏；刑始于秋，流于冬。"[5]《鹖冠子》其他两篇也有相同看法。《王鈇》篇说："天者诚，其日德也，日诚出诚入。……天者信，其月刑也，月信死信生，终则有始，故莫弗以为政。"(25a/4-7)提出天道有诚、信两种德性。《夜行》篇指出："日，德也；月，刑也。"(3b/7)[6]日、德代表阳，代表惠民仁政、以德化民等措施；月、刑代表阴，代表刑罚法律等强制性的统治手段。日、阳、德与月、阴、刑形成一对相对相辅的概念。此说源远流长[7]。《鹖冠子》三篇都继承《黄帝四经》《管子》等战国中期道家的德、刑观念，也是黄老学派重天道、依天道以治政的特点。

《泰鸿》篇认为圣王、神圣能"得泰一之传"，因以施政，这与战国道家"黄帝类型""老子类型"里的"圣人""执道者"掌握"天道"或"道"，再透过一系列程序如建立"名""法"的体系，然后施之于政的思想是相同的。[8]只是本篇以"泰一"代替"道"或"天道"。

另外，《泰鸿》主张建立法度，也是继承黄老学说。本篇认为，圣王既要治好天下，又要葆精养神，则建立法度相当重要："素次以法，物至辄合"(35b/1)、"法者，天地之正器也。用法不正，玄德不成。"(35b/2)把法提升到天地间正器的地位，可见法的地位与作用相当大。葛瑞汉凭"用法不正，玄德不成"推论本篇写于秦代，因影射秦代，批

---

① 《老子》第四十一章："建德若偷"，王弼注："偷，匹也。"楼宇烈：《王弼集校释》，北京：中华书局1999年，第112页。

② 余明光：《黄帝四经与黄老思想》，哈尔滨：黑龙江人民出版社1989年，第263页。

③ 余明光：《黄帝四经与黄老思想》，哈尔滨：黑龙江人民出版社1989年，第300页。

④ 崔永东：《帛书〈黄帝四经〉中的阴阳刑德思想初探》，《中国哲学史》1998年第4期，第77页。

⑤ 黎翔凤：《管子校注》，北京：中华书局2004年，第838、855、857页。

⑥ 此句《子汇》本先月后日，但是唐代敦煌本注先德后刑(傅增湘：《跋唐人〈鹖冠子〉上卷卷子》，《国立北平图书馆月刊》第3卷第6号，第721页)。依敦煌本改。

⑦ 关于德刑说，最早可追溯到周公。有关周公德刑观，见杨兆贵：《论周公对〈黄帝四经〉政治思想的影响》，《儒道研究》第5辑，北京：社会科学文献出版社2020年，第92—94页。

⑧ 曹峰：《出土文献视野下的黄老道家研究》，《中国社会科学》2013年第2期，第142页。

评水德[①]。此说不足为凭，一则葛氏对原文断章取义，一则本句用“正”，“正”与秦始皇“政”同音。如果它写于秦代，不可能不避秦皇之讳。

本篇又主张设官分职，各司其责，提高政府行政效率：“五官六府，分之有道”（35a/6），五官六府是官职的总称。另外，本篇受战国中期盛行的五行说影响，把五方、五行、四季联结起来：

> 所始为东方，万物唯隆，以木华物，天下尽木也，使居东方，主春。以火照物，天下尽火也，使居南方，主夏。以金割物，天下尽金也，使居西方，主秋。以水沉物，天下尽水也，使居北方，主冬。土为大都，天下尽土也。使居中央，守地。天下尽人也，以天子为正，调其气，和其味，听其声，正其形，迭往观今，故业可循也。（36a/6-36b/3）

本篇把方位与相应的季节、五行相配合，如东方—春—木，这就把（共时）空间与（历时）时间、宇宙介质（行）三维立体有机地融在一起，成为施政的模式。另外，本篇主张“和其味，听其声，正其形”，重视音乐对施政发挥的良好的巨大作用，把五方与五声相配起来：东—征，南—羽，西—商，北方—角，中央—宫。（35b/9-36a/4）泰一为百神所仰制，身居中央：“调以宫，道以为先，举载神明，华天上扬，本出黄钟。”（36a/3-6）值得注意的是，本篇把征、羽、角与东、南、北对应，这种对应与《管子》《吕氏春秋》《礼记·月令》《淮南子》提到的五行五音对应说不同[②]。可见本篇五行、五声对应说并非主流，也非顺应主流，可能另有理论渊源。本篇认为，圣王创此五方、五行、四季、五声相对应的模式，循此模式，顺着四季推移，实施每季相应的方位、五行相配合的政策措施，就能治理、和睦天下百姓。这是当时一种“以人合天”的施政模式。圣王能如此治国，就“内持以维，外纽以纲”（35b/6-7），治天下如运于掌上。

可见，本篇继承战国黄老学说，并且融合当时流行的五行说，具有鲜明的战国黄老学特点。

2. 以仁、和化治天下

另外，本篇受儒家影响，认为圣王有至高的精神修养，成为百姓学习的榜样，既提升百姓的修养，又要使他们“错之天地之间，而人人被其和”（37a/3）。

本篇对仁、义下定义，“同和者仁也，相容者义也”（37a/6）：能和睦是仁，能包容、容纳异见是义。这一看法和孔孟有所不同：孔、孟就人类的爱心、恻隐之心，即内在之心来解释仁，主张仁爱有差等，施自亲始，由亲及疏，渐及全人类。因此，孔孟言仁义，有本有末，有施行的次序、轻重。而本篇则以和谐、和睦，即以外在的人际关系和睦的结果来解释仁、义。《鹖冠子》多从外在关系来解说对仁、义，如鹖冠子在《学

① A.C. Graham, “A neglected pre-Han philosophical text: *Ho-kuan-tzu*”, pp.507—508.

② 有关《吕氏春秋》《月令》《淮南子》的五行五音相对应说，见谷杰：《先秦至汉“五行、四时、音律对应说”流变》，《文化艺术研究》2010年第5期，第114—115页。

问》篇提出对仁、义的看法："所谓仁者，同好者也。所谓义者，同恶者也。"（50a/4-5）所谓同好、同恶是什么呢？鹖冠子没有详说。孔子的仁者有个特点是特立独行，如讨厌"巧言令色"（《论语·学而》），"能好人，能恶人"（《论语·里仁》），而非一味求和，有子说："知和而和，不以礼节之，亦不可行也。"（《论语·学而》）有子的看法应与孔子相同。

本篇认为，能以仁治国，则国与国之间、人与人之间，可以相互了解，和睦相处："顺爱之政，殊类相通。"（36b/10）爱，仁也①，圣人推行仁政，其感化力所及，能使异类同感共通，而和气致祥，故云："仁义者所乐自召也②，能同所乐。"（37a/7）仁义者之所乐，乃得人心之同然，也为天下之所乐，因此，仁义者为乐，不召而民自来，百姓归心。相反，不道之君不推行仁政，"逆爱之政，同类相亡"（37a/1）。人心叵测，即使至亲如父子，也犹苍蝇见血，使人扼腕浩叹。推此至极，人事有窳，就破坏天人关系："夺爱令乱，上灭天文，理不可知"（36b/5-6），同时使君王不能保有神明，"神明失从！"（36b/7）。可见，本篇有强烈的天人合一观。

由上所论，圣王是精神修养、权力最高的合一，"神圣践承翼之位，以与神皇合德"（34b/9-10）。他得到天的保佑，收到"圣知神方，调于无形，而物莫不从"（37a/9）之效。他做到这一境界，也做到本篇开头泰一回答泰皇提出的"神明之极，天地人事三者复一也"（33b/9）。

（二）《泰鸿》写成年代

本篇不写成于秦代，因从避讳角度看，文中多次用"政""正"，不避秦始皇之讳，如"正神明之位"（33a/6）、"南面执政"（35b/4）。本篇是在汉武时期写的。下文从几个思想观念及相关史事来论证。

1. 泰一内涵演变与汉武帝太一祀典

（1）泰一内涵演变

泰一是先秦汉代一个重要的思想观念。学者做了不少研究③。本文在此基础上讨论本篇写成年代。

先秦道家一般把道视为本体。到了战国晚期，太一成为本体的异称。这可能和《太一生水》《老子》《庄子》杂篇把太一当成本体有关。

今本《老子》把本体道称为一。第四十二章云："道生一。"第二十五章云："有物混

---

① 《广雅·释诂》四："爱，仁也。"参见［清］阮元等：《经籍籑诂》，北京：中华书局1995年，第1574页。

② "自召"，《子汇》本作"同名"，陆佃注另本作自召。依上下文义，作"自召"较佳。

③ 比较重要的论文有钱宝琮：《太一考》，《燕京学报》1932年第12期。顾颉刚：《三皇考》，载《顾颉刚古史论文集》第3册，北京：中华书局1996年。饶宗颐《"太一"古义及相关问题》认为由先秦至唐代总结五经时，太一的第一个古义是元气。见《饶宗颐二十世纪学术文集》卷三简帛学，北京：中国人民大学出版社2009年，第20页。其实太一除了是元气，尚有其他含义，详本节论证。

成，先天地生。……吾不知其名，字之曰道，强为之名曰大。”[①]说明本体不可名状及其运行规律。称本体为道，又可名为大。大、道都是本体。第三十九章云：“昔之得一者，天得一以清，地得一以宁，神得一以灵，谷得一以盈，万物得一以生，侯王得一以为天下贞。”[②]一即本体道。从第二十五、三十九章可见本体之名有道、一这两名称[③]。《老子》的本体有道、大、一三种名称，其中道最常用。大、太、泰相通，故其他诸子用太一、泰一指本体。

《庄子·天下》篇评关尹、老聃“建之以常无有，主之以太一”，成玄英解太一云：“太者广大之名，一以不二为称。言大道旷荡，无不制围，括囊万有，通而为一，故谓之太一也。”[④]太一即大道，因大道广大无涯，不可限度，故称为太一。此意与《老子》同。

《太一生水》篇有“太一生水，水反辅太一，是以成天。天反辅太一，是以成地”云云，学者对太一生水是派生还是衍生、生或成有争论，但太一是宇宙本体，则是事实。

《文子·自然》篇云：“天气为魂，地气为魄，反之玄妙，各处其宅，守之勿失，上通太一。太一之精，通合于天。”关于天魂地魄的说法，春秋子产应最先提出[⑤]。本篇认为魂属阳气，受制于天；魄属阴气，受制于地。魂魄是天地之精，能够守之不失，就能与太一相通。太一，默希子说是“太上道君也，人之所禀也”[⑥]。则太一是得本体道之君，即天神。这和《泰鸿》篇说的圣王得泰一之传是相同的。两篇都是战国晚期黄老学派作品，看法自然有相同之处。

儒家《礼记·礼运》篇的太一观受道家影响，认为太一是元气，“是故夫礼，必本于大一，分而为天地，转而为阴阳，变而为四时，列而为鬼神”。孔颖达解云：“必本于大一者，谓天地未分，混沌之元气也。极大曰大，未分曰一，其气既极大而未分，故曰大一也。”[⑦]视太一为混沌未分的元气，与本体道基本相同。这段话论宇宙生成说，由太一而分天地、阳阴两气，再转而为春夏秋冬。

同属儒家，荀子的看法与《礼运》不同。《荀子·礼论》篇论举行大飨礼，升大羹、

① 楼宇烈：《王弼集校释》，北京：中华书局1999年，第63页。

② 楼宇烈：《王弼集校释》，北京：中华书局1999年，第105—106页。

③ 曹峰：《〈老子〉第三十九章新研》，《江汉论坛》2016年第8期，第49—50页。

④ 郭庆藩：《庄子集释》，北京：中华书局1961年，第1094页。

⑤ 《左传》昭公七年记子产对魂魄的看法，可谓典型：“人生始化曰，既生魄，阳曰魂。用物精多，则魂魄强，是以有精爽至于神明。”杨伯峻：《春秋左传注》，北京：中华书局1981年，第1292页。子产认为人死后，尸归于地而为魄，气则游于天地间为魂。若人生前多有养生之物之资，则死后魂魄比一般的强。人生前的生活、所用物资多少都与死后魂魄有相当的关系。

⑥ 有关《文子》引文，见王利器：《文子疏义》，北京：中华书局2000年，第361—362页。

⑦ ［唐］孔颖达：《礼记正义》，北京：北京大学出版社1999年，第707页。

饱庶羞，说这是“贵本而亲用也。贵本之谓文，亲用之谓理，两者合而成文，以归大一，夫是之谓大隆”[①]。大羹即未加五味的肉汁，表示不忘祖先的原始饮食。贵本所献的粗食是礼仪的表演，亲用所献的佳肴是生活的实用。贵本、亲用的目的是归于太古时代原始朴素状态。太一指太古时代[②]。

最后，屈原对于太一的看法标新取异。《楚辞》视太一为天神，《九歌·东皇太一》云：“吉日兮良辰，穆将愉兮上皇。”上皇即东皇太一，它是居于东方的天神，而非居于中央、地位最高的神[③]。

秦汉时代，诸子对于太一的看法，有的继承道家，有的把太一为天神的观念推于极至，视之为元神。

《吕氏春秋·大乐》篇说：“太一出两仪，两仪出阴阳”，“万物所出，造于太一”，“道也者，至精也，不可为形，不可为名，强为之名，谓之太一。”[④]这是本体论，也是生成论，与《老子》的说法基本相同。太一是本体道，由它而生成两种变易对立的因素，再生成阴阳，再而生成万物。

汉代对于太一的看法较前代为多。《淮南子》里的太一之义主要有二：一指本体。《本经训》云：“帝者体太一，王者法阴阳，霸者则四时，君者用六律。”高诱注：“太一，天之刑（形）神也。”[⑤]帝道、王道、霸道一直是春秋至西汉一个重要的思想观念[⑥]。帝者是最理想的君王，能体悟至高的太一。另一指元神。《诠言训》云：“洞同天地，浑沌为朴，未造而成物，谓之太一。”许慎注：“太一，元神总万物者。”[⑦]太一分别指天之形神、元神，这继承、发展了楚国辞赋家的看法。

《史记·乐书》的看法和其他各家截然不同，该篇记汉武帝时的《太一之歌》，歌云：“太一贡兮天马下。”张守节《史记正义》解：“太一，北极大星也。”[⑧]以北斗为太一。北斗素为众星之君，《鹖冠子·环流》篇有一段著名的句子：“斗柄东指，天下皆东；斗柄南指，天下皆夏”（11a/2）云云，所说的斗指北斗。北斗为太一，太一为君王之意也不言自喻。

可见，自战国到汉初，道家一直视太一为本体。《淮南子》则赋予神化，尊其为天之元神。《泰鸿》篇所言的泰一，既是本体，又是百神之长，同时是圣王，又较《淮南子》

---

① 梁启雄：《荀子简释》，北京：中华书局1983年，第257页。

② 梁启雄：《荀子简释》，北京：中华书局1983年，第258页。

③ ［宋］朱熹：《楚辞集注》，上海：上海古籍出版社2001年，第32页。

④ 陈奇猷：《吕氏春秋校释》，上海：学林出版社1984年，第255—256页。

⑤ 刘文典：《淮南鸿烈集解》，北京：中华书局1997年，第258页。

⑥ 杨兆贵：《先秦“五至”论与帝道、王道、霸道说——由〈鹖冠子·博选〉篇说起》，《古代文明》2009年第3期，第66—74页。

⑦ 刘文典：《淮南鸿烈集解》，北京：中华书局1997年，第463页。

⑧ ［汉］司马迁：《史记》，北京：中华书局1959年，第1178—1179页。

所言的地位更高。这样，其成书年代宜在《淮南子》成书之后。《淮南子》成书于汉武帝建元二年（前139）前①，则本篇当写成于此年之后。

（2）汉武帝太一祀典

有关这方面研究，顾颉刚和王葆玹两先生都有专文讨论②。本文在此基础上根据史料加以论证。据《史记·封禅书》记载，武帝在元鼎四年（前113）确立泰一祭典为国家最高级祭祀：

> 上（武帝）遂郊雍，至陇西，西登崆峒，幸甘泉。令祠官宽舒等具太一祠坛，……五帝坛环居其下，各如其方。黄帝西南，除八通鬼道。③

在祭祀的所有神灵中，太一居于最高层，其下为五帝。黄帝是五帝之一，他在《吕氏春秋》《礼记·月令》仍居五方之中。《吕氏春秋·季夏》记："中央土：其日戊己。其帝黄帝。其神后土。"④《月令》记载相同⑤。如今他则居于西南一隅，泰一取而代之成为地位最高的神。本来汉初上帝祭典仍沿秦制，祠青、白、赤、黄、黑诸帝。文帝在十六年（前164）听从赵人新垣平之言，在渭阳建五帝庙。黄帝仍居中间。武帝元光二年（前133）亳人谬忌奏请祠太一方，说："天神贵者太一，太一佐曰五帝。"五帝的地位已被降为太一的左右助手。武帝接受其议，令太祝祠太一，且以太牢祠天、地、太一。至元鼎四年（前113），太一正式成为最高级别的天神，五帝降为第二级天神。这前后经历了二十年。

《泰鸿》篇言"中央者，太一之位，百神仰制焉"（36a/3-4），只说百神仰敬泰一，没有明说是五帝。五帝的地位高于百神，自不待言。因此，本篇言太一居中央之位，而没有说五帝环居其四方，则本篇应写于汉武帝正式确立泰一祭典（前113）之前。就太一是天神的发展言，《东皇太一》只说太一是东方之神，不是地位最高的神。《淮南子》言泰一，把其地位提高为元神。但这只是学界的意见，而要把学者之见落实到实际政治，尚需一段时间。《淮南子》写成于公元前139年之前，当时五帝仍是皇帝祭祀的最高神。到了汉武帝元鼎四年，泰一取代五帝，成为地位最高的神，并且使五帝环居四方，此较《泰鸿》篇言百神敬仰泰一更推前一步。因此，本篇的写成时期应在武帝建元二年至元鼎四年之间，即公元前139至前113年这26年间。

2. 泰皇

据顾颉刚先生研究，泰皇一词最先见于《史记·秦始皇本纪》。当时秦始皇一统天

---

① 徐复观：《两汉思想史（第一卷）》，上海：华东师范大学出版社2001年，第110页。

② 顾颉刚：《三皇考》，《顾颉刚古史论文集》第3册，北京：中华书局1996年；王葆玹：《西汉国家宗教与黄老学派的宗教思想》，《道家文化研究》第2辑，上海：上海古籍出版社1992年。

③ ［汉］司马迁：《史记》，北京：中华书局1959年，第1394页。

④ 陈奇猷：《吕氏春秋校释》，上海：学林出版社1984年，第312页。

⑤ 孙希旦：《礼记集解》，北京：中华书局1989年，第460—461页。

下后，丞相王绾、廷尉李斯上议说："古有天皇，有地皇，有泰皇，泰皇最贵。"[①]三皇的权威比五帝大，而泰皇在三皇中最尊贵。考泰皇的来源，可能来自《庄子·应帝王》所云"有虞氏不及泰氏"中的泰氏。《淮南子·精神训》也提到太皇："登太皇，冯太一，玩天地于掌握之中。"顾氏说此太皇是天而不是神[②]，与《秦始皇本纪》所言人皇不同。

依《秦始皇本纪》所载，泰皇的地位高于天皇、地皇，则泰皇不是人皇，因为人皇必须效法天皇、地皇。泰皇应是创造天地之皇，其地位与本体约略相同，不过，这里赋予神化。随着秦朝的崩解，汉代学界对泰一日愈推尊，已视泰一为本体与元神的结合体，泰一的地位较诸秦代尤为尊贵，故在祭典方面，最终取得独一无二的至尊地位。《泰鸿》篇所言泰一，地位高于泰皇，因为文中说泰皇向泰一请教天地人之事（33b/4），是这种学术界共识的反映。[③]

3. 五官六府

本篇有云："五官六府，分之有道"（35a/6），"五官"见诸先秦典籍的有《国语·楚语下》。文中说："于是乎有天地神民类物之官，是谓五官。"韦昭注五官指天、地、神、民、类物之官[④]。

"六府"见诸先秦典籍的有《尚书》《左传》。《尚书·大禹谟》云"六府三事允治"。《禹贡》云："六府孔修"，伪孔传解说是"水火金木土谷"。《左传》文公七年却说："六府三事，谓之九功。水火金木土谷，谓之六府；正德、利用、厚生，谓之三事。"六府指水、火、金、木、土、谷[⑤]。伪孔传说乃承自《左传》。屈万里先生认为《尚书》《左传》的"六府"比五行多"谷"，虽无五行之名，但有五行之目。此六府仅指六种物质，无所谓生胜之理，因此，六府说是在邹衍提出五行说之前。[⑥]

"五官六府"并提的有《管子·五行》、帛书《要》篇、《缪和》篇、《礼记·曲礼》和《淮南子·天文训》。《五行》篇只说"具五官于六府也"，尹知章注："立五行之官，分掌六府也。"[⑦]没明说六府为何，也许其看法与《尚书》《左传》相同，故付阙。战国中后期《要》篇说[⑧]："又（有）君道焉，五官六府不足尽称之"[⑨]，没有解释其义。梁韦弦

---

① ［汉］司马迁：《史记》，北京：中华书局1959年，第236页。

② 顾颉刚：《顾颉刚古史论文集》第3册，北京：中华书局1996年，第45—48页。

③ 有关泰皇说，可参吕思勉：《吕思勉读史札记》，上海：上海古籍出版社1982年，第26—30页。

④ ［三国吴］韦昭注：《国语》，上海：上海古籍出版社1990年，第560页。

⑤ ［唐］孔颖达：《尚书正义》，北京：北京大学出版社1999年，第165页。杨伯峻：《春秋左传注》，北京：中华书局1981年，第564页。

⑥ 屈万里：《书佣论学集》，台北：联经出版社1984年，第154页。

⑦ 戴望：《管子校正》，《诸子集成》第5册，北京：中华书局1954年，第241页。

⑧ 陈来：《马王堆帛书〈周易〉的政治思想》，《北京大学学报》2008年第2期，第40页。

⑨ 陈松长、廖名春：《帛书〈要〉释文》，《道家文化研究》第3辑，上海：上海古籍出版社1993年，第435页。

认为六府指“主藏六物之税”的“六府”，“五官”指“五官之长”。[①]《缪和》篇说：“五官六府不足尽称之。”[②]《曲礼》言：“天子之五官，曰司徒、司马、司空、司士、司寇，典司五众。天子之六府，曰司土、司木、司水、司草、司器、司货，典司六职。”[③]明白指明五官六府。《淮南子·天文训》云：“何谓五官？东方为田，南方为司马，西方为理，北方为司空，中央为都。何谓六府？子午、丑未、寅申、卯酉、辰戌、巳亥是也。”[④]可见，儒家、道家对五官六府有两种说法，所言五官之名、职比较接近，所言六府则有较大的差别[⑤]。《曲礼》和《淮南子》都是汉代编成的作品[⑥]，则在汉初儒、道两家都有五官六府说，《泰鸿》篇也说设五官六府，受到汉初儒、道两家影响。当然，作为道家作品，本篇和《天文训》的说法较接近，前者说“土为大都”（36a/9），后者说“中央为都”，土居五行之中，则两者所言相同。

（三）结论

通过以上论证，可见《泰鸿》篇写成于汉武帝时期建元二年至元鼎四年（前139—前113）。它继承先秦汉初诸子对泰一的看法，并提高了泰一在宇宙生成中的地位，成为地位最高的元神、本体耦合者。这为汉武时期举行太一之祀，奠下理论基础。本篇从本体泰一出发，来阐述为政之道，无疑在极大程度上提高圣王的地位，使他与本体直接沟通，成为泰一在人间的直接代理人。又，本篇兼融儒、道两家思想，这是战国中晚期百家思想融合的结果，一直影响西汉学术思想。

三、《泰录》篇思想内涵与成篇年代

本篇主要论述神圣的修养与作为。它对圣人的看法与《泰鸿》篇基本相同。

（一）《泰录》篇思想内涵简介

本篇主要阐述其理想人物神圣在宇宙生成初阶段的修为。作者又分“圣”为圣人、上圣、内圣、神圣。

先说说本篇的圣人。他与《泰鸿》的圣人是属于同一层次的。《泰鸿》说：“得道之

---

① 梁韦弦：《释帛书易传〈要〉篇之“六府”“五官”》，《古籍整理研究学刊》2003年第3期，第34—37页。

② 廖名春：《马王堆帛书周易经传释文》，《易学集成》，成都：四川大学出版社1998年，第3045页。

③ ［清］孙希旦：《礼记集解》，北京：中华书局1989年，第132—133页。

④ 刘文典：《淮南鸿烈集解》，北京：中华书局1997年，第93页。

⑤ 吕思勉《三公、四辅、五官、六官、冢宰》一文论及五官、六官等，可参考。详《吕思勉读史札记》，上海：上海古籍出版社1982年，第223—229页。

⑥ 蔡介民：《〈礼记〉成书之时代》《〈礼记〉成书时代再考》，《新东方》1940年第1期、第5期。认为《礼记》非二戴所编，乃东汉马融、卢植所编。郭伟川编：《二十世纪中国礼学研究论集》，北京：学苑出版社1998年，第145—172页。

常，传谓之圣人。”（33a/8–9）传指道，指得自泰一之制。又说“圣人立天为父，建地为母”（37a/1–2），天指“神明之所根也，醇化四时，陶埏无形，刻镂未萌，离文将然者也”（33b/5–7）。这里的天比本体低一层次，圣人以天为父，即比天低一层。《泰录》说“天者，气之所总出也”（41a/1），“圣人者出之于天也”（41a/2–3）。天是阴阳两气之所出，其地位仅次于本体。圣人出自天，则圣人比天低一层次。因此，《泰录》《泰鸿》所说的圣人是属于同一层次的。

《泰录》主要阐述神圣、上圣、内圣的修养与作为。本篇说神圣：“天地成于元气，万物乘于天地，神圣乘于道德，以究其理”（38b/2–4）；所谓“道德”，即“圣人之道与神明相得”（33a/9），而“神明者积精微全粹之所成也”（39b/9），“精微全粹”指本体创生宇宙之时元气运动的情形，应属第二层次。神明属此一层次。因此，神圣产生于此层。他是本篇重点称赞的对象，有知天地始终存亡的能力：“先天地而尊者也，后天地生，然后知天地之始；先天地亡，然后知天地之终。”（39b/1–2）这一能力跟《庄子·大宗师》所说的道有相同之处：“自本自根，未有天地，自古以固存；神鬼神帝，生天生地；在太极之先而不为高，在六极之下而不为深，先天地生而不为久，长于上古而不为老。”[①]神圣除了有如此神力，本篇又指出他能“闿阖四时，引移阴阳，怨没澄物，天下以为自然”（40a/6–7），这与鹖冠子的理想政治论“五正论”中的第一层“神化者”是相同的。鹖冠子说：“神化者，定天地，豫四时，拔阴阳，移寒暑，正流并生，万物无害，万类成全。”（24a/4–6）神化者得元气之本，能定天地之位、序四时之次、拔阴阳之变、厘定自然规律，使人类遵循此规律而参与天地造化。[②]

此外，本篇阐述内圣的精神修养：“内圣者，精神之原也，莫贵焉，故靡不仰制焉。制者，所以卫精、擢神、致气也。幽则不泄，简则不烦；不烦则精明达，故能役贤能”（39b/4–8），说明内圣修养的目的在卫精养神，只要一心以此为务，就能提高至极高的精神境界，且能使唤贤能。这是黄老学君逸臣劳的学说特点。

本篇强调以内圣、神圣的至高精神为标准，进而役使贤能，以此提出禅让、传子并存说。

（二）禅让、传子并存说

1.《泰录》篇禅让、传子并存说

本篇论继统方法，提出两条原则：一是从精神修养境界高低来确定继统及君臣关系：“师为君，而学为臣”（40a/1），修养境界愈高，其政治地位愈高。必先为师，才能为君；必先有崇高的精神修养，才能为师；必先内圣，而后外王。作者认为师道比政道更重要。这是战国士大夫的共识，也是道家主张保精养神的体现。环顾宇内，内圣的精

① 刘武：《庄子集解内篇补正》，北京：中华书局1999年，第158页。

② 杨兆贵：《鹖冠子的理想政治论——五正论及其理论渊源》，《南都学坛》2007年第1期，第32页。

神修养至高，当然为师。二是主张“易姓而王，不以祖籍为君者，欲同一善之安也”。（40a/2-3）不以祖先之权位为世袭，即不以一家一姓世袭君统。这两个原则实则合而为一：王者必须由精神修养最高者担任。王的子孙不可能世世代代是最高精神修养者，因此，王位就不可能由一家一姓世袭。这是禅让说。但若王的子孙的精神修养最高，那么根据第一原则，他们可继统为王。这是传子说。因此，本篇对继统的看法是禅让与传子并存，继统的必需条件是继位者是最高精神修养者。

无论禅让或传子，本篇在先秦道家史有特殊的价值。道家如《庄子》的《逍遥游》《大宗师》《让王》《庚桑楚》等篇或瞧不起禅让（如说许由不接受尧让天下），或直斥尧舜禅让是“大乱之本”①，或从适情角度批判禅让“矫情”②。《庄子》代表道家对禅让持否定看法。《老子》《黄帝四经》没提出禅让说。战国时期提出禅让说的学派主要是儒家③。学者在研究先秦禅让说，从未引用本篇这几句话。本篇提出禅让或传子并存说，在道家学史上有重要价值。

所谓禅让说，“特指将天子（或国君）之位让予贤能者”④。据儒家文献记载，尧、舜、禹时期发生过禅让。20世纪30年代顾颉刚先生曾发表《禅让传说起于墨家考》⑤，认为禅让说由墨子首创，后来影响儒家。近二十年来，由于阐述禅让的竹简《容成氏》《唐虞之道》《子羔》出版，学界对禅让说进行热烈讨论。学者把这三篇与传世文献结合进行研究，认为战国不同时期儒家内部对禅让有不同的看法，也出现过不同派别不同说法并存的现象：孔子、孟子、《礼运》《容成氏》等认为禅让与传子都合理，《子羔》《唐虞之道》等鼓吹禅让，荀子反对禅让说。⑥笔者不认同荀子反对禅让，详下文。

2. 本篇与荀子禅让、传子并存说有相同之处

有趣的是，《泰录》篇虽属道家，且主张禅让、传子并存，却和荀子的说法有相同相通之处。

荀子在《荀子·正论》篇反驳当时尧舜禅让说：

> 圣王在上，决德而定次，量能而授官，皆使民载其事而各得其宜；不能以义制利，不能以伪饰性，则兼以为民。圣王已没，天下无圣，则固莫足以擅天下矣。天下有圣而在后子者，则天下不离；朝不易位，国不更制，天下厌然与乡无以异也；以尧继尧，夫又何变之有矣！圣不在后子而在三公，则天下如归，犹复而振之矣，天下厌然与乡无以异也；以尧继尧，夫又何变之有矣！唯其徙朝改制为难。故天子

---

① 顾颉刚：《禅让传说起于墨家考》，《顾颉刚全集》第1册，北京：中华书局2010年，第476—481页。

② 罗新慧：《礼让与禅让：论周代“让”的社会观念变迁》，《社会科学战线》2002年第6期，第147页。

③ 彭裕商：《禅让说源流及学派兴衰》，《历史研究》2009年第3期，第6—10页。

④ 罗新慧：《礼让与禅让：论周代“让”的社会观念变迁》，《社会科学战线》2002年第6期，第144页。

⑤ 顾颉刚：《顾颉刚全集》第1册，北京：中华书局2010年，第423—498页。

⑥ 彭裕商：《禅让说源流及学派兴衰》，《历史研究》2009年第3期，第4—11页。罗新慧《〈容成氏〉〈唐虞之道〉与战国时期禅让学说》（《齐鲁学刊》2003年第6期，第105—106页）也指出禅让说内容的复杂性。

生则天下一隆致顺而治，论德而定次；死则能任天下者必有之矣。夫礼义之分尽矣，擅让恶用矣哉！①

学者因荀子明确提出反对“尧、舜擅让”，就认为他反对禅让说，然细稽本段，其实不然。首先，荀子特重视天子，认为天子是圣、王合一者。就权势而言，天子“埶位至尊，无敌于天下”；从道德修养来说，天子“道德纯备，智惠甚明”②。天子是权势、道德修养两者都是最高者的结合，即内圣、外王兼备者，也即圣王。在他统治期间，人尽其材，野无遗贤，“天下无隐士，无遗善”；而且，整个天下由上而下都有共同的标准，“同焉者是也，异焉者非也”。可以说，天下相当团结一致。

荀子强调圣的地位、作用特别重要，圣是仁义之至：“积善而全尽谓之圣人。”（《儒效》）③“仁智之极也，夫是之谓圣人。”（《君道》）④“圣人者，道之极也。”（《礼论》）⑤荀子又常常把圣、王并提，主张先圣后王：“分莫大于礼，礼莫大于圣王。”（《非相》）⑥“圣也者，尽伦者也；王也者，尽制者也。两尽者，足以为天下极矣。”（《解蔽》）⑦荀子明白指出：“非圣人莫之能王。圣人备道全美者也。”（《正论》）⑧只有圣人才能当王，或继任为王。

如果圣人是圣王的儿子，那么，他继任圣王，“朝不易位，国不更制，天下厌然与乡无以异也”，一切人事、制度都没改变，就像“以尧继尧，夫又何变之有”；如果圣人不是圣王的儿子，而是三公，三公继位后，其人事、制度也没改变，“则天下如归”，也像“以尧继尧，夫又何变之有矣！”⑨这样，荀子赞成圣王传位给他的儿子或三公，条件是他们必须是圣人！荀子有这样的主张，还因为圣王在生时，已经制定礼义之分，“论德而定次；死则能任天下者必有之矣。夫礼义之分尽矣”，已经根据王子或三公的道德境界高低而决定他们的次序，圣王去世，道德次序最高的就继承天子之位。这样，荀子赞成天子之位传子或传贤（禅让）。可见，荀子反对“尧、舜擅让”，是反对那种只宣说尧舜禅让而没有注意重视道德修养、以天下为重的实质内涵；反对那种徒具虚名的宣说，无益于政治建制、提高“道德”“礼义”在政权转移上的尊严与权威。荀子要建构一位纯粹的、神圣的、权威的圣王形象。所以，荀子实际上赞成禅让，继统的条件是继位者必须是圣人。这样，无论传子、传贤都可以。他肯定禅让与传子两种方法并存。这是他继

---

① 梁启雄：《荀子简释》，北京：中华书局1983年，第241—242页。
② 梁启雄：《荀子简释》，北京：中华书局1983年，第241页。
③ 梁启雄：《荀子简释》，北京：中华书局1983年，第95—96页。
④ 梁启雄：《荀子简释》，北京：中华书局1983年，第162页。
⑤ 梁启雄：《荀子简释》，北京：中华书局1983年，第261页。
⑥ 梁启雄：《荀子简释》，北京：中华书局1983年，第52页。
⑦ 梁启雄：《荀子简释》，北京：中华书局1983年，第305页。
⑧ 梁启雄：《荀子简释》，北京：中华书局1983年，第236页。
⑨ 以上引文见梁启雄《荀子简释》，北京：中华书局1983年，第242页。

承孔子的禅让观[①]。

《泰录》篇提出以精神修养最高者为师为君。“师为君，而学为臣”（40a/1），其意和荀子有相同处。《泰录》篇所说的师就是精神修养最高者神圣，神圣可以“闿阖四时，引移阴阳，怨没澄物，天下以为自然”（40a/6–7），有无比强大的力量。本篇认为他为师为君，是强调精神力量的强大作用，以精神力量来领导政治领袖。这和荀子的看法相同。

荀子强调师、君。师就是圣人。他重视圣人的作用，强调建立圣王礼义之统，礼义是人生道德、社会政治的最高规范：“礼者，人道之极。”[②]而师则可“正礼也”[③]，那么师与圣在很大程度上是等同的，所以说：“情安礼，知若师，则是圣人也。”（《修身》）[④]《礼论》篇说礼有三本，其中，君师是治之本[⑤]。可见，圣王与师尊皆是教化治政之本。两者有时合而为一，从制礼义之统的角度言则为圣，从以礼义教化的角度言则为师。就此意义言，则师是圣，其德与位相同。荀子重视文化力量（礼义之统）与政治力量对于治政所发挥的巨大作用，强调师道在施政中具有不可替代的作用。

《泰录》篇又提出“上贤为天子，次贤为三公，高为诸侯”。这是以精神境界高低来论列天子、三公、诸侯。这和荀子提出“论德而定次”“礼义之分尽矣”的说法相同。荀子以道德境界高低来论列官爵。

可见，《泰录》篇提出禅让、传子并存说，在先秦道家史上具有独特的意义。荀子主张禅让、传子并存不悖，王朝可以世传，也可以易姓，对《泰录》产生影响。

3. 本篇受荀子影响

本篇应受荀子影响，原因有以下几方面：一是禅让说主要由儒家提出，道家多反对。《泰录》提出禅让、传子并存说，应该从儒家孔子、荀子那里获取思想的资源或得到启发。二是荀子对禅让与传子都持肯定态度，这样的开放态度比较容易为其他学者接受。三是荀子曾经在稷下学宫当过祭酒，与不同学派思想家有交流。他对道家学说有批判，有吸收[⑥]。同样，道家受他的学说影响，也有批判与接收。四是荀子影响《泰录》，《泰录》一些用词或思想观念受荀子影响。观念上，荀子的禅让或传子说影响《泰录》。在用词遣字上，《荀子》一书常用的词如“圣王”（37次）、“国家”（16次）[⑦]、“道德”（13次）、“神明”（7次）、“精神”（2次）。《泰录》一文出现以上五个词，其中关于“圣”的

① 孔子认为禅让与传子都合理，见彭裕商：《禅让说源流及学派兴衰》，《历史研究》2009年第3期，第10页。

② 梁启雄：《荀子简释》，北京：中华书局1983年，第260页。

③ 梁启雄：《荀子简释》，北京：中华书局1983年，第21页。

④ 梁启雄：《荀子简释》，北京：中华书局1983年，第21页。

⑤ 梁启雄：《荀子简释》，北京：中华书局1983年，第256页。

⑥ 孙以楷：《荀子与先秦道家》，《学术月刊》1996年第8期，第19—24页。

⑦ 《荀子》全书“国家”出现21次，其中4次出现在《大略》。张西堂《荀子真伪考》认为《大略》非荀子手著。台北：明文书局1994年，第28、138—151页。

就有先圣、神圣、内圣、上圣、圣王五种说法。可见,《泰录》接受荀子的一些观念、用词，并进而加以细分。

四、结论

通过以上对《泰鸿》《泰录》两篇思想核心、写成年代进行论证，得出以下几点结论：

第一,《泰鸿》《泰录》两篇不是“姊妹”篇，虽同是道家作品，但思想重点、写成年代不同。虽然两篇都提及泰一、圣人，有些地方的内容有相同或相近之处，但两篇的思想重点不同:《泰鸿》以黄老学思想为主，受儒家仁义观念影响，借泰一之言强调圣王要提高精神境界，掌握自然规律，施之于政，并把治政措施与五方、四季、音乐互相配合、对应起来。从泰一、泰皇、五官六府三个思想观念演变可证本篇写成于汉武帝建元二年至元鼎四年之间。《泰录》也是黄老学派作品，主要阐述神圣、内圣的精神修养，他们能拔阴阳之变、厘定自然规律、序四时之次等。本篇提出禅让、传子并存说，在道家史上具有特殊的价值。从这两篇思想内涵、侧重点有所不同，可见黄老学派在思想观念上有发展，亦有分歧。这是一个思想学派在发展过程中所应有的现象。

第二,《泰录》篇以神圣、内圣的精神境界为标准，主张精神修养达到此境界的为君，其他的为臣。本篇虽没明确提出“让”或“禅让”说，但实际上主张禅让、传子并存说。其说应受荀子影响。荀子虽然在《正论》里反对“尧舜擅让”说，但他是有的放矢。事实上，他赞成禅让与传子并存，继任天子的必须是圣人。荀子在思想观念与用词遣字上对《泰录》产生影响，由此可见战国晚期儒家对道家产生影响，道家善于吸收儒学。司马谈说道家“采儒墨之善”①，可谓一言中的。

第三，可见《鹖冠子》不是由一个人单独完成，也非一时一人之作，不是写成于秦始皇统一中国之前，有的篇章写于汉代。可见,《鹖冠子》的流传、形成固定的文本需一段较长的时间，至少由战国晚期到汉武帝时期。

（作者单位：澳门大学）

① ［汉］司马迁:《史记》，北京：中华书局1959年，第3289页。

《易林》文本生成的非孤立性浅说

田胜利

内容摘要 《易林》包含四千余则林辞和卦象，它的卜问内容取向，援史入辞，引《易》入辞，援神异入辞等情形，和阜阳汉简《周易》、王家台秦简《归藏》、长沙马王堆帛书《缪和》篇等出土文献及相关传世文献的语料具有一定的相似性。《易林》文本有鲜明的特征性，它的出现不是突兀的，而是有一定文化生态环境的。

关键词 《易林》；文本生成；非孤立性；文化生态

《易林》是西汉末年的易学著作，衍《易》而得，四千多则林辞，数万余言，包含的内容丰赡。然这样的大部头典籍，历来学者对其的关注度却极低，《四库全书》将其列为术数类著作，视之为巫术之流，研究长期处于停滞不前的状态。在有限的研究当中，还夹杂着颇多否定的声音。观览长沙马王堆帛书《周易》、阜阳汉简《周易》、王家台秦简《归藏》等出土文献，结合部分传世文献，将其和《易林》合观，会发现它们存在着一定的相似之处，将这种现象予以揭示，还原《易林》文本生成的文化生态，有利于理解《易林》文本出现在那个时代的合理性，亦有益于认识到早期易学的发展概貌。①

一、《易林》文本之卜问内容取向不是孤立的

《易林》文本呈现出的卜问内容不是孤立的，具有一定的普遍性和实用性，《东观汉记》有这样的记载："永平五年秋，京师少雨，上御云台，召尚席取卦具自卦，以《周易卦林》占之，其繇曰：'蚁封穴户，大雨将集。'……辅上书曰：'案《易》卦《震》之《蹇》：'蚁封穴户，大雨将集。'《蹇》，《艮》下《坎》上，"艮"为山，"坎"为水。山出云为雨，蚁穴居而知雨，将云雨，蚁封穴，故以蚁为兴文。"②《东观汉记》是去焦氏未远的刘珍等

① 本文所论是一种文化生态，属于外围性的研究探讨，对读的文本主要以系列出土文献为主。关于《易林》占繇辞和早期易学文献的内在性关联，可参看拙文《论〈易林〉象数易学的文脉渊薮——从〈易林〉与〈左传〉〈国语〉〈孔子家语〉的对读谈起》，《孔子研究》2016年第4期。《〈焦氏易林〉的编撰及其与〈周易〉的若干关系——以一爻变的卦例为中心》，《中州学刊》2013年第3期。

② ［东汉］刘珍等撰，吴树平校注：《东观汉记校注》，北京：中华书局2008年，第236—237页。

人所著，文中提及的《震》之《蹇》见于今本《易林》，这是将《易林》应用于占雨的案例。

《易林》系列占断辞描写的事象内容有的较为繁复，高怀明先生称："这些断语有些一望而知其吉凶含义，也有一些隐晦不知所云，很多是借古事以示意。"①高先生的判断是有道理的，在占卜视域下，有的林辞很难进行占卜内容的归类，如关于历史性故实、飞禽鸟兽类的模象性繇辞，内容很多都具有复杂的指向性，意义指向较为隐晦，如《大壮》之《晋》曰："郑国谗多，数被楚忧。商人愁苦，民困无聊。"②《睽》之《既济》曰："先易后否，失我利市。骚苏自苦，思吾故止。"《乾》之《小畜》曰："据斗运枢，顺天无忧。所行造德，与乐并居。"这类林辞涵盖面广，占问内容没有明晰的指向，包含的信息较为模糊。有的林辞内容指向清晰，则归类较易，如次：

> 《遁》之《噬嗑》：去恶就凶，东西多讼，行者无功。《乾》之《泰》：不风不雨，白日皎皎。宜出驱驰，通利大道。（出行）
>
> 《明夷》之《艮》：鸱鸮娶妇，深目窈身。折腰不媚，与伯相背；《讼》之《涣》：机杼纷扰，女功不成。长女许嫁，衣无襦袴，闻祸不成，凶恶消去；《师》之《同人》：季姬踟躕，结衿待时。终日至著，百两不来。（婚娶）
>
> 《大壮》之《大过》：鼠聚生怪，为我患悔。道绝不通，商旅失意。（商旅）
>
> 《大壮》之《夬》：桃李花实，累累日息。长大成熟，甘美可食，为我利福。（农业）
>
> 《晋》之《否》：北风寒凉，雨雪益冰。忧思不乐，哀悲伤心。（天气）
>
> 《大壮》之《损》：出门望东，伯仲不来。疾病为患，使母忧叹。（疾病）

这类林辞，占问内容指向较为明晰单一，出行、婚娶、商旅、农业、天气、疾病等标示得清晰明了，在《易林》繇辞的整体数量上占据着一定的比例。当然，有时繇辞所摄取的事象虽然明晰，但是属于多种事象杂糅，也会略显复杂，如《师》之《坤》称："春桃生花，季女宜家。受福且多，在师中吉。男为封君。"总起来看，《易林》繇辞计四千余首，出行、商旅、婚娶等事象不一而足，就诸多繇辞的占问内容而言，在一定程度上和《日书》类文献接近。

西汉末年的《易林》占问内容关涉广泛，关于借助占卜所拟解决的问题，有学者归结为五类：

> 一类是关于事实或盖然性的问题，例如关于盗匪活动的报告是否属实，是否将爆发疫病，下雨的可能性多发。第二类是，人们就有些问题求助于占卜者的技艺，以决定是否宜于行动和能否取得成功，例如，一个官员应该留任还是退隐，出征是

① 高怀民：《两汉易学史》，桂林：广西师范大学出版社2007年，第89页。

② 刘黎民：《焦氏易林校注》，成都：巴蜀书社2011年，第603页。（注：本文所引《易林》繇辞，均据此本，个别据他本有所改动，不复出注。）

否会旗开得胜。如上所述，第三类问题非常重视所定的祭祀或婚丧的日子是否适宜。第四类问题与选择住宅的合适地点或死者的墓葬地有关。最后一类是对几种选择中挑选其一的问题，例如，应任命哪一个官员为将帅率军出征，何人应为国君的继承人。①

这种分类是值得借鉴的，也比较符合实际。清华简《筮法》篇有这样的记载："凸（凡）十七命：曰果，曰至，曰亯（享），曰死生，曰导（得），曰见，曰瘳，曰咎，曰男女，曰雨，曰取（娶），曰战，曰成，曰行，曰雠（售），曰旱（旱），曰祟。凸（凡）是，各堂（当）亓（其）卦（卦），乃扐占之，占之必力（扐），卦（卦）乃不訧（忒）。"②《清华简·筮法》对诸多命辞类型的记载，相似的语料亦见于传世文献《周礼·太卜》篇中，可视为对于占问内容的一种归纳表述。《易林》衍《易》，繇辞书写涉及的占问内容也不例外，可作如是观。

此外，《易林》繇辞的内容，就占问内容取向而言，不具有特异性，而是古代卜问的常见内容，这种情形在阜阳汉简《周易》中也能得到印证。阜阳汉简系安徽阜阳双古堆西汉汝阴侯夏侯竈墓出土，据学者考证，夏侯竈卒于汉文帝时期，它的时代无疑早于《易林》，阜阳汉简《周易》在《周易》卦爻辞之后，就往往会连带书写卜占内容，对此，韩自强先生总结道：

有卜问气象方面的，如卜雨、卜霁、卜星（晴）；有卜劳作田鱼的，如卜劳作吉不吉、田鱼获不获；有卜人事方面的，如求得、求出入、求官、求升迁、求益禄、求美人得或不得、得大、得小、得多、得少的；有卜人主、大臣、大人、食税者、有土之君的吉凶、安危的；有卜人君聚敛，卜事君、伴君者以及百事的吉或不吉，居官者是免，是徙的；有卜臣者莅临敬其下乃吉的，有卜举事或有为是成是败的、卜军旅和行者有咎无咎、行或不行的，……卜问的事物涉及到当时社会的方方面面，包罗万象。③

韩先生所言是可信的，在阜阳汉简中，卜问内容确实如此，丰富而多样，现摘录数条④，如次：

《豫》卦下系："六鸣豫，凶。卜求有得也。后必口。"

《无妄》卦下曰："齐，不吏（事）君不吉，田鱼不得。初九无亡，往吉，卜田鱼得而。"

---

① ［英］崔瑞德、鲁惟一编，杨品泉等译：《剑桥中国秦汉史》，北京：中国社会科学出版社1992年，第646页。

② 李学勤主编：《清华大学藏战国简（肆）》，上海：中西书局2013年，第122页。

③ 韩自强：《阜阳汉简〈周易〉研究》，上海：上海古籍出版社2004年，第96页。

④ 韩先生将不少卜问内容系于相应的卦爻辞之下，另还有不少没法归系的内容。以下所引均据此本，增加标点符号，不复出注。

《遁》卦下曰："之以吉，居事不吉。"

《蹇》卦下曰："往蹇来反，卜病不死。"

阜阳汉简《周易》还有多种卜问之辞相连者，如《大过》卦："枯杨生荑，老夫得女妻，无不利，卜病者不死，战斗适强而有胜，有罪而迁徙。"总起来看，阜阳汉简《周易》卦爻辞所涉及的卜问内容有诸如田猎捕鱼、生老病死、婚姻嫁娶、诉讼刑狱、出行等，这和《易林》在卜问内容上具有一致性。

阜阳汉简《周易》在卦爻辞之后系有指向明晰的卜问内容，类于《日书》，对此，李零先生、韩自强先生等均有精彩论述。针对焦氏易学，今存有卦气值日说，学人黄儒宣写道："焦延寿独得的隐士之说，可能与阜阳汉简《周易》、敦煌汉简占书这类融合《日书》的《周易》有关，所以才会创立焦林直日，以六十四卦直日用事。"[①]尽管《易林》卦气值日说的可靠性还有待进一步证实，但《易林》的卜问内容的确也和《日书》、阜阳汉简《周易》有着相似性的一面，存在着渊源的可能性。

二、《易林》文本之援史入辞不是孤立的

《易林》繇辞对于历史故实的涉猎是多方面的，既有对西周之前人物和故实的取用，也有大量西周之后的故实。箕子是商代末期的王子，被纣王囚禁，林辞多次涉猎箕子佯狂这一事象，如《贲》之《屯》曰："日出阜东，山蔽其明。章甫荐履，箕子佯狂。"章甫荐履，指把礼冠当作鞋垫，黑白颠倒之义，和箕子佯狂事象扣合。林辞引西周之后的史实，更是丰富，如次：

《乾》之《益》：公孙驾骊，载聘东齐。延陵说产，遗季紵衣。

《乾》之《夬》：东郭棠姜，武子以亡。《乾》之《升》卫侯东游，惑于少姬。亡我考妣，久迷不来。

《乾》之《兑》：鹢飞中退，举事不遂，宋人乱溃。

《履》之《蛊》：齐景惑疑，为孺子牛。嫡庶不明，贼孽为患。

《姤》之《震》：二桃三口，莫适所与。为孺子牛，田氏生咎。

《旅》之《兑》：秦晋大国，更相克贼。获惠质圉，郑被其咎。

《比》之《恒》：牵尾不前，逆理失臣，卫朔以奔。

《易林》繇辞对历史故实的吸纳是林辞显著的特征之一[②]，这些林辞的内容完全由历史故实构成，试撷取末两则详析之，林辞《旅》之《兑》曰："秦晋大国，更相克贼。获惠质圉，郑被其咎。"获惠质圉，《左传》僖公十七年写道："夏，晋大子圉为质于秦，秦

① 黄儒宣：《阜阳汉简〈周易〉卜辞试探》，《周易研究》2008年第5期，第17页。

② 相关详情可参看汤太祥：《〈易林〉与经学典籍关系及文史价值研究》，2014年安徽师范大学博士学位论文。

归河东而妻之。惠公之在梁也，梁伯妻之。”[①]郑指的是庆郑，《左传》僖公十五年记载：

> 晋饥，秦输之粟；秦饥，晋闭之籴，故秦伯伐晋。……庆郑曰：“古者大事，必乘其产，生其水土，而知其人心；……进退不可，周旋不能，君必悔之。”弗听。[②]

秦因晋不记前恩，秦饥，晋拒绝借粟而交恶，随后交换太子为人质，博取双方的信任，在恩怨纠葛中，庆郑因在秦晋交战中不肯搭救晋惠公，获罪被杀，事见《左传》僖公十五年。

又如，林辞《比》之《恒》：“牵尾不前，逆理失臣，卫朔以奔。”王，《四部丛刊》本作惠，指的是卫国惠公，名朔。《左传》桓公十六年记载：

> 初，卫宣公烝于夷姜，生急子，属诸右公子。为之妻于齐，而美，公取之。生寿及朔。属寿于左公子。[③]

《左传》桓公十六年又载：“二公子故怨惠公，十一月，左公子洩、右公子职立公子黔牟。惠公奔齐。”[④]宣姜袒祐宠爱己子，而引发祸乱，揭示的是母子、兄弟之间因过度亲比而招致祸患之象。

以上皆是典型的引史林辞，类似的林辞是丰富的。《易林》繇辞对于历史故实的涉猎，追溯远源，在《周易》古经中已现端倪，如《泰》卦六五爻辞：“帝乙归妹，以祉，元吉。”又，《归妹》卦六五爻辞：“帝乙归妹，其君之袂不如其娣之袂良。月几望，吉。”帝乙，高亨先生注：“《集解》引虞翻曰：‘帝乙，纣父。’按：《左传》哀公九年解此爻，以帝乙为微子启父。启，纣兄也。盖即虞翻所本。”帝乙当指商朝末期的一位君王，帝乙归妹是与帝王相关联的婚嫁故实。《大壮》卦六五爻辞：“丧羊于易，无悔。”又《旅》卦上九爻辞：“鸟焚其巢，旅人先笑而后号咷，丧牛于易，凶。”丧羊于易、丧牛于易的故实见于《山海经·大荒东经》：“王亥托于有易，河伯仆牛。有易杀王亥，取仆牛。”《楚辞·天问》也有称述：“该秉季德，厥父是臧。胡终毙于有扈，牧夫牛羊。”这是关于王亥在有易被杀的文献记载，王亥是商人的祖先，是契的八世孙，《周易》古经以之入爻辞是对历史故实的化用。《晋》卦卦辞：“康侯用赐马蕃庶，昼日三接。”康侯是卫国首位君主康叔，具体记载见于《左传》定公七年及《史记·卫康叔世家》。《明夷》卦六五爻辞：“箕子之明夷，利艰贞。”箕子即林辞反复称引的商朝末代王子。《既济》九三爻辞：“高宗伐鬼方，三年克之，小人勿用。”高宗，指殷高宗武丁，系商朝第二十三任君主。综之，《周易》古经对于历史故实的调遣和运用散见多处，以此来观照衍《易》著作《易林》，《易林》在部分繇辞的编撰中，其对于历史故实的选取和运用也是如此，和其一脉相承。

---

① 杨伯峻：《春秋左传注》，北京：中华书局2009年，第372页。

② 杨伯峻：《春秋左传注》，北京：中华书局2009年，第352—355页。

③ 杨伯峻：《春秋左传注》，北京：中华书局2009年，第145—146页。

④ 杨伯峻：《春秋左传注》，北京：中华书局2009年，第147页。

《周易》古经之外，长沙马王堆帛书《谬和》篇和《易林》同样具有一定的相似性，如卦变，可以较为清晰地反映出二者的前后关联，相关文字见于《缪和》篇第九章：

庄但问于先生曰：敢问于古今之世闻学谈说之士君子，所以皆牧焉，……今《易·嗛》之初六亓辞曰："嗛嗛君子，用涉大川，吉。"将何以此论也？子曰：夫务尊显者，亓心又不足者也。君子不然。畛焉不自明也，耶也不自尊，□□世□。《嗛》之初六，《嗛》之《明夷》也。耶人不敢又立也，以又知为无知也，以又能为无能也，以又见为无见也。"

针对《缪和》篇中的《嗛》之初六，邓球柏先生写道："《嗛》之初六就是《嗛》之《明夷》。可见《焦氏易林》中的《乾》之《坤》、《坤》之《乾》的编排法由来古远。"[①]卦变之外，又如"据象系辞"，对《易林》，尚秉和先生有"无一字不从象生"的论断，事实上，尽管每一则林辞的编排并非都能如此，但尚先生的说法也有一定道理，《缪和》篇解卦有的也直接从象上来解，如释《丰》卦时称："夫日者，君也；斗者，臣也。日中而见斗，君将失其光矣。"又如释《明夷》卦时称"是以而［天］下驩然归之而弗猒（厭）也。用涉大川吉者，夫明夷离下而川（坤）上，川（坤）者顺也，君子之所以折其身"，由此可见，长沙马王堆帛书《周易》与《易林》有一定趋同性[②]。这种趋同性在援引史实语料上也是如此，长沙马王堆帛书《周易·谬和》篇有系列援引史实的语料，如《谬和》第十五章记载：

汤之𨌑守，东北，又火。曰：彼何火也？又司对曰：渔者也。汤遂□□□又司歃之曰："古者蛛蝥作罔，今人之缘序，左者右者，尚者下者，衡突乎土哉，皆来吾罔。"汤曰："不可！我教子歃之曰：古者蛛蝥作罔，今人之缘序，左者使左，右者使右，尚者使尚，下者使下，吾取亓犯命者。"诸侯闻之曰：汤之德及禽兽鱼鳖矣，故共皮敝以进者卌又余国。《易》卦亓义曰："显比，王用参毆，失前禽，邑不戒，吉。"此之胃也。

这则故实的主人翁是汤，商汤的故实也见于林辞，如《震》之《大壮》："夏台羑里，汤文厄处。鬼侯歠醢，岐人悦喜。"该林所涉及的内容又见于《屯》之《需》、《颐》之《复》，关于夏台，《史记·夏本纪》云："桀不务德而武伤百姓，百姓弗堪，乃召汤而囚之夏台，已而释之。"夏台是夏朝时的监狱，《水经注》记载："夏曰夏台，殷曰羑里，周曰囹圄。"林辞描写即是商汤和周文王遭受困厄而又获得释放的故实。

帛书《周易·谬和》篇援史语料，还见于邓先生《帛书周易校释》所排定的第十五章、第十六章、第十七章、第十八章、第十九章、第二十章，它们基本上都位列于《谬和》篇的后半部分，其中既有吴王夫差、越王勾践的史实，也有荆庄王欲伐陈、赵闲子

① 邓球柏：《帛书周易校释》，长沙：湖南人民出版社2002年，第602页。

② 据象解卦，《易传》即已如此。

欲伐卫等史实。

帛书《周易·谬和》篇援引的吴越等史实，在《易林》繇辞中虽找不到一一对应的案例，但将史实和《易》予以结合的情形，和《易林》援史入繇辞具有相似性，由此不难推测，《易林》援史入辞在早期不是孤立的情形，《周易》古经、长沙马王堆帛书《周易》均有这方面的语料，这也为后世“易”“史”合流所彰本。

三、《易林》文本援引《易》典入辞的形态不是孤立的

《易林》文本援引《易》典入辞，完全取用《易》的语料而成为一则林辞的情形是没有的，涉《易》语料的林辞都是通过一定程度上的改写和化用而成。《易林》繇辞引《易》语料，从征引对象考察，涵盖了《周易》的经、传，如次：

《困》之《困》：席多针刺，不可以卧。动而有悔，言行俱过。

《艮》之《损》：卵与石斗，糜碎无疑。动而有悔，出不得时。

《泰》之《解》：坤厚地德，庶物蕃息。平康正直，以绥大福。

《大畜》之《坎》：天地闭塞，仁智隐伏。商旅不行，利深难得。

《睽》之《小畜》：凶声丑言，恶不可闻。君子舍之，往恨我心。

《遁》之《无妄》：容民畜众，履德有信。大人受福，童蒙忧惑。

《鼎》之《需》：容民畜众，不离其居。

《师》之《坤》：春桃生华，季女宜家。受福且多，在师中吉。男为封君。

上述的林辞均是对《周易》语料的灵活称引，首两则中的“动而有悔”出自《乾·文言传》：“亢龙有悔，何谓也？子曰：贵而无位，高而无民，贤人在下位而无辅，是以动而有悔也。”第三则化自《坤·象传》：“坤厚载物，德合无疆。含弘光大，品物咸亨。”第四则“天地闭塞，仁智隐伏”化自《坤·文言》：“天地闭，贤人隐。”第五则化自《屯》卦《象传》：“君子舍之，往吝，穷也。”第六、七则化自《师》卦的《象传》：“地中有水，师；君子以容民畜众。”列举的末则出自《师》卦六二爻辞：“在师中吉，无咎，王三赐命。”此外，有时一则《易》典语料，会演变为多则林辞使用的语料，遵循以象为统摄的原则，散见于多则林辞，《小畜》卦九三爻辞：“舆说辐，夫妻反目”，其中“夫妻反目”之语即此例，如林辞《小畜》之《同人》作：“夫妻反目，主君失居。”《豫》之《睽》曰：“夫妻反目，主君失位。”《解》之《履》曰：“夫妻反目，不能正室。”《丰》之《同人》称：“夫妻反目，君主失国。”

《易林》中的诸多繇辞化用《易》典甚夥，林辞对《易》的化用，加入了《易林》作者的言辞和思想，富有主观性，绝少完全忠于《周易》原辞，所系的卦象往往也与对应的《周易》卦象无涉，而是引申发挥，通过增、删、改、易的手法，灵活化用而得。引《易》语料和林辞结合为一体，是一种镶嵌式的形态。

《易林》援引《易》典入繇辞的形态是孤立的吗？回答是否定的，在当下能见到的出土文献中，阜阳汉简《周易》即有此初形，其将卜辞和卦爻辞串并为一体，如次：

《同人》卦六二："同人于宗，吝，卜子产不孝吏。"

《中孚》上九："取妇嫁女，不吉，田不得，上九翰音。"

《蹇》卦九三爻辞："往蹇来反，卜病不死。"

《小畜》："得也，初九复自道何其咎吉有。"

《复》："出妻皆复·六三，频。"

《离》："离，利贞，亨。畜牝牛吉。居官及家不吉；罪人不解。"

《大过》："得之·九二，枯杨生苐，老夫得女妻，无不利，卜病者不死，战斗适强而有胜，有罪而迁徙。"

在这些简文里，阜阳汉简《周易》都相应地增加了诸多内容，卜问指向性更加明晰。这是将《周易》古经卦爻辞和自带的现实卜问内容予以缀合，《周易》古经成为阜阳汉简《周易》整体内容的组成部分。

通过比较可以看出，援引《易》典的形式在阜阳汉简《周易》中已出现端倪，阜阳汉简《周易》将卜辞大量缀于卦爻辞前后，浑然一体，这和《易林》既有差异，也有相似性的一面存在。

四、《易林》文本的韵语体及援神异入辞不是孤立的

《易林》文本以诗体写就，杨慎在《升庵集》中摘录多首《易林》繇辞，品评曰："《焦氏易林》，西京文辞也，辞皆古韵，与《毛诗》《楚辞》叶音相合，或似《诗》，或似乐府、童谣，观者但以占卜书视之，过矣。"王世贞在《艺苑卮言》中亦曰："延寿《易林》、伯阳《参同》，虽以数术为书，要之皆四言之懿，《三百》遗法耳。"在易学领域追溯这种形态的渊薮，《周易》已初具此形态，《周易》三言韵语不多，但已经蕴含一些诗歌因子，剔除掉占断语，《同人》卦九四爻辞是这样的："乘其墉，弗克攻。"《坎》卦九五爻辞："坎不盈，祇既平。"爻辞末尾押韵，首字领起为半拍，后两字为一拍，和民谣接近。《中孚》卦六四爻辞："月几望，马匹亡。"末句"马匹亡"以两字领起，和早期三言诗节奏一致，是以整拍领起[①]。《易林》少部分林辞也用三言体写成，《同人》之《观》："播天舞，光地乳。神所守，乐无咎。"《革》之《困》："登昆仑，入天门。过糟丘，宿玉泉。同惠欢，见仁君。"两首林辞连续押尾韵，节奏和民谣同。林辞也有隔句押韵的情形，《大有》之《需》写道："火虽炽，在吾后。寇虽多，在吾右。身安吉，不危殆。"《豫》之《旅》曰："入天门，守地户。君安乐，不劳苦。"《既济》之《贲》写道："居华巅，观浮云。风不

① 李炳海：《中国诗歌通史·先秦卷》，北京：人民文学出版社2012年，第31—32页。

摇，雨不濡。心平安，无咎忧。”韵语均以单字领起，采用的是半拍加整拍的诗歌节奏。在《周易》卦爻辞中，三言诗句的结构存在两种形态。一种是两字整拍领起，后面是单字半拍。一种是单字半拍领起，后两字为一拍。而《易林》中的三言诗句，绝大多数是半拍领起，后两字为一拍，这种句型是《易林》三言诗的主要形态。

《周易》四言体韵语较常见，剥离掉占断语，《否》卦九五爻辞写道：“其亡其亡，系于苞桑。”《大壮》卦九三爻辞：“小人用壮，君子用罔。”这是两句相连的情形，也有三句、四句相连的爻辞，《渐》卦九三爻辞写道：“鸿渐于陆，夫征不复，妇孕不育。”《无妄》卦六三爻辞写道：“无妄之灾，或系之牛。行人之得，邑人之灾。”《周易》四言句采用两字领起模式，每句二拍，和《诗经》的四言体诗已较为接近。《易林》繇辞的编写也大量运用四言体。《大有》之《贲》：“楚乌逢矢，不可久放。离居无群，意味精丧。作此哀诗，以告孔忧。”楚乌，又名仓庚、黄莺，见《尔雅·释鸟》。这段林辞的结尾富有抒情意味，与《诗经·小雅》的《何人斯》及《巷伯》的结尾有相似之处。这里揭示出以作诗的形式来撰写林辞的缘由，林辞的具体表达方式也确实如此，如果去除卦象，林辞完全可以视作诗歌。

事实上，将占辞予以韵体文书写，出土的王家台秦简《归藏》以及马国翰辑佚文献中也有类似韵语语料[①]，如：

《归藏·郑母经》：昔夏后启筮，乘飞龙以登于天，枚占于皋陶，皋陶曰：“吉而必同，与神交通，以身为帝，以王四乡。”

《归藏·遗爻逸文》：上有高台，下有雝池。以此事君，其贵若化，若以贾市，其富如何；有人将来，遗我货贝。以至则彻，以求则得。有喜将至。

类此的四言句，和林辞有异曲同工之妙。将《归藏》和《易林》的四言韵语予以合而观之，对此，明代人杨慎写道：“皆用韵语，奇古可诵，与《左传》所载诸篇辞相类，《焦氏易林》源出于此。”[②]当下，学者刘银昌先生亦有详细的论述[③]，可供参考。

韵语体之外，《易林》繇辞的编撰还存在援引神异事象入辞的情形，如《归妹》之《升》写道：“戴尧扶禹，松乔彭祖。西过王母，道路夷易，无敢难者。”辞中出现了系列仙人形象。又，《师》之《咸》称：“长尾蟃蛇，画地成河。深不可涉，绝无以北，惆怅喟息。”相似的林辞还见于《噬嗑》之《复》，《大壮》之《鼎》，长尾蟃蛇，突出的是尾巴特别发达，结合画地成河来看，化用的当是应龙助力大禹治水的神话传说，《楚辞·天

① 马国翰所辑《连山》，也和林辞有相似之处，因其暂无出土文献证之，此亦暂不列入。本文所考察的《归藏》文献不限于出土的王家台秦简《归藏》。

② 转引自刘银昌：《盖事则〈易〉，其辞则诗——〈焦氏易林〉文学研究》，2006年陕西师范大学博士论文，第62页。

③ 刘银昌：《盖事则〈易〉，其辞则诗——〈焦氏易林〉文学研究》，2006年陕西师范大学博士论文，第62页。

问》有这样的文字:“应龙何画?河海何历?”王逸注:“禹治洪水时,有神龙以尾画地,导水所注当决者,因而治之也。”应龙、神龙、长尾者,当指同一名物。

后羿事象,《既济》之《履》写道:“夷羿所射,发辄有获。矰加鹊鹰,双鸟俱得。”《既济》之《履》,是定而前行之象,正与后羿射鸟事象相合。后羿射杀事象与吉利相伴,林辞中出现三次,另两处是这样的:

《履》之《履》:十乌俱飞,羿射九雌。雄得独全,虽惊不危。

《剥》之《大壮》:夷羿所射,发辄有获。双凫俱得,利以伐国。

林辞中,十乌一同飞翔,九只受到后羿射杀,雄鸟得以独全,如同履虎尾而得以脱险之象。后羿射杀之象,也与不吉利相伴。《师》之《否》写道:“羿张乌号,彀射天狼。柱国雄勇,斗死荥阳。”柱国斗死事象,见于《史记·陈涉世家》:“陈王征国之豪杰与计,以上蔡人房君蔡赐为上柱国。”①柱国是官名,司马贞《索隐》写道:“涉始号楚,因楚有柱国之官,故以官蔡赐。”②房君蔡赐为柱国,后来章邯破伍徐,“击陈,柱国房君死”③。相似繇辞见于《噬嗑》之《旅》、《无妄》之《复》、《井》之《大过》。林辞选取后羿射杀与柱国斗死事象,某种意义上,标示的是需小心谨慎之义。

蚩尤事象,林辞《蒙》之《坎》曰:“白龙黑虎,起伏暴怒。战于涿鹿,蚩尤败走。居止不安,君安其所。”芮执俭先生注:“白龙指黄帝,赤虎指蚩尤。”关于蚩尤部落的传说,见于《逸周书·明堂解》:“命赤帝(炎帝)分正二卿,命蚩尤于宇少昊,以临四方,……蚩尤乃逐帝,争于涿鹿之河,九隅无遗。”④在占卜视域下,援引蚩尤神异传说入占繇辞的情形又见于《左传》筮例,《左传》僖公二十五年记载:“秦伯师于河上,将纳王。狐偃言于晋侯曰:‘求诸侯,莫如勤王。诸侯信之,且大义也。继文之业,而信宣于诸侯,今为可矣。’使卜偃卜之,曰:‘吉,遇黄帝战于阪泉之兆。’公曰:‘吾不堪也。’”杨伯峻先生引《大戴礼记·五帝德》称:“‘黄帝与赤帝战于阪泉之野,三战而得行其志’,而《逸周书·尝麦篇》则谓‘蚩尤为赤帝臣,逐帝,赤帝乃说于黄帝,执蚩尤’云云。”⑤这是以黄帝和赤帝战于阪泉的史事传说为对象而为占繇辞,战争的吉凶标示着某种兆象的吉凶。

综上,《易林》援引神异事象入繇辞是较为普遍的一种现象,相关的繇辞甚夥,某种意义上讲,《易林》文本援引神异传说入辞在易学领域亦不是孤立的,除《左传》筮例之外,这种情形和《归藏》亦有较大的相似性,如称:

明夷曰:昔夏后启筮,乘飞龙而登于天,而枚占于皋陶,陶曰吉。

① [汉]司马迁:《史记》,上海:上海古籍出版社1997年,第1526页。
② [汉]司马迁:《史记》,上海:上海古籍出版社1997年,第1526页。
③ [汉]司马迁:《史记》,上海:上海古籍出版社1997年,第1529页。
④ 《逸周书》,济南:齐鲁书社2010年,第74页。
⑤ 杨伯峻:《春秋左传注》,北京:中华书局2009年,第431页。

昔者羿善射，毕十日，果毕之。

借者起射羿而贼其家，久有其奴。

昔黄神与炎神争斗涿鹿之野，将战，筮于巫咸，巫咸曰："果哉而有咎。"

羿请不死之药于西王母，姮娥窃之以奔月，将往，枚筮之于有黄，有黄占之曰："吉。翩翩归妹，独将西行，逢天晦芒，毋惊毋恐，后且大昌。"

秦简《归藏》涉及系列神话人物和传说，后羿射日、炎黄之争、羿请不死之药于西王母等，带有原始宗教的文化印迹，《归藏》的这一特点，可称之谓"托神言事"①。刘勰《文心雕龙·诸子》篇曰："按《归藏》之经，大明迂怪，乃称羿毙十日，嫦娥奔月。"②这是指《归藏》包含着诸多虚夸奇怪之事。这类事象被占卜辞所摄取，是占卜之神奇与原始宗教之神奇的融合。《易林》繇辞同样有对这些神异事象的摄取，见于《既济》之《履》、《剥》之《大壮》、《履》之《履》、《剥》之《乾》等大量林辞中，就援引神异事象这一端而言，《易林》和《归藏》存在着相似性。

五、结语

迄今为止，就出土文献而言，通过对读可以大致推断，《易林》文本在诸多方面的特征都不是孤立的，在它之前或同时代而稍早，都有与之相似的文本内容形态存在，尽管这种相似性是一种表面的、肤浅的，相似性的背后不能建立起深层次关联，但并不能阻隔我们对于《易林》文本生成的那片文化土壤的宏观考量，客观上讲，借助这些大量存在的相似文献，有益于加深我们对《易林》文本生成的思考。

（作者单位：北京师范大学文学院）

① 辛亚民：《略论王家台秦简〈归藏〉的风格特征》，《船山学刊》2014年第3期。

② 周振甫：《文心雕龙译注》，北京：中华书局1986年，第159页。

如何走出“后经学时代”：从经学的瓦解到经学的重建

陈绪波

内容摘要 晚近以来，经过近代学术的西化，中国学术的形式与内容出现重大而明显的变化。以经学为主导的传统学术格局最终瓦解，以文、史、哲为学科门类的现代学术体系逐步建立起来，经学随之也进入了它的“后经学时代”。但是从经学“经典”所具有的超时空特性来看，经学还是有重建的可能性，但是也面临着众多挑战。

关键词 经学；“后经学时代”；经学的瓦解；经学的重建

李学勤先生曾经说：“国学是三教九流无所不包，非常的广博，非常的复杂，可是在国学里面它有一个主流，这个主流是儒学；儒学有一个核心，这个核心是经学。”①可谓中的之言。自汉武帝“罢黜百家，独尊儒术”，一直到清代，经学从来都是中国古代最为重要的学术思想。晚近以来，随着清政府的衰败，科举制度被废除，经学赖以存在的土壤也分崩离析。在新文化运动的推动下，中国开展了一系列的西化运动，在教育上则是仿照西方的高等教育，建立起中国现代化的学科门类体系。1912年中华民国成立，蔡元培任教育总长，他认为经学已经归入文、史、哲学科中，“无再设经科的必要，废止之”②。自此以后，中国传统的以经、史、子、集为划分的学术体系变成完全西化了的文、史、哲学科门类，中国现代化的学科体系就这样形成了。

从经、史、子、集到文、史、哲，中国的学术体系发生了重大变化。具体而言，这个重大变化就是：经学的消解与现代学科体系的形成，“以经学为主导的传统学术格局最终解体”，“经学最终被完全分解，整个学术按照现代西学规范重新分类，语言学、文字学、音韵学、方言学、考古学（含博物学）、社会学、人类学（含民俗学）、历史学（含

① 李学勤：《中华读书报》，2010年8月4日。

② 蔡元培：《我在教育界的经验》，高平叔编《蔡元培全集》卷七，北京：中华书局1984年，第198页。

历史地理)、宗教学、哲学等一整套体系逐渐形成”。[①]作为中国传统文化核心的经学，在现代学科体系的形成过程中被消解掉了，经学也完结了它的传统使命，进入了“后经学时代”。

一、“后经学时代”与“经学的瓦解”

冯友兰先生的《中国哲学史》将中国传统学术分为两个时期，“自孔子至淮南王为子学时代，自董仲舒至康有为则经学时代也”[②]。在陈少明先生看来，“如果冯氏的这个概括可以成立的话，那么康有为之后，从思想文化角度言，中国就进入了后经学时代”[③]。陈壁生教授更是把这个时代归纳为“经学的瓦解”时期，“在这段时间中，中国学术研究的主流，整体性从章太炎的‘以史为本’转向胡适之的‘以史料为本’，新文化运动、整理国故、古史辨相继兴起，全面移植西方学术分科，从而实现中国学术的现代转型。这一时期的学术研究，奠定了所谓‘中国现代学术’的基本格局”[④]。

从总体上来说，中国是在现代学科体系的建立过程中，逐步进入了“后经学时代”。“后经学时代”是一个破旧立新的时代，旧的经、史、子、集学术体系逐渐瓦解，新的按照西方学术规范建立起来的以文、史、哲为主体的中国现代学术体系逐渐形成。在这一学术转型过程中，章太炎、顾颉刚、王国维、陈寅恪等开始采用西方文、史、哲的学术方法对中国的传统学问进行尝试性研究。他们所做的研究，多具有开创性，并且取得了非常大的成就，可以说是中国现代学术的奠基人。因此，他们被称为国学大师，对后世影响深远。

采用西方文、史、哲的学科方法来研究中国传统文化，确实能够另辟蹊径，也能够取得意想不到的成果，例如王国维的《殷周制度论》《宋元戏曲考》等，陈寅恪的《隋唐制度渊源略论稿》《唐代政治史述论稿》《元白诗笺证稿》等，以及冯友兰的《中国哲学史》，都是传世之作。我们当下对这些大师的推崇无不与此有关。在现代学科体系下，作为中国传统文化核心的“经学”是否予以保留？这是一个非常重要的问题。1898年清政府建立“京师大学堂”，这是中国近代建立的第一所国立大学，也标志着中国近代国立高等教育的开端。在“中学为体、西学为用”思想的指导下，“经学学科”得到了保留。[⑤]1902年，京师大学堂进行改制，张百熙拟定《钦定学堂章程》，“经学学科”仍然

① 桑兵：《民国时期的国学研究》，北京：北京师范大学出版社2014年，第23页。

② 冯友兰：《中国哲学史》上册，北京：中华书局1984年，第485页。

③ 陈少明：《走向后经学时代》，《汉宋学术与现代思想》，广州：广东人民出版社1995年，第127页。

④ 陈壁生：《经学的瓦解》，上海：华东师范大学出版社2014年，第3页。

⑤ 1898年《京师大学堂章程》列文学科七目：经学、史学、理学、诸子学、掌故学、辞章学、外国语言文字学。

予以保留，但是由于各种原因未能实施。1903年，张百熙同张之洞、荣庆又对《钦定学堂章程》加以修订，形成新的《奏定学堂章程》，并加以实行。在《奏定学堂章程》中，“经学学科”仍然得到了保留。1912年中华民国成立，蔡元培任教育总长，经学的命运发生了重大转折。蔡元培认为：“旧学自应保全，惟经学不另立为一科，如《诗经》应归入文科，《尚书》《左传》应归入史科也”；“清季学制，大学中仿各国神学学科的例，于文科外又设经科。我以为十四经中，如《易》《论语》《孟子》等已入哲学系，《诗》《尔雅》已入文学系，《尚书》、三《礼》、《大戴记》、《春秋》三传已入史学，无再设经科的必要，废止之”①。按其义，《诗经》《尔雅》归入文学科，《尚书》、《左传》、三《礼》、《大戴记》、《春秋》三传归入史学科，《周易》《论语》《孟子》归入哲学科。从传统史部之学来说，它与现代学科体系下的史学学科也并不是完全等同的，不仅包括史学学科，还包括地理学、天文学等学科。从传统子部之学来说，它虽然更多地归入哲学学科，但是还包括宗教学、艺术学、医学、农学等学科。相较而言，集部之学虽然与文学科最接近，但也绝对不是完全对等的关系。从此以后，“经学学科”彻底从中国现代学术体系中剥离了出来。

现代学科体系下的人文研究虽多有创获，但它毕竟是外来的产物。从某种意义上讲，研究方法与研究材料就好比是工具与对象一样。我们去钉钉子最好的工具是锤头，去上螺丝最好的工具是螺丝刀。如果我们用锤子去上螺丝，用螺丝刀去钉钉子，结果可想而知。对于西学而言，它的研究方法是文、史、哲的研究方法，研究材料是西方的典籍，运用文、史、哲的方法来研究西方典籍，自然是得心应手，不存在水土不服的问题。但是对传统的经、史、子、集之学来讲，经学固然有传统经学的研究方法，史部之学固然有传统史学的研究方法，子部之学、集部之学也是如此。当采用了西化的文、史、哲学科后，我们对中国传统学术的研究只能按照西方的学术习惯，进行文学的、史学的、哲学的研究。运用新的研究方法，固然会取得一些创新性的研究成果，若长此以往，必定会捉襟见肘，出现水土不服的问题。

面对此类问题，为了更好地对中国传统学术进行研究，有的学者每每提倡采用文、史、哲综合交叉的方式进行研究；还有学者认为，应该在文、史、哲学科之外再建立一个学科，或者称为国学，或者称为儒学，或者称为古典学。但是即便如此，它也不等同于传统的研究方法。时至今日，我们已经无法回头，在现代学科体系之下，面对传统学术研究、经学研究的困境我们该如何开展，这都是值得我们深思的问题。

---

① 蔡元培：《我在教育界的经验》，高平叔编：《蔡元培全集》卷七，北京：中华书局1984年，第159、198页。

二、经学重建的可能性

“经学是传统文化的主干，它在本世纪的衰落与蜕变，正是中国传统文化现代命运的集中体现。从经学时代向后经学时代的演化，在精神上是矛盾的，甚至也是痛苦的行程。”[①]回首近百年来，作为传统文化核心的经学的瓦解，它所体现出的不仅是中国传统学术的危机，更是一场社会信仰危机。从学术上来讲，中国传统学术完全采用了西方的学科分类，使得传统学术变得支离破碎。随着当下学术研究的不断深入，纯粹的文、史、哲研究所暴露出来的种种弊端越来越明显，更多的学者逐渐认识到纯粹的文、史、哲研究已经不能满足当下学术发展的需求，而力求突破；从精神上来讲，由于新文化运动以来对孔、孟的不断批判，以及在现代学科体系下对传统文化核心的经学的不断解构与边缘化，国人在强大而陌生的西方文明的肆虐进攻下而不知所措，由此对内心中赖以寄托的中国传统文明渐渐产生了怀疑，使得人们的精神追求变得迷茫，而处于一种彷徨无根的状态。

随着国家综合国力的不断增强以及对外交流的不断深入，国人对西方世界有了更多了解，从而逐渐认识到西方的政治制度、文化制度中所暴露出的种种问题，西方文化并不是完美的，西方制度并不能解决中国的问题，中国还是应该走自己的道路。由此可知，重建中国的传统文化，建立国人的“文化自信”，对于国家的发展是至关重要的。由此我们不禁要问，作为传统文化核心的经学是否有重建的可能？在回答这个问题之前，也许我们首先应该了解一下什么是“经”。许道勋、徐洪兴先生认为：“（经）即专指有封建政府法定的、以孔子为宗师的儒家所编著的书籍之统称。”[②]经之所以称之为经，它包括两个最为重要的要素。

第一，它是封建政府法定的典籍，因此经具有政治上的强制性。汉武帝“罢黜百家，独尊儒术”，设立“五经博士”，《周易》《尚书》《诗经》《仪礼》《春秋》成为汉代法定的“五经”；汉代以孝治天下，又将《论语》《孝经》升格，合五经称之为“七经”。到了唐代，又法定《周易》《尚书》《诗经》《周礼》《仪礼》《礼记》《左传》《公羊传》《穀梁传》为科举考试与明经科考试的内容，遂有“九经”之称。宋代，《孟子》升格为经，又加上《论语》《孝经》《尔雅》，与“九经”合称“十三经”。到了南宋，朱熹将《大学》《中庸》从《礼记》中抽绎出来，与《论语》《孟子》配为“四书”。元代恢复科举考试，将“四书”法定为考试的内容。明、清沿袭元制，“四书”仍然是政府法定的考试经典。从汉代的“五经”，一直到元、明、清时代的“四书”，都是由政府法定的儒家经典，就其性质

① 陈少明：《走向后经学时代》，《汉宋学术与现代思想》，广州：广东人民出版社1995年，第131页。

② 许道勋、徐洪兴：《中国经学史》，上海：上海人民出版社2006年，第7页。

而言，则都具有政治上的强制性。姜广辉先生将这种利用儒家经典来维护封建统治的形式称为“经典政治”。“而所谓‘经典政治’，就是藉助传统历史文化的资源，以圣人和经典的恒久权威性来维护王权政治架构的权威”；“儒家经典之所以适膺其选，是因为它适应了当时宗法血缘社会的需要”。①

第二，它是儒家的“经典”，这里所说的“经典”并不是普通意义上的典籍，而是具有深远影响力的、类似于《圣经》《古兰经》类的“神圣型经典”或“宗教型经典”。我们知道儒家的典籍是非常多的，它不仅包括经部的典籍，还包括子部儒家类的典籍。但是真正称得上经学“经典”的也只有“五经”“四书”类的儒家典籍，其他典籍都不能称之为“经典”。“经典”之所以能够被称为“经典”，是因为它具有超时空的特性。“经典是时空的产物，是在时间和空间中反复考验、反复选择和确认的产物。经受不住不同时间和空间考验的书籍，就与经典无缘。经典决不同于一时一地的‘流行物’，经典从不赶时髦。真正的名副其实的经典，在时间与空间中形成，反过来又超越时间和空间而存在，经典具有不朽的性格，经典是永恒的。”②例如，我们所说的《三国演义》《西游记》《水浒传》《红楼梦》四大名著，它们虽然没有封建政府法定，但却一直以“经典”的形式存在，为广大读者所阅读，并经久不衰。王中江先生说：“经典依赖于读者，它因不断地被阅读、理解和解释而获得权威性和神圣性，阅读、理解和解释行为也因经典而被鼓励和肯定。没有不断地阅读、理解和解释，就不可能有权威性的‘经典’。”③儒家的“五经”“四书”也是如此。

综上可知，经学具有政治上的强制性与时空上的永恒性两大特点。近代以来，由于清朝覆亡，经学赖以存续的政治保障土崩瓦解，经学在“政治上的强制性”的神圣光环也随之陨落。失去政治保障的经学，不仅被认为是新文化运动的障碍，也在现代学科体系的建立过程中被完全消解。被消解进入各个学科的经学文献，虽然长期以来一直处于冷门的境地，但却一直保持着顽强的生命力。大体而言，《诗经》《尔雅》更多是在文学系进行文学的、语言的研究；《尚书》《周礼》《仪礼》《礼记》《左传》则是在历史系进行史学的研究；《周易》《孝经》《公羊传》《穀梁传》《论语》《孟子》《四书》则是在哲学系进行着哲学的研究。虽然研究方法、研究思路、研究角度改变了，但是经学的研究从未停止过。

为什么会这样呢？这当然与经学的第二个特性“经典”性有关。我们前面说过，“经典”是具有超时空性的，它虽然有时也会因为受外界影响而起落，但绝不会因为外界环境的变化而失去“经典”的光环。一时的起起落落都是暂时的，但“经典”光环的笼罩确是永恒的。正是因为如此，经学虽然失去了它的政治保障，却依然能够存续下去，并

① 姜广辉：《中国经学思想史》第一卷，北京：中国社会科学出版社2003年，第13页。
② 王中江：《经典的条件：以早期儒家经典的形成为例》，《中国哲学史》2002年第2期，第54页。
③ 王中江：《经典的条件：以早期儒家经典的形成为例》，《中国哲学史》2002年第2期，第54页。

继续散发着"经典"的光芒。也许正是因为如此，才为我们重建经学提供了可能性。

三、经学重建面临的挑战

1993年陈少明先生提出他的"后经学时代"概念，2014年陈壁生教授《经学的瓦解》一书出版。如果说陈少明先生要表达的是一种对经学瓦解的忧思，那么陈壁生教授要表达的则是对经学得以重建的殷切期盼。那么我们不禁又要问，经学是否可以重建呢？也许当我们开始认识到这个问题的时候，我们已经走出了重建的第一步。经学虽然有重建的可能性，但是在"三千年未有之大变局"的大背景下，它所面临的挑战确是前所未有。

首先，在民主与法制成为人类社会文明共识、多元文化共存的背景下，经学当然不可能获得"政治上的强制性"保障。在失去政治保障下的经学，若要在多元文化中独占鳌头，只能充分去挖掘经学中的"经典"魅力。陈来先生说："中国优秀传统文化的丰富的哲学思想、人文精神、教化思想、道德观念等，可以为人们认识和改造世界提供有益启迪，可以为治国理政提供有益启示，也可以为道德建设提供有益启发。中国优秀传统文化中蕴藏着解决当代人类面临的难题的重要启示。"①

作为传统文化核心的经学，其中蕴含着"丰富的哲学思想、人文精神、教化思想、道德观念"等古人智慧，但是如何将这些"宝藏"挖掘出来，加以"炼化"，而运用于当下，则是非常艰难的事情。我们知道，"经典"具有超时空的特性，可以为不同时代的社会发展提供"智慧能量"。但是，从"经典"中产出的"能量"并不是可以直接使用的，它还需要一个"能量"转化的过程。只有经过转化过的"能量"才能直接作用于当下。换句话说，这个"能量"转化的过程就是从"经典"到"经典解释"的过程。作为儒家经典的"五经""四书"，在每一个时代都有不同的"经典解释"。"经典"是不变的，但"经典解释"却是随着时代的发展不断变化的。因为"经典解释"更能为时代发展直接提供"能量"。所以，经学能否重建关键在于我们能否生发出适合社会发展的新的"经典解释"。

其次，在当代学科体系下，经学研究虽然从未中断，但是被边缘化的事实却是毋庸置疑的。在文、史、哲三大人文学科体系下，经学的研究从来都是冷学问。在文学学科中，《诗经》被当作爱情诗歌进行研究；在史学学科中，《尚书》、三《礼》、《左传》都被当成了缺少历史真实的史料。在哲学学科中，由于"受西方学术的影响，'子学'被与西方的'哲学'相比附"②，诸子之学则成了中国哲学研究的主流。经学虽然被冯友兰等哲学家降格为子学，但是由于经学所具有的"经学"性质，经学研究则成为中国哲学中的

① 陈来：《中华文明的核心价值》，北京：生活·读书·新知三联书店2015年，第117—118页。

② 吴根友、黄燕强：《经子关系辩证》，《中国社会科学》2014年第7期，第49页。

末流。在这种情形下，经学研究变成了不文学、不史学、不哲学的“三不像”学问。些许令人欣慰的是，二十世纪九十年代以来，随着“国学热”的不断升温，越来越多的学者逐渐认识到只有经学才是国学的核心。经学借着“国学热”的升温，又重新回到了人们的视野中，有些高校也建立了以“经学”为名的研究机构，创办了一些经学刊物。

然而我们面临的问题是，经学研究应该如何开展？我们深知，当下的经学研究绝不应当是简单的文学的、史学的、哲学的研究，也不是文、史、哲多学科交叉研究，更不是简单地回归古文经的考据与今文经的义理之中。也许黄玉顺先生关于国学研究的思路会对我们有所启示，他认为真正的国学研究应该有五大基本特征：

> 第一，就其性质而论，国学既非西方的“汉学”(sinology)，也非原教旨的“经学”，而是一种现代性的中国学术；第二，就其方法而论，国学并非学术史（史学）那样的对象化或“客观”化的“科学研究”，而是经典诠释；第三，就其形式而论，国学并非“文史哲”那样的多元的分科研究，而是传统经学那样的一元的统合学术；第四，就其地位而论，国学并非与“文史哲”等等相并列的一个学科，而是可以统摄诸学科的一门奠基性学术；第五，就其作用而论，国学作为一种学术，并非现代科学意义上的所谓“学科”，而是一种具有“柔性国家意识形态”性质的理论或学说。①

这是国学研究面临的困境，也是经学研究面临的困境。我们应当如何去突破这种困境？时代是不断发展的，学术也是不断发展的，每一时代必然有每一时代之学术。在新时代下，经学的破旧立新是必然面临的一个挑战。正如汉学向宋学的转变过程一样，要想完成这样一个转变，必然是一个漫长的过程。

最后，任何“经典”的存续都离不开一批批读者，更离不开向读者讲述经义的“经师”。如果没有读者，“经典”的光芒也会暗淡无光。我们知道，中国的传统典籍都是产生在古代，由于时代久远，大多数读者想要直接进入这些典籍则相当困难，因此他们还需要通过当代的一些“经典解释”作为通向经典本身的桥梁。儒家的经学典籍大多产生在先秦，到了汉代，先秦的典籍大多都看不懂了，这就需要当时的一些学者对这些经典进行解释。到了唐代，汉代的解释唐人也看不懂了，这就又需要对汉人的解释进行再解释。以此类推，到了宋代、元代、明代、清代亦是如此。经典是产生在古代，但是关于经典的解释却是活在当下的，每一时代都有每一时代对于经典的解释，只有这样经典才能永久存续下去。因此可以说，经典的传承是对经典进行解释以及再解释的过程。但我们需要注意的是，并不是所有对经典的解释都是“经典解释”。“经典文本是那种提出人类精神生活中某些根本性的问题，同时给予某种原创性的论述，从而启发后人不断去领会或讨论其思想含义，由此形成重要的思想传统的作品。但是，单有原创性论述的文

① 黄玉顺：《中国学术从“经学”到“国学”的时代转型》，《中国哲学史》2012年第1期，第119页。

本，并不能保证成为经典，只有不断被解释，特别是被进行同样有原创性的解释，由此而被传播，被尊奉，才有经典的地位。如果没有被讨论与解释，无论《论语》还是《老子》，都不会是多少人顶礼膜拜的经书。”[①]以“十三经”为例，从汉代到清代，关于“十三经”的解释可谓汗牛充栋，但是真正算得上“经典解释”的也只有《十三经注疏》以及其他为数不多的典籍。除此之外的其他解释，当然也具有一定的学术价值，但是却算不上“经典解释”。那么，什么样的“解释”才算得上“经典解释”呢？我们认为，“经典解释”必须立足于经典本身，立足于当下，在充分吸收、继承前人“经典解释”的基础上推陈出新，形成自己的有系统化的解释体系。这样的解释才有可能成为经典解释。

在当下文、史、哲三大人文学科的学术背景下，文学下的经学研究、史学下的经学研究、哲学下的经学研究各行其道，经学研究变得支离破碎，很难关照经学的整体性与系统性。在如此情形下，想要培养出新的经学人才，产生新的“经典解释”面向当代读者，则是非常困难的事情。“儒学的起信力量往往系于施教者的人格感召和受教者的善疑会问。一往一复之间，新信仰才能迸出火花。”[②]如何重新建立起读者与经师间的这种互动关系，对我们来讲又是一个巨大的挑战。

四、余论

经学的重建并非一朝一夕的事情，从汉学到宋学，从宋学到清代经学，每一次的学术转型都是长期的艰难过程。但是，经学都以“经典”超时空的特性完成了一次次蜕变，再次散发出耀眼的光芒。挑战与机遇并存，特别是在当下，国家对传统文化的大力支持以及建立文化自信的背景下，对于经学重建而言更是一个难得的契机。千里之行始于足下，我们只有走好当下的每一步，才能为经学的重建积蓄更强大的力量。这或许正如余英时先生所论儒学的命运一样，“儒学与制度间的联系中断了，制度化的儒学已经死亡了。但从另一方面看，这当然也是儒学新生命的开始”[③]。

（作者单位：重庆大学博雅学院）

① 陈少明：《经典解释与哲学研究》，《中山大学学报（社会科学版）》2003年第2期，第2页。

② 余英时：《现代儒学的回顾与展望——从明清思想基调的转换看儒学的现代发展》，《现代儒学的回顾与展望》，北京：生活·读书·新知三联书店2012年，第186页。

③ 余英时：《现代儒学的困境》，《现代儒学的回顾与展望》，北京：生活·读书·新知三联书店2012年，第58页。

清儒宗法论再释

——兼及王国维《殷周制度论》的传统资源

冯　茜

内容摘要　毛奇龄、万斯大、程瑶田建立了清代最具代表性的三种宗法理论，这三种学说在视角、方法与内容构成上存在很大差别。毛奇龄、万斯大从不同层面继承、发展了宋以来的宗法观，予之严谨的经学解释和整全的制度呈现，显现了清初礼学在方法上的转向。汉学学风下，程瑶田有意识地回归早期儒家经典自身视域理解宗法，他对宗法的理论性阐述与其实践性的书写构成了古—今、正—变的双重视野。毛奇龄、万斯大的宗法论与程瑶田的实践性论说，都具有淡化经典宗法原有的分封制背景而突出宗法收族功能的强烈倾向。这一思想趋势，为解读王国维《殷周制度论》以宗统涵摄君统及其背后的经世之意，提供了必要的经学背景。

关键词　宗法；毛奇龄；万斯大；程瑶田；殷周制度论

宗法是理解周代礼制的核心要素之一。有别于严格意义上的客观性史料，载于经典的宗法制度经过先秦儒家思想的塑造，提供了理解周代宗法的早期儒家视域。秦变古制，在后世与周法之间造成了制度上的断裂。后人将儒家经典作为拟制宗法的权威论述，不断加以诠释，并基于诠释者的自身视域，形成了不同性质的宗法理论。林鹄指出，“就儒家宗族理论而言，有两个时期至为关键，即先秦两汉与宋代。在儒家的早期经典中，对于宗族有一整套复杂而周全的制度设计。宋儒在继承了先秦两汉儒家基本精神的同时，针对历史发展造成的特殊社会境况，其宗族理论有重要的变化”①。宋儒的宗法学说为基于现实情境发展经典宗法理论树立了典范，不过，最为现代学者所熟知和推重的传统宗法论还是来自清代学者。清儒的学说常自带“实学”光环，被认为是对经典记载与宗法制度的客观论述。但这无法解释，为何毛奇龄、万斯大、程瑶田三家同为学者最常引据的清代宗法学说，却彼此在视角、方法与内容构成上存在难以调和的矛盾。在

① 林鹄：《宗法、丧服与庙制：儒家早期经典与宋儒的宗族理论》，《社会》第35卷，2015年第1期，第50页。

实证史学的量度下，传统宗法论中的理论背景和思想关切往往被遮蔽。① 本文尝试从毛奇龄、万斯大、程瑶田的自身视域出发，重构其宗法论的核心特征与内在逻辑，进而阐明传统宗法理论作为经学所固有的经世意涵。陈赟在其新著中详尽阐述了王国维如何在《殷周制度论》这篇“大文字”中展开“藏经于史”、经世致用的经史之学②，相信对传统宗法学说，尤其是清代宗法论如其所是的呈现，将有助于揭示《殷周制度论》及其经史之学所植根的学术传统。

一、毛奇龄《大小宗通绎》的“别子”概念及其渊源

《大小宗通绎》是毛奇龄对宗法的系统论述。与今天学者普遍接受的学说相对照，这篇精心结撰的文字构造了一个非常特殊的宗法理论。《大小宗通绎》的成立蕴含了宗法学说史上的一些重要变化，值得特别关注，下面先尝试构画出毛奇龄建立其宗法学说的基本思路。首先，《大小宗通绎》体现了清初礼学在方法上的转向，相较注疏以降的宗法论，毛奇龄的一大特征是为其理论提供了极为完备、严谨的经典解释和文献支持，言：

> 顾后儒纷纷，无所折衷，即郑注孔疏亦大率周章无理，而赵宋以还，立说倍多，则倍不可信。因取《小记》《大传》言宗法者数条，略为疏解，似较于诸经重有发明。且就文曲释，更有诸经所未详，从来晦塞者，而一旦皆有以通之，因题之曰《大小宗通绎》。③

“通绎”之名出自对经史文献的贯通，《通绎》全文贯串诠解《丧服小记》《大传》相关经文，顺次为说。《丧服小记》《大传》云：“别子为祖，继别为宗”，是理解经典宗法的纲领性文字。毛奇龄解释《丧服小记》《大传》此句，要点有：1.“别子”专指君之母弟，只用一人。2.别子“为祖”，自为一宗之始，立先君一庙以祖之；3.“继别为宗”，非继别始为宗，宗始于别子。下面分别来看这些要点是如何提出的。

关于“别子”意涵的解释，郑玄注《丧服小记》“别子为祖”：“诸侯之庶子，别为后世为始祖也。谓之别子者，公子不得祢先君。”疏云：“别子为祖者，谓诸侯嫡子之弟，别于正嫡，故称别子也。”郑玄注经，凡言“庶子”皆包含嫡长之母弟与庶弟而言，孔疏概括为“嫡子之弟”，是本于郑注对经文做出的解释。毛奇龄以“别子”专指嫡子母弟中之一人，是与郑玄的第一大差别，毛奇龄为何如此解释？《通绎》云：

① 高婧聪在《清人对周代宗法制度的研究》中写道：“我们现在探讨宗法制度，往往奉王国维在《殷周制度论》一文中对于宗法制度的系统论述为圭臬，其实，王国维所论及的诸多问题，比如说对于礼书的解读、对于周代继承制度以及宗统与君统关系等方面的探讨，多能从清代学者的研究中找到相似点，在研究方法上也采其所长。”即将清代学术纳入新史学谱系的一个尝试，文章还综述了当代学者如何使用清代学者的宗法论，从中也可以观察到类似特点。此文载于《古代文明》，2019年第1期，第102—112页。

② 陈赟：《周礼与“家天下”的王制》，北京：中国人民大学出版社2019年。

③ ［清］毛奇龄：《大小宗通绎》，《清经解续编》卷二三，上海：上海书店1988年，第92页。

别子者，公子之通称也。《周礼·小宗伯》："掌三族之别以辨亲疏。"别，分别也。《左传》以诸侯世子之母弟为余子，余即别义。而《穀梁》则直谓之分子，曰："燕，周之分子也。"则以召公奭亦武王母弟，分别于王故也。且亦有以支庶称别子者，《国语》公父文伯卒，仲尼曰"公氏之妇"，而韦昭注云："公父，季氏之别也。"可验。但此名别子，则就诸公子之中专推其嫡弟言之，有别出诸弟之义。故公子原该母庶二弟，而此别子则专用母弟，何则？重正体也。①

"别子"是《小记》《大传》使用的较为特殊的概念，毛奇龄指出，根据文献，嫡子之母弟、庶弟皆可称"别子"。无论如何，"别子"专指母弟中特定之一人，于文献别无根据，在毛奇龄看来，这是《小记》《大传》特有的用法，他给出的理由是"重正体也"。一般而论，"正体"是对继别或继祢者的限定，但毛奇龄认为"大宗"始于别子一世："继别为宗，非继别始为宗也。宗始于别子，有继之者而自此以后虽百世皆为宗耳。盖立宗收族为国君属绝起见，则凡合宗之事皆当以国君与别子一世为断。"②因"大宗"始于"别子"，所以毛奇龄在解释"别子为祖"时，先将"祖"解释为淡化其伦理意涵的"始"，"自我作祖，言此一宗之始耳"，进而提出别子乃"立先君一庙"，这又进一步决定了他对"继别子之所自出"的解释（详下）。别子立先君一庙为始祖庙，不能不说从根本上违背了宗法"不敢以戚戚君""自卑别于尊"的内在原则。金景芳指出，"正确地理解别子这一概念是理解整个宗法制度的关键"③。由对"别子"的重新定义出发，毛奇龄建立了整体上有别于注疏的宗法理论，这一理论逻辑自恰，却有悖经典宗法的基本精神。有意思的是，与毛奇龄同时代的王夫之，在《礼记章句》中对《小记》"别子"给出了和毛奇龄相同的解释：

别子者，世子之母弟也，世子无母弟，则庶弟之长者亦为别子。天子统天位之尊，世子承国储之重，族人不得而宗之，于是立其母弟之长者为一宗之祖，若周公之于周是已。其嫡长子又承诸侯之封为诸侯之祖，其庶子之次长者则继别子，而以世相嗣为宗子，以统一姓之族属。虽天子亦受统焉，于其家则天子讲家人之序。《诗》所谓"在宗载考"也。此所谓"大宗"也。④

王夫之言"别子者，世子之母弟也"，与毛奇龄"别子"之义同。《通绎》指出，"夫天子宗法已不可考矣，只诸侯公子略见于《丧服小记》及《大传》二篇"⑤。不同于毛奇龄认为天子宗法不可考，王夫之更推断周公为周之大宗，统一姓之族属，"虽天子亦受统焉，于其家则天子讲家人之序"。也就是说，毛奇龄宗法论的实质，是以诸侯世子母弟

① ［清］毛奇龄：《大小宗通绎》，《清经解续编》卷二三，上海：上海书店1988年，第92页。
② ［清］毛奇龄：《大小宗通绎》，《清经解续编》卷二三，上海：上海书店1988年，第93页。
③ 金景芳：《论宗法制度》，《东北人民大学人文科学学报》1956年第2期，第203页。
④ ［清］王夫之：《礼记章句》，《船山全书》第四册，长沙：岳麓书社1996年，第793页。
⑤ ［清］毛奇龄：《大小宗通绎》，《清经解续编》卷二三，上海：上海书店1988年，第92页。

一人统帅一族，为一诸侯之大宗；王夫之更以天子世子母弟一人统帅一族（甚至包括天子），是为天子之大宗。毛奇龄、王夫之“别子”概念在清代的代表性，还可以从四库馆臣笔下得到印证，《四库全书总目》评《通绎》云：

若如《丧服小记》别子之庶兄弟，其嫡继之各有一大宗，则是别子有十，大宗即有十矣，与宗子统族之义，殊有未合。奇龄谓《小记》各一大宗之说当为各一小宗，其义较允。①

可知毛奇龄、王夫之、四库馆臣在理解“别子”时都根本于一个共同观念，即大宗为一姓族属之统帅，这并不符合封建制下周代宗法的本来意涵，却非常接近宋人以来的宗法理论与宗族实践中的“大宗”观念。将“别子”解释为国君次嫡，最早见吕大临《宗子议》：

国君之嫡，长为世子，继先君之正统；自母弟而下，皆不得宗，次適为别子。别子既不得祢先君，则不可宗嗣君，又不可无所统属，故为先君一族大宗之祖，其生也，適庶兄弟皆宗之，别子之母弟虽適，子与群公子同，不得谓之别子；其死也，子孙世世继之，为先君一族之大宗，凡先君所出之子孙皆宗之，虽百世不迁，无后则族人以支子继之，此谓“别子为祖，继别为宗”。群公子虽宗别子，而自为五世。小宗之祖死，则其子其孙，为继祢、继祖之小宗，至五世以上，则上迁其祖，下易其宗，无子孙则绝，此谓“继祢者为小宗”。每一君有一大宗，世世统其君之子孙，故曰：“宗其继别子之所自出者，百世不迁者也。”别子所自出，谓别子所出之先君，如鲁季友，乃桓公之别子所自出，即桓公大宗者，乃桓公一族之大宗。②

吕大临《宗子议》提供了毛奇龄的“别子”概念、“一君有一宗”以及“别子所自出”等核心论点的出处。吕大临指出，“大宗”是先君一族之统帅，“世世统其君之子孙”，也即毛奇龄、王夫之、四库馆臣等理解“大宗”时的观念预设。《小记》云：“别子为祖，继别为宗。”按照周代政治的尊尊之义，世子外的诸侯庶子，与国君属绝，自立为宗，同姓可以有多个大宗。郑玄以“诸侯之庶子”解释“别子”，要点不在“庶”，而在嫡长子之外的余子。这一解释贴合经文的自然文义，符合文献用例，并且能够得到来自分封制的支持。吕大临、毛奇龄等的“别子”概念及其大宗论并不符合经典中的宗法原理。吕大临言：“大宗者，所以统先君之子孙，非统别子之子孙。”诸侯次嫡一人为大宗之祖，则别子兄弟亦当祖别子，这就混淆了“宗”与“祖”的区别，打乱了兄弟一伦与昭穆次序。

王夫之、毛奇龄的学说，进一步显现了吕大临“别子”概念的理论后果。如上所述，基于吕大临别子概念的大宗论，是以大宗作为国君一族之统帅，更实质地说，是为同姓

① 《四库全书总目》，北京：中华书局1965年，第204页。

② ［宋］吕大临撰，陈俊民辑校：《蓝田吕氏遗著辑校》，北京：中华书局1993年，第259页。

一族之统帅。吕大临言“每一君有一大宗”，肇启了天子、诸侯有宗法之端绪。在王夫之这里，进一步发展为“君统”与“宗统”的交叉，“虽天子亦受统焉，于其家则天子讲家人之序”。毛奇龄既将大宗之始推至别子，就必然要提出别子立始祖庙祭先君，于是别子与君皆可祭祢，同样有悖宗法建立的根本精神。

先秦文献中，可以用以解释“别子”的史料，或指嫡子母弟，或指庶弟，并不存在指称嫡子母弟一人的用法；从原理的角度看，次嫡一人为别子，更存在诸多理论上的困难。换言之，吕大临、王夫之、毛奇龄的“别子”概念，已先在地被其大宗观念所决定，而他们共享的大宗观，即大宗须为一姓族属之统帅。这一大宗论已经脱去了周代分封制背景，而强调发挥大宗的收族功能。四库馆臣说得最为浅近，“其嫡继之各有一大宗，则是别子有十，大宗即有十矣，与宗子统族之义殊有未合”。封建制下，别子与别子之间是共戴君统下的政治联合。在分封世禄制瓦解的时代，一部分宋儒面对社会流动下的人伦风俗之变，寄望于宗法的重建，以加强人的亲属联合。程颐云：“宗子法坏，则人不自知来处，以至流转四方，往往亲未绝，不相识。今且试以一二巨公之家行之，其术要得拘守得须是。”[①]细观吕大临的宗法议，吕大临实际是将天子、诸侯亲族设想为了一个“宗族”，而非同姓诸族的政治联盟，“每一君有一大宗，世世统其君之子孙”，“大宗者，所以统先君之子孙，非统别子之子孙”。这样，大宗的存在就不再具有分封制的背景和意味，而是基于血缘，在尊君统的前提下，实现皇族的亲属联合。

吕大临尝云：“宗子法久不行，今虽士大夫，亦无收族之法，欲约小宗之法，且许士大夫家行之。其异宫同财，有余则归，不足则取，及昏冠丧祭必告，皆今可行，仍似古法，详立条制，使之遵行，以为睦宗之道，亦无所害于今法，可以渐消析居争竞之丑，所补当不细矣。”[②]睦宗收族是吕大临等宋儒倡兴宗法的经世意图。吕大临主张在士大夫家推行小宗法，在吕大临的时代，宗法复兴的提倡与宗族建设都还方兴未艾。南宋末年，以始迁祖为祭祀对象的别子祭祀已开始在民间流行。此“别子”，其意义实即一族之始祖，大宗为一族之统帅，由此奠立了毛奇龄等构想宗法的观念预设。独一君统之下，皇族与民间宗族基于同一原理进行组织，这就形成了一些清儒认为周代天子、诸侯有宗法的历史背景。

二、“祭及高祖”下的万斯大《宗法论》

宋儒尤其是理学家在庙制与祖先祭祀上的革新之论，是其复兴宗法的重要方面，对后世的宗族实践、宗祠与祭祀制度皆有深远影响。虽然庙制与祭祀是宋儒重建宗法的重

① ［宋］程颢、程颐撰，王孝鱼点校：《二程集》，《河南程氏遗书》卷一五，北京：中华书局1981年，第150—151页。

② ［宋］吕大临撰，陈俊民辑校：《蓝田吕氏遗著辑校》，北京：中华书局1993年，第260页。

要支点，但在宋代并没有发展出与之配套的宗法学说。清初学者万斯大的《宗法论》，基于理学家所主张的大夫、士祭及高祖，系统建立了一套与之匹配，同时兼具完备经学解释的宗法理论。“祭及高祖”为朱子《家礼》构划的祠堂建制所采用，复为元明清代祠堂制度一直沿袭，[①]可以说，万斯大的《宗法论》是从其时代的宗族实践当中生长出的宗法理论。下面依然从《宗法论》的文本中重述其宗法理论的基本思路。

（一）大、小宗始于爵

万斯大定义的“别子”与郑玄一致：“夫诸侯世子之兄弟，不分嫡庶，皆称别子。”但大宗、小宗如何产生，万斯大的理解与历史上的学者都不相同，是理解其宗法论的第一个要点，《宗法论》曰：

> 特以其为祖为祢不同，故大宗、小宗遂因之以异，何以知之？《王制》云：“大夫三庙，一昭一穆，与太祖之庙而三，士一庙。”《祭法》言：“嫡士二庙，无太祖。”郑注《王制》云大夫“太祖，别子始爵者，《大传》别子为祖，谓此也”。据此则诸侯之别子亦必为大夫而后得谓后世之太祖。然先王之世，使以德、爵以功，未有无功德而为大夫者。诸侯之别子岂必皆贤，其为大夫者则为后世之太祖，故其子孙嫡长继此祖而为大宗。其为士者止得为祢于其子而不得为太祖于其后世，故其子孙嫡长继此祢而为小宗。[②]

万斯大指出，大、小宗决定于别子之爵，仕为大夫者，子孙继之为大宗；仕为士者，子孙继之为小宗。形成大、小宗的制度因素，则是仕是否有世世不迁的太祖庙。与通常从《小记》《大传》出发理解大、小宗的成立不同，万斯大依据的核心文献是《王制》《祭法》所载庙制，以及《王制》郑注。不过，万斯大对郑玄的理解并不正确，也混淆了宗法、庙制中的“始祖”“太祖”概念。郑玄注《小记》“别子为祖”云：“诸侯之庶子，别为后世为始祖也。谓之别子者，公子不得祢先君。”这是基于别子身份和血缘关系的宗法意义上的“始祖”。“太祖”则是庙制中的概念。天子七庙（或云五庙）、诸侯五庙、大庙三庙，适士二庙，庙之多少，由“爵”所决定；天子、诸侯、大夫皆得立太祖庙，“太祖”身份始于“受命”，天子受天命，诸侯受天子命，总之，“太祖”是宗庙中特有的概念。宗法与宗庙是密切相关又各自独立的两套制度。周代宗法的基础是分封和血缘，而“在庙制中，爵的尊卑起了关键作用”[③]。万斯大将宗法之“始祖”等同于庙制之“太祖”，为“太祖”而后有大宗，这就将宗法的运行附丽于庙制。

（二）大、小宗别于五世之后

大、小宗之异，其始由爵之不同，但大、小宗真正体现出差别来，却是在五世之

---

① 吴飞：《祭及高祖——宋代理学家论大夫士庙数》，《中国哲学史》2012年第4期，第28页。

② ［清］万斯大：《宗法论》，《续修四库全书》第108册，上海：上海古籍出版社2002年，第383页。

③ 林鹄：《宗法、丧服与庙制：儒家早期经典与宋儒的宗族理论》，《社会》第35卷，2015年第1期，第61页。

后，万斯大言："大宗、小宗之别，渐别于其后，非遽别于其初。"之所以五世之后才会有大、小宗的真正分化，是因万斯大宗法成立的核心原理是祭祀，具体来说是大夫、士皆得祭及高祖。

在万斯大看来，宗法本身专为祖先祭祀而建立，其言曰："按《大传》云：'庶子不祭，明其宗也。'《曲礼》亦云：'支子不祭，祭必高于宗子'，因是以思古人之宗法，盖专为祭先而立也。"①万斯大在其所绘《大宗百世不迁之图》《小宗五世则迁之图》中直观演示了祭及高祖的祀法如何显现为宗法。由此两图可知，以大夫、士爵标识的大、小宗，其区别出现在五世以后，《大宗百世不迁之图》各支小宗皆宗大宗以祭别子，《小宗五世则迁之图》支子丙、戊、己、庚、辛、壬、癸，五世后因别子迁，皆不再祭别子，"其谓之大宗者何，五世内外凡族人之同吾太祖者尽宗之，所宗者大也。谓之小宗者何，唯五世之内族人之同高祖者宗之，所宗者小也"②。万斯大抽掉了经典中的大夫三庙、嫡士二庙之制，而在五庙的框架下建立宗法，言："五世之内，别子犹为亲庙，至六世而尊为始祖。"确切地说，万斯大头脑中的庙制其实是祠堂之五室，更根本地是在大夫、士祭及高祖的祭祀原则下构划宗法，这一宗法的核心功能是为了确保五世之后所有的宗族成员都能够祭祀高、曾、祖、祢。

万斯大《大宗百世不迁之图》与经典中的大小宗在世系结构上并无不同，只不过万斯大在世系结构上叠加了祭法，或者说按照祭法诠释了宗属关系。在经典所规定的宗法、庙制理论下，宗庙的建立是宗法的制度外现，而能够祭及的世数，却是由爵来决定的。例如继高祖小宗宗子，若为嫡士，则立祖、祢庙，祭及祖、祢，与之同高祖的三从兄弟宗之，是宗法关系，从其祭祀者只有其兄弟宗之祭祖、祢，从兄弟宗之祭祖。总之，宗法反映的是基于嫡庶血缘的世系，庙祭之远近则取决于爵位及其标识的"德"，所谓"德厚者流光，薄者流卑"。《荀子·礼论》云："有天下者事十世（杨倞注："十"，当为"七"），有一国者事五世，有五乘之地者事三世，有三乘之地者事二世，所以别积厚，积厚者流泽广，积薄者流泽狭也。"③北朝以来，臣僚开始依照官品建立不同等级的家庙。宋代官方虽多次尝试恢复品官家庙，但终究不成气候。在祭祀问题上，张载、二程、朱熹等理学家开始绕过家庙制度，以收族敬宗为指归，以服制原理为基础，提出大夫、士皆应祭及高祖。④经典中的宗庙制度，包括中古时期拟制经典建立的家庙制度，依托爵等或官品建立，具有很强的政治制度背景。大夫、士不可祭及高祖，也是在宗庙制度的背景下才无争议。吴飞指出，"大夫士究竟是否可以祭到高祖，古今说者多端，莫衷一是。《王制》中说大夫三庙，无高祖庙，似乎不应祭高祖；但按照《祭法》中的说法，

① ［清］万斯大：《宗法论》，《续修四库全书》第108册，上海：上海古籍出版社2002年，第384页。
② ［清］万斯大：《宗法论》，《续修四库全书》第108册，上海：上海古籍出版社2002年，第383页。
③ ［清］王先谦集解，沈啸寰、王星贤点校：《荀子集解》，北京：中华书局1988年，第351页。
④ 吴飞：《祭及高祖——宋代理学家论大夫士庙数》，《中国哲学史》2012年第4期，第28—38页。

五庙之祖可以在二坛上祭祀，即使无坛，尚可荐于鬼。所以马端临、敖继公、万斯大、秦蕙田、曹元弼等礼学家均以为，大夫士皆可祭及高祖，虽然并无高祖庙。所以，张子、程子祭高祖之说未必违背礼经”[①]。可见，只要脱离庙制的政治制度背景，大夫、士祭及高祖同样可以得到来自经义的支持。南宋以来流行的宗祠，与宗庙、家庙的根本区别就在于它的非政治性，宗祠的建立不再与政治身份等级挂钩，显现为自上而下的权力分配；而是发挥收族功能的社会组织。祠堂祭祀高、曾、祖、祢，已不再是宗庙制度的连续性发展。

万斯大的宗法论就是为配合祠堂祭祀量身定制的学说，他的一个重要工作是批判注疏等旧说，系统重释经文。如论“四小宗”：

> 然大宗止一而易明，小宗有四而难晓。孔颖达云：“继祢者与亲兄弟为宗，继祖者与从兄弟为宗，继曾祖者与再从兄弟为兄，继高祖者与三从兄弟为宗。”斯语一定，后世言宗法者，皆莫能违之。愚为反复经文，讨求宗义，窃谓其言之未尽也。……故有一人之身而兼四小宗者，如高祖之子，当其兄弟宗之即为继祢也，当其兄弟之子宗之即为继祖也，当其兄弟之孙若曾宗之即为继曾、继高也，推此而五世之内，其兼三宗、二宗者盖多有焉。[②]

万斯大认为，继祢、继祖、继曾、继高四小宗，“定于宗之者之身，非定于宗子之身”，否定了继祢、继祖、继曾、继高标识“世系”的意涵，而代之以从祀者本位的祭祀关系，将整个宗法诠释为一个从祀关系网。又论“公子有宗道”：

> 或问宗法之立以宗之而祭祀也，公子不得祢先君则不祭，不祭何以有宗？曰公子之宗，经未言其何事，以义推之，专为助祭而立也。《郊特牲》云：“大夫不敢祖诸侯，而公庙制设于私家，非礼也。”故公子不得祭。然独不云天下无无父之人乎？《仪礼·少牢》《特牲》，大夫士之祭也。主祭者宗子，而同姓之兄弟，异姓之宾皆执事于其中。等而上之，天子之祭也，同姓之邦皆在；诸侯之祭也，同、异姓之臣皆在，然则诸侯之众子相率而助祭于公，不亦宜乎？[③]

《大传》“公子有宗道”一句，经学家的解释颇多争议，郑注云：“公子不得宗君，君命嫡昆弟为之宗，使之宗之，是公子之宗道也。”[④]万斯大沿袭郑注，也认为公子一世，存在庶公子对嫡公子的相宗之道，可是，由于万斯大以祭祀为宗法制度之本，庶公子不可能从嫡公子祭祀先君，公子之宗道无所附丽。万斯大以“助祭”来解释公子之宗道，混淆了诸侯众子以臣僚身份“助祭”之为公祭，与宗庙祭祀之间的区别。在万斯大的论述中，公子“助祭”和从宗子祭祀是无从区别的，按其逻辑推论，诸侯助祭天子祭先王，是臣

① 吴飞：《祭及高祖——宋代理学家论大夫士庙数》，《中国哲学史》2012年第4期，第29页。

② ［清］万斯大：《宗法论》，《续修四库全书》第108册，上海：上海古籍出版社2002年，第384页。

③ ［清］万斯大：《宗法论》，《续修四库全书》第108册，上海：上海古籍出版社2002年，第386页。

④ ［汉］郑玄注，［唐］孔颖达疏：《礼记正义》卷三四，北京：北京大学出版社1999年，第1009页。

僚之公祭还是宗祀？万斯大学说的深层问题，和毛奇龄以别子立庙祀先君一样，都是以宗法在其时代的社会功能为本位，自下而上地构划宗法。

三、程瑶田论宗法的古今视野

毛奇龄、万斯大宗法论的论述风格，显现了礼学方法在清初的转向：完备、系统的经学解释与制度考证。然而，他们在提出宗法学说、展开经典解释时，都没有意识到，抑或主动接受了宋儒以降的宗法理论与宗族实践形成的历史视野，致其经说大异于汉唐注疏。清中叶，乾嘉学者大大推进了清初礼学在方法上的“实学”转向，将这种学术称之为“汉学”，以与“宋学”相区别。在礼学上，清代学者对“汉学”的推崇尤其表现为对郑玄礼学的宗法。宗法郑玄礼学，最直接的体现是尽可能地宗法郑玄的学说，宗郑带来的转变不是方法而是视域，程瑶田的《宗法小记》便是这一学风影响下形成的代表性理论。

《宗法小记》大要本之郑注，包括对“公子有宗道”“有大宗而无小宗”“有小宗而无大宗”“无宗亦莫之宗”等较富争议的经文皆本郑注。以经文、郑注为本，程瑶田的宗法论颇有针对一些现实中的宗法论而发的意思。一是驳天子、诸侯有宗法之说，程瑶田云：

> 或者谓宗法通于天子、诸侯，《书》言中宗、高宗，则天子称宗之事；《诗》言君之宗之，则诸侯称宗之事。余曰：天子诸侯之称宗，非宗法之谓也。宗法载《大传》及《丧服小记》，列其节目，明其指归，有大宗、小宗之名，有迁与不迁之别。又为之通宗道之穷，究立宗之始，此所谓宗法也。宗法者，大夫、士别于天子、诸侯者也。公子不得祢先君，公孙不得祖诸侯矣。使无宗法，则支分派衍，无所统。诸侯将无以治其国，天子将无以治其天下。故宗法者，为大夫、士立之，以上承天子、诸侯而治其家也。①

程瑶田的论辨路径是以《大传》《丧服小记》建立对宗法的原则性理解，再逐一解释其他文献，其实质是首先认定早期儒家对宗法的阐述作为理解宗法的基准，而不是基于历史史料、不带先入之见的重构。如前所述，郑玄对“别子”及宗法原理的解释贴合经文的自然文义，符合文献用例；毛奇龄、万斯大等对文献的征引，在方法上看似增强了客观性，实则仍是基于特定视角的理论建构，程瑶田的尊郑转向，更本质的意涵是忠实于早期儒家学说。

程瑶田《庶子不祭明宗说》《庶子不祭表》可以看成是对万斯大宗法祭祀学说的廓清。案前论万斯大的宗法制是在大夫、士皆祭及高祖的前提按照嫡庶关系结撰的祭祀网

① ［清］程瑶田：《宗法小记》，《续修四库全书》第108册，上海：上海古籍出版社2002年，第645页。

络，其祭法抽离了基于政治身份等级的宗庙制度背景。程瑶田遵循经注，在宗庙制度的语境下理解祭法及蕴于其中的宗法原理。与郑玄单纯注经不同的是，程瑶田的学说基于郑注作了完整的制度推考（详附图），《庶子不祭表·宗庶同爵》：

> 《丧服小记》曰："庶子不祭祖，明其宗也。"郑注云："主谓宗子、庶子俱为适士，得立祖、祢庙者也。"瑶田案：此注言继祖之宗与其昆弟及与其从父昆弟俱为适士者也。……瑶田又案：宗子、庶子俱为大夫亦当然，祭曾祖者，则继曾祖之宗也。①

案程瑶田在郑注的基础上增补了"从父昆弟"，进一步推导了宗子、庶子俱为大夫的情况。郑玄注经只是紧扣经文诠解文义，程瑶田则以义推导出完整的制度运作，言"余窃补其义而都为之表"，意在经注的基础上榪櫫制度之全体，他与毛奇龄、万斯大的区别在视角而不在方法。

汉学范式下形成的程瑶田《宗法小记》，与其实践性的宗法论述之间，构成了古今、正变的双重视野。《宗法小记》收录了程瑶田三篇为时人族谱所作之叙。这些谱叙，反映了程瑶田如何理解"始祖""大宗""别子为祖"等概念的当代意涵，《杭州横塘胡氏族谱叙》云：

> 宗法有百世不迁之宗，有五世则迁之宗，宗其继别子之所自出者，百世不迁者也；宗其继高祖者，五世则迁者也。百世不迁者，今之所谓始迁祖。或在一乡，或专一村，聚族而居之，其族人每相与言曰："吾家某世某年曰某祖者，自某所来居此。"《记》曰"别子为祖"是也。传至于今，凡若干世矣，其嫡嫡相承之宗子，谓之大宗。大宗者，尊之统而收族者也。至其自某所来而又上之，虽水源木本，一脉可溯，而旷世悬绝，莫能及之矣。②

程瑶田对"大宗""别子"的现实意涵有着敏锐的洞察和清晰的表述。程瑶田指出古今"大宗"在敬宗收族功能上的延续，对宗法现实功能的理解，与毛奇龄、万斯大并无不同，甚至有助于澄清毛奇龄对"大宗""别子"概念的使用。对比毛奇龄、万斯大，围绕宗法的当代观念并没有进入到程瑶田对经典宗法的理论探讨当中，理解程瑶田的宗法理论，不能从他笔下的当代概念出发，而是必须以郑注为起点，这是程瑶田刻意选择在早期儒家经典自身视域下理解宗法的结果。《宗法表补义》云：

> 或曰同祢众昆弟容有先继祢之宗而卒者，其子得不以世父为典宗事者乎？曰：此随时变义，事所必至，理有固然，不可为典要。今以立宗之始言之，则昆弟无分，异居同财。此经乃宗法之义例，今人说书，不首正义而纠缠变义，此道之所以不明也。如以变义言，则四小宗中，人多而事错出，处处请析其疑，不知费几许辞矣。③

按经典之义，嫡子死则以嫡孙上承宗庙之重，典宗事，而在后世的实践中，往往则以居

---

① ［清］程瑶田：《宗法小记》，《续修四库全书》第108册，上海：上海古籍出版社2002年，第641—642页。

② ［清］程瑶田：《宗法小记》，《续修四库全书》第108册，上海：上海古籍出版社2002年，第648页。

③ ［清］程瑶田：《宗法小记》，《续修四库全书》第108册，上海：上海古籍出版社2002年，第653页。

尊长之位的伯叔父主理宗事。程瑶田指出，经典所载为“宗法之义例”，随时代变化而产生的变义，“事所必至，理有固然”，以之解经则道之所以不明，进一步说，程瑶田宗法论中的古今，更本质的是正与变的关系。

毛奇龄、万斯大与程瑶田的宗法论显示了传统经学与现实联结的两种方式。其一是基于时代语境不断重释古代经典，通过经典诠释赋予经典以新意涵；其二是寻求符合经典本旨或早期儒家传统的理解，在经—权、正—变、古—今的张力下应对实践问题。由宋及清，对宗法的诠解经历了由第一种向第二种方式变化的历史过程。宋代礼学在经学上有其独到建树，若论影响之深远，还是宋人适应时代的礼义革新与礼仪实践。清初礼学家的一大工作是建立具有完备经学解释与充分根据的理论，但他们并没有主动超越宋人为其奠立的历史视域。乾嘉时期，清初以来“考据”“实学”进一步发展的表现是，学者不仅要求充分的经学依据，更要求符合经典本旨的解释。经书文本自身既是经学诠释的客观性尺度，也构成了清代“实学”的限度。

四、从传统宗法论看《殷周制度论》

王国维《殷周制度论》是介于传统宗法理论与新史学之间的一道分水岭，它与传统经学的一大不同，是以史学方法突破了经典代表的早期儒家宗法的论域。[①]在观点上，《殷周制度论》提出的“宗君合一”说更为现代学术史留下了一桩聚讼不已的公案。[②]王国维论之如是：

> 君之嫡昆弟、庶昆弟皆不得继先君，又何所据以为众兄弟之宗乎？或云：立此宗子者，所以合族也。若然，则所合者一公子耳，至此公子与先公之子若孙间，仍无合之之道。是大夫、士以下皆有族，而天子、诸侯之子，于其族曾祖父母、从祖祖父母、世父母、叔父母以下服之所及者，乃无缀属之法，是非先王教人亲亲之意也。是故由尊之统言，则天子、诸侯绝宗，王子、公子无宗可也。由亲之统言，则天子、诸侯之子，身为别子而其后世为大宗者，无不奉天子、诸侯以为最大之大宗。特以尊卑既殊，不敢加以“宗”名，而其实则仍在也。[③]

王国维对“别子”与宗法原理的基本理解与郑玄适同，“君之嫡昆弟、庶昆弟皆不

① 王国维言：“周初宗法虽不可考，其见于七十子后学所述者，则《丧服小记》……《大传》”云云，虽仍以经注为核心论据，但这是文献不足下的退求其次，与程瑶田将《小记》《大传》作为宗法义例，性质已全然不同。

② 安文研：《周代宗法社会的君统与宗统——王国维〈殷周制度论〉再探讨》，《学海》2018年第3期，第183页。陈赟指出，“宗君合一”说是现代学者的主流看法，而“宗君隔断”说的辩护者主要有金景芳及其弟子陈恩林，参陈赟：《周礼与“家天下”的王制》，北京：中国人民大学出版社2019年，第179页。

③ 王国维：《殷周制度论》，《观堂集林》卷一〇，《王国维全集》第8卷，浙江教育出版社、广东教育出版社2009年，第308页。

得继先君”而为别子，符合经典的文义解释；言“天子、诸侯之子，于其族曾祖父母、从祖祖父母、世父母、叔父母以下服之所及者，乃无缀属之法，是非先王教人亲亲之意也”，以天子、诸侯子孙应实现一姓族属整体性的亲属联合，又申述了宋以来颇具代表性与社会基础的宗法思想。二者叠加之下，王国维只得将天子、诸侯作为有实无名的大宗，统率各别子之宗，是为“宗君合一”说的生成原理和内在结构。安文研在评论王国维“宗君合一”说时指出：“王国维始终以宗统谱系为依托来向上推出君统，甚而将君统的内涵简化为宗统，从而无视君统本身具有的统合性力量。”“对周代制度的主动误解”，“反映了他在民国政治乱局中所持守的道德与文化立场”。[①]从宗法理论自身演进的传统来看，王国维论述宗法的特征及其经世指向，亦可理解为传统宗法论中的固有倾向在君统崩坏语境下的再现。

（作者单位：北京师范大学人文和社会科学高等研究院）

附图：

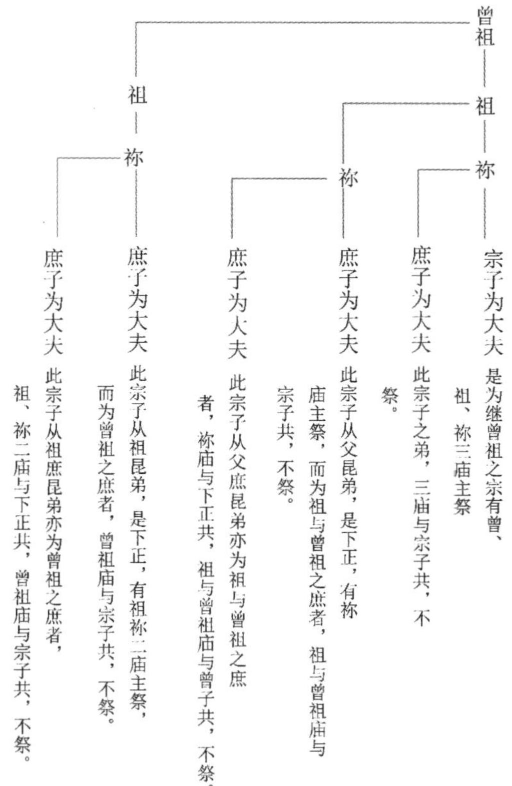

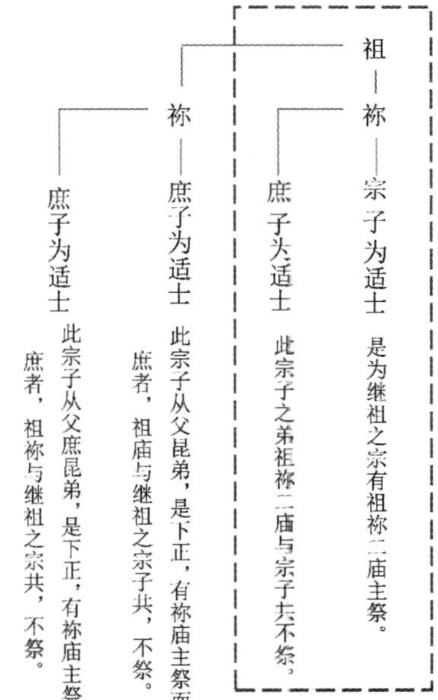

郑玄说

① 安文研：《周代宗法社会的君统与宗统——王国维〈殷周制度论〉再探讨》，《学海》2018年第3期，第182—189页。

史之所重在持正义

——柳诒徵《国史要义·史统》的正统史观

陈颢哲

内容摘要 正统论的传统用处在于表彰政权合法性，梁启超因此认为正统论的存在，只是为了家天下的观念服务。然而柳诒徵却在《国史要义》中重新论述正统论的原始用意，在于用公天下的概念警惕执政者天命靡常。且更因时代需要，柳氏重新界定正统论的判断要素，使之符合当代现实。在史学意义上，不仅赋予正统论新的时代定义，也使正统论具备了经世致用的新功能。

关键词 柳诒徵;《国史要义》; 正统论

一、引言

柳诒徵（1880—1956），字翼谋，晚号劬堂，江苏省丹徒县人。柳氏于旧学传统有深厚根柢，曾于光绪二十五年（1899）应科考得一等第三名。后柳氏于1901年至南京江楚编译局任编辑，主事编撰教科书，因而得师事缪荃孙，学问乃得大进。民国时期，柳氏历任东南大学、中央大学等教授，江苏省立国学图书馆馆长。后逢抗日兵燹，遂远赴重庆任教于中央大学，并担任中国史学会会长。于1948年时，柳氏获选为中央研究院第一届院士。在近现代的中国史学界，柳氏与北方的陈垣、陈寅恪先生并称为“南柳北陈”，并为中国史坛泰斗。

柳诒徵著作丰硕，有《历代史略》《中国教育史》《中国商业史》《中国文化史》《明史稿校录》《国史要义》等数十种，其中《国史要义》与《中国文化史》同被视为柳氏治学精髓所在，但《中国文化史》则最为多数人所熟知，[①]相形之下，《国史要义》则因受众群体较小，而相对少有论述。

① 节摘自孙永如：《柳诒徵评传》，南昌：百花洲文艺出版社1993年。

然而《国史要义》实为柳氏一生治史精义，其中对史学定义、史料稽考、史籍修纂及中国史学史等范畴皆有表述，于中国史学理论发展史、史学方法论等领域中具关键地位。熊十力对此许以“博而能约，密而不碎”，苏渊雷、张其昀等先生更以《国史要义》为踵刘知几《史通》、章学诚《文史通义》后之巨制，价值自不待言。[①]是书原是民国卅一年（1942）时，柳氏为避寇入川而就职于重庆中央大学，为文学院研究生授史学理论课程讲义。抗战结束后，柳氏方董理讲稿，交付中华书局出版为《国史要义》。只是出版之时，国内战火仍未消歇，因此当时并未引起学术界太多注意。

站在史学理论研究的立场来看，《国史要义》阐发了传统史学经世的精神，且确实在《史通》《文史通义》的基础上，融合了相当程度的西方史学理论，重新梳理并建构了新的中国史学理论体系。例如首篇的《史原》探讨了中国“史”的原始定义，并特别标举传统史学以礼作为核心的史观；又如《史识》侧重探讨撰史者的识见，并采进化论之说，要求撰史者必须具备总结历史治乱教训的眼光以资来者；再如《史术》《史化》等篇，则针对“史”之用处进行申论，以为救国必自治史始。总体而言，柳氏于此书所构建的是脱胎于传统的史部之学，既有传统史学鉴往知来的用意，亦存有总结人类文明发展规律之历史哲学意涵，使传统史学理论往前迈进一步。

但在这“进步”的史学理论之中，仍有一个颇为“复古”的论点，即本书第三篇的《史统》。顾名思义，此篇所论在于国史的正统观念。传统史学之中，正统观念并非异议可怪之论，但放在史学解放或开始讲求“为学问而学问”的民国时期，则显得非常突兀。本文即以此作为主旨，析论柳氏寓于其中之深意。

二、新旧正统论

在柳氏之前，已有学者针对正统论进行反省，并试图除去正统论述对史学视野所产生的迷障，此即自清季以来高倡“新史学”的梁启超。

在梁启超的新史学体系中，对正统论贬斥无已，尝著《论正统》以批判正统观念对国人思想的束缚：

> 千余年来，陋儒龂龂于此事，攘臂张目，笔斗舌战，支离蔓衍，不可穷诘。一言蔽之曰，自为奴隶根性所束缚，而复以煽后人之奴隶根性而已！[②]

在梁启超看来，正统论的存在，不过是当权者借以蛊惑无知的手段，偏偏无数陋儒纷纷入此壳中，呶呶不休为统治者之治权唱赞歌，以致梁任公愤忾眦言“深恶痛绝夫陋儒之毒天下”。当然，梁任公此言不免激切，但虑及当时风气仍是倡言破除专制、革命以建

① 参柳曾符：《新版后记》，《国史要义新版》，北京：中国人民大学出版社2009年，第327页。

② 梁启超：《论正统》，《饮冰室文集》卷三，台北：同光出版社1980年，第90页。

设新时代为主流，因此对于守旧传统之势力，难免因为求好心切而过激。

梁任公之所以反对正统论，不外乎两大因素。首要者，在于正统论的出现，显然是为一家一姓的家天下而存在。“夫统之云者，始于核者之私天下，而又惧民之不吾认也，乃为是说以箝制之，曰此天之所以与我者”，君主们扭曲《公羊传》三统说的原意，将“正”与“统”拿来成为美化政权正当性的工具，“统之云者，殆谓天所立而民所宗也。正之云者，殆谓一为真而余为伪也”。所以正统二字，只是政权的胭脂粉，只属于君主而不属于人民。

再者，正统论的出现，导致中国人无法正确认知自己的历史。汉晋以下，多持所谓“正统”而任意歪曲。有朱子《通鉴纲目》以蜀汉为正、以南朝宋齐梁陈为正，而视曹魏、东吴、北魏、东魏、北齐、北周等朝以狄虏；亦有乾隆《御批通鉴纲目》以北宋、南宋为正，视西夏、辽、金如无物。而这两个反对因素，都共同指向为帝王（政权）服务的前提。因此正统论的存在，一是当代君臣为表彰政权的正统性而提倡，再则是陋儒与无知百姓所提倡，二者皆以为君主神圣，主张中国不可一日无君，且“天无二日”，势必要贬去他者，以彰显自身合理合法。总之，在梁任公看来，正统论就是家天下式政权的理论根据。

另外，梁任公亦从各朝提倡正统论的内容提出质疑，以此摧破正统性的自我矛盾。梁任公归纳六项所谓判断正统的原则：

> 一、得地多寡，如晋、元等朝虽以篡弑杀伐得位，但仍混海内为一，是以列入。
>
> 二、以执政时间长短，如项羽、王莽虽统有九州，但不列入正统。
>
> 三、以前代血统为正，如蜀汉承继刘汉、南宋承继赵宋。
>
> 四、以旧都所在为正，如唐都长安为后梁所据，是以后梁、后唐、后晋、后周等为正统。
>
> 五、后代所自承者为正，如唐承隋、宋承后周。
>
> 六、以中国种族为正，如魏晋南北朝时以南方汉人政权为正。①

数千年以降，政权更迭理由互异，所持正统论的理由自然也多有扞格。如果以归纳的原则来衡量，则中国数千年之政权，“自周秦之后，无一朝能当此名者也”②。确实，如果从上述六项原则中来判析历史各朝，几乎是没有任何一个朝代有资格自称为“正统”。

厘清传统正统论的荒谬后，梁启超认为今日不是不能谈正统，但必须有新的标准：

> 曰统也者，在国非在君也。在众人非在一人也。舍国而求诸君，舍众人而求诸一人，必无统可言，更无正可言。③

① 梁启超：《论正统》，《饮冰室文集》卷三，台北：同光出版社1980年，第91页。

② 梁启超：《论正统》，《饮冰室文集》卷三，台北：同光出版社1980年，第94页。

③ 梁启超：《论正统》，《饮冰室文集》卷三，台北：同光出版社1980年，第94页。

梁任公的意思很明显，即必须以国家为主体，以百姓民意为依归，如同当时英、德、日本等君主立宪的国家，宪法规定君主继承的办法，再由人民共同推尊拥戴，如此大约就符合所谓新时代的正统论。从他的论述来看，他是区分为新旧两种正统论述的，用简单的话来表明，即是“家天下”式的正统论及“公天下”的正统论。而二者的差距，即是在于“天下”是一家一姓或是天下人之天下的差别。梁氏自是坚决反对前者；所主张者，则在于天下为公的国体论述。

不过，这种“新派”史家反对正统论的理由，柳诒徵是万万不能接受的。因此《国史要义·正统》一节的叙述中，不难看见柳氏言论的强烈针对性，即在于对梁启超否定传统正统论的言论进行申辩。

柳氏《史统》开篇即下一按语：“史之所重，在持正义。”以此为引，柳氏依序说明正史之所以为“正”，是有别于传统的伪史、霸史、杂史。因此，谈历史之前，首重在分析所谓的“正”。在柳诒徵的理解中，“正统”与“正史”是同样的因素存在，因政权的正当性而有“正统”，有“正统”之后乃可以有“正史”，二者都是用以确认政权正当性、合法性的办法。但到柳氏撰写《国史要义》的当下，国家政体已与此前大异，因此不必再株守“正史”的意义，但“正统”的观念却必须加以厘正。柳氏指出：

> 今之政体，既异前世，正、伪、杂、霸之辨，似可以存而不论。然民族主义及政权统一，皆今之所最重。亦即吾史相承之义有以启之。故由正史之名，推其义之从来，则三统五德及后世正统之辨，固今日所当理董。①

也就是说，今日虽没有霸史、伪史等概念，但仍需要“正史”背后的正统观念。

然而，必须再三说明，柳氏是站在维护传统正统观念的立场，辨析梁启超对旧说的误解。是以柳氏依然是同意梁启超所归纳出来的六项判定正统原则，也同样指出所谓“霸史”“伪史”等分判，其实也是因为认定正统的标准不一所致。如隋朝继承北周，因此将北魏、北周等朝史书列为正史，而南朝的宋齐梁陈则列为伪史；又如元朝以少数民族入主中原，因此并不特别标举赵宋王朝，是已将辽、金、赵宋王朝并列为正史。可见判定何者为“正史”，其实攸关以何种“正统”理由作为评判标准，而这一标准本身就是浮动而无确定性。不过柳诒徵并不因此认为正统论就是如梁任公所说，是奴儒为了“自私本国”或“煽扬奴性”所创造的虚假理论。正统论，反而是被错误的认知，才造成梁启超有这样的误解。

柳氏指出，正统论的根源，并非是特别标举为特定政权服务的理论，而是来自《公羊传》所提出的“大一统”之说。大一统者，意味政权受命于天，达王政以至四方；且得天命者，在于有德业而非霸业。因此柳氏又引用董仲舒《春秋繁露·三代改制质文》

---

① 柳诒徵：《国史要义》，收于杨共乐、张昭军主编《柳诒徵文集》第八册，北京：商务印书馆2018年，第53页。

之说，特别标举“三统五德”，亦即政权依照建子、建丑、建寅且配合上五行的历史循环观念。汉人这套配合五行的更替理论，并非是空言谬说，在柳氏看来，“大一统”与“三统”所展现出来的即是“天下”非私产、非属于一家一姓的“公天下”性质。哪个政权走向衰败，其天命自然会转移到其他人手上，而新获天命者，虽是“新正统”，但仍必须时时警惕自己“垂三统”“列三正”，以示自己的法统是接续自他人，天下非由我一家一姓之天下。

而与三统相配以金木水火土的五德，其重点亦不在于前面的五行属性，而是在于后面的“德”字。柳氏举《史记·秦始皇本纪》《汉书·律历志》为说：汉人凡谓以某德胜某，乃是因为新王有德业而受天命，取前而代之，遂复以某德冠之。如秦代周，是因周王业已衰，故秦兴而代，而周为火德，故秦为水德。又或例以《汉书·律历志》“炮牺继天而王，为百王先，首德始于木，故为帝太昊。……‘共工氏伯九域’，言虽有水德，在火木之间，非其序也。任知刑以强，故伯而不王。秦以水德，在周、汉木火之间。周人迁其行序，故《易》不载”。

柳氏认为，无论是五行相生还是相克，汉人之所以提出这个“五德”的理论，其重点在于判断政权是否有道，其中的典型案例就是秦朝。秦始皇认为周是火德，而秦能代周，故秦克周为水德。但汉人并不这么认知，《汉书》即以周为木德、汉为火德，秦夹在中间为无相生关系的水德，因此秦被视为“闰统”而非“正统”，这是因为秦政暴虐无道，因此不被视作正统之一；同样的理由也可以套在共工氏，因为共工氏“以知刑”而“伯九域”，非如炎帝是以道德承继，故太昊以下则统绪归炎帝，而非共工氏。由此可见，至少在汉朝时，五行属性绝不如政权是否有道来得重要。秦朝虽强据周鼎、共工霸有九州，但皆因其暴虐，而不能继统，是以其五德属性也会被归属在一个前后皆无所承的位置，从而被认定为两个正统之间的“闰统”而无正当性。所以在柳氏看来，传统的正统论所主张，并非如梁启超所说的是为“一家一姓”服务的理论，反而是对君主产生警惕作用，警示帝王不可视天下为私产的重要论述。

其后柳氏更举司马光《资治通鉴》与王夫之《读通鉴论》为例，证明即使是传统不持正统论者，其核心实仍论者相通，一以“天下为公”为宏旨而已。至于梁启超曾自信地说，其辨析的“新正统论”，则“敢翻数千年之案”，在柳诒徵看来，实是言过其实。因梁启超所主张公天下的正统论，实则为传统正统论的本来之意：所以论正统，在于示“天下非一人之天下，天下之天下也”（《吕氏春秋·贵公》）；正统系于三统五德，在于明“天下非一家之有也，有道者之有也”（《逸周书·殷祝解》）。这也就是柳氏于开篇首陈，“史之所重，在持正义”之正义所在。正统论之大用，在“衡统一之时代，必以道德为断。三统五德，不必拘于一姓之私”。传统的正统论与梁任公的新正统论，实质上是殊途同归。

三、抗日局势下的正统论述

柳氏扭转了为一家一姓服务的正统论认知谬误后，还另外提出三项标准作为正统论的评判标准，即疆域、民族、道义，可以说这才是其正统论的真正核心。当然，这个标准的提出有其必要性。如按照柳氏传统正统论的理论来看，尽管是公天下不私一姓，又有以道义为依归的衡量方式，稍一推想，便可得到任何民族、政权都可占据中原，且只要行王道仁政，则能以正统命之的发展可能。更进一步的直接后果，甚且会造成“中国”“华夏”等概念变成模糊暧昧的语汇。或许是察觉到这个问题，柳氏不得不提出正统论的判断依据。

首先是疆域之正。中国历朝的疆域并非毫无变动，因此试图以特定的疆域界线来作为判断正统的依据，显然不切实际。但这种疆域界定的方式，却仍不可放弃，在柳氏看来，政权得以获得合法性的首要因素，即在于疆域。因此柳氏历数《尚书》的《禹贡》《皋陶谟》,《大戴礼记·五帝德》,《史记》等文献为证，言古代政权表彰其合法性时，皆会明举东西南北四方所至之地，借以征明王政在此范围内一统。如秦朝《琅琊台刻石文》明确录下“西涉流沙，南尽北户，东有东海，北过大夏”，即是政权法治权所及之处的声明。而疆域要素于正统论中的表现，则是所谓的“天下”概念。不过，柳氏并没有实质地去辨析“天下”的空间地理，而是以诗化的言论去阐释，以今日的理解，约可说是古代中国人的国土想象。

而另一个要素则在于民族，以传统的说法来讲，即是夷夏之辨。柳氏在征引《春秋繁露·三代改制质文》“三统之变，近夷遐方，无有生煞者，独中国”后，按语道：

> 按此文即谓近夷遐方不能以相生相胜之义得吾治统，得吾治统者，独中国之民族耳。①

也就是说，柳氏并非站在汉族沙文主义的立场，不主张传统“夷夏”的观念，也不以为边疆四夷等少数民族就不可入主中原，否则他势必否定元、清两朝的存在。因此柳氏的主张才特别强调“中国之民族”，方可“得吾治统”。也就是说，他已然隐含了中华民族这个融合式的民族概念，非传统华夷观念所能笼罩。

第三项标准，则是所谓的“道义”，此则是正统论中最具决定性的一点，“道”指道统，“义”则为正义。不可否认，这个内涵确实是比较模糊，但道义是否得正，实与疆域、种族密切相关。柳氏举唐代皇甫湜《东晋正闰论》为据：

> 或曰：元（按：元魏，即北魏）之所据，中国也。曰：所以为中国者，以礼义也；所以为夷狄者，无礼义也，非系于地。晋之南渡，文物攸归，礼乐咸在，流风

① 柳诒徵：《国史要义》,《柳诒徵文集》第八册，北京：商务印书馆2018年，第55页。

善政，史实存焉。魏氏恣其暴强，虐此中夏，斩伐之地，鸡犬无余。……此而帝之，则天下之士有蹈海而死，天下之人必登山而饿，忍食其粟而立其朝哉！①

皇甫湜以东晋为中国礼乐文明所在，因其善政而民心攸归，故为中国正统，北魏拓跋氏则不得为正统。所以得正统者，并非在于疆域是否达及中原，而在于礼乐文明与民心向背。

又举郑所南（思肖）为说：

正统谓三皇、五帝、三代、西汉、东汉、蜀汉、大宋而已。两晋、宋、齐、梁、陈可以中国与之，不可列之于正统。李唐实夷狄之裔，其诸君家法甚缪戾，特以其并包天下颇久，贞观、开元太平气象，东汉而下未之有也，姑列之于中国，特不可以正统言。②

郑思肖所列正统，明显异于皇甫湜，其将两晋、南朝诸朝、李唐王朝都列为“中国”，而不予以“正统”之名。尤其申论李唐王朝不得列正统，虽其有贞观开元之治，且据天下甚久，然终究是夷狄之裔，不可以正统视之。综观柳氏所征引的二人论述来看，道义之正显然是最高级的标准，虽然疆域不正，但若能笃守礼乐文明，那也就可以视为正统；若是疆域已正且能施善政，则又冀望于民族上能得其正，若是不能，则虽不及“正统”，则勉强可以“中国”视之。所以在柳氏的论述里，道义是最高准则，得此方可以正统视之。因而柳氏论曰：

传授之正，疆域之正，种族之正，道义之正，诸观念似凿枘不能相通。使四者皆备，则固人无异辞，而史实所限，则必一一精析后得当。骤视之似持论不同，切究之则故皆以正义为鹄也。③

传授即政权所由来，疆域则为“天下”，种族则为中国之民族，而道义则近于民心所向与文明高低。四者若能齐备，则必以正统视之；而其中有所不及者，则以备责贤者的态度，希冀民族或政权能以此振作。

在这个层次上，柳氏藉由皇甫湜、郑思肖的言论，转化了“正统论”的功能性。在原始的含意上，正统论是用以判断过往历史政权的标准，但在柳氏看来，正统论更重要的用处，则在于激励国家民族能以追求被视为“正统”的水平来励精图治，是以其言：

（司马光）其主张惟以能统一九州为正，而于秦、隋不加贬削。则国族之不自力，虽以种族之正，屈于偏安者，可以鉴此而知自奋。④

又说：

华夏之人，服习名教，文儒治史，不能禁世之无乱，而必思持名义拨乱世而反

① 柳诒徵：《国史要义》，《柳诒徵文集》第八册，北京：商务印书馆2018年，第60页。
② 柳诒徵：《国史要义》，《柳诒徵文集》第八册，北京：商务印书馆2018年，第61—62页。
③ 柳诒徵：《国史要义》，《柳诒徵文集》第八册，北京：商务印书馆2018年，第56页。
④ 柳诒徵：《国史要义》，《柳诒徵文集》第八册，北京：商务印书馆2018年，第57页。

之正。国统之屡绝屡续者，恃此也。……使儒考阐明史统，无碍于盗窃攘夺者之所为，则据其实者何必争此以往之名？以此思之，则知史统之关系矣。[1]

如果不是这层转化，重新赋予正统论于当下中国的价值，则传统的正统论述已然失去了实质的意义。即如柳氏所主张的传授、疆域、民族与道义四项正统判别标准来看，当时中国已然脱离满清统治，走向民主国家，在政权治统的传授上堂堂正正，且民主制度为彻底符合公天下的原始正统论定义。再者，民主制度的国家政权，自然也是符合民心所向的道义之正。至于疆域、民族，于新时代的中国政体里，一以民意国体为依归，一则以中华民族五十六族共一家而泯其分界。所以传统的正统论已如其言，“而前史之断断于一家传统者，非第今不必争，亦为昔所不取”[2]。但若是将正统论的功用进行转化，成为未来执政的重要追求目标，则不仅是对于当代有裨益，更是功在千秋万世。

然而，吾人必须再追问，“正统论”其实也大可如同梁任公所说，今日已不再需要，为何柳氏却非得大费周章地转化正统论的功用，将面对过往的历史理论转码成对未来国族认同的想象？

正如前文所提及，柳氏《国史要义》的撰写背景，是1942年为躲避日军兵燹入川时，于重庆中央大学之授课讲义。换句话说，对于正统论的重新提倡，有极大可能是激于时政而发。

柳氏尝于1932年时于《时代公论》上发表《怎才叫做共管》一文：

自从“九一八”以来，我们中国人天天说一种卑劣可怜的语：引起世界大战咧，美日战争不可免咧，日俄之战就爆发咧，总想着自己不战，要人家来打日本。要知道人家固然不肯替中国打日本，假使人家替中国打日本，中国就好了吗？中国人抱着这种心里，就是欢迎各国共管的表现，全不知道自己有个主权。[3]

今暂不论于战时“共管”与一般认知有何差距，但这种将国家疆域主权分享于他国的做法，柳氏是万不可能接受的。同一时间，日本为了侵华战争做出各项准备，无论是扶持建立伪满洲国，透过傀儡政权的方式渗入影响力；抑或是提出“蒙满非正统论”的论述方式，不再将当代中国视为传统华夏文明的继承者，藉以合理化侵华的正当性，日本军国主义的“大陆政策”，正一步步地将整个亚洲卷入战火之中。

无论是共管的舆论或是伪满洲国的现实，都不可避免地裂解了中国在领土上的主权权力。尤其是伪满洲国的出现，成为分裂疆域、民国之外的另一政权，且又扶持溥仪作为正统论述的表征。这很直接地导致柳氏在正统论述下特别标举“天下”概念的疆域之正。以柳氏的定义看来，伪满洲国所占有的东北，远不及中国自古以来的“天下”观念。

① 柳诒徵：《国史要义》，《柳诒徵文集》第八册，北京：商务印书馆2018年，第64页。

② 柳诒徵：《国史要义》，《柳诒徵文集》第八册，北京：商务印书馆2018年，第65页。

③ 柳诒徵：《怎才叫做共管》，原载《时代公论》1932年第1卷第11期，收于《柳诒徵文集》第十一册，北京：商务印书馆2018年，第43—44页。

再者，即便据有中原，若不得道义之正，则在政权正统的合法性上仍然必须受到质疑。也就是说，柳氏特别又标举疆域之正，实质上是受现实的影响，否则以其正统论的核心来说，道义作为绝对的核心原则，何必再提仅是要素之一的疆域条件？

另外，也必须注意到柳氏提出的民族之正的条件。统有中国之民族，必须是为中华民族，此义前文已提及。这个论述本身即具有高度的当代意义，尤其是在中华民族的新民族论述提出后，混同中国各民族为一，有助于消除古代的夷夏之防，除了使“夷狄不入正统”的观念置之不论外，更替中华民族之于中国的正当性得到强化。

这很难不让人联想到日本学者矢野仁一（1872—1970）在1923年所提出来的“满蒙非中国论”。

矢野氏的观点具体在《支那无国境论》与《支那非国论》两篇文章中，认为中国不能称为民族国家，又提出满洲、蒙古、西藏等地非中国领土的说法，因此日人才会致力于在满洲及蒙古成立傀儡政权。[①]延续这类的想法，便有了中国既然曾经亡于元、清，则中国正统已绝，日本反因孤悬海外且保有唐宋风华，是以能担当华夏正统的说法。因此侵华战争便在这类华夏正统论的支持下，堂而皇之地展开。[②]

回到中国这方，中国并非没有学者提出反击，如傅斯年便因此出版《东北史纲》第一卷，借以强调东北自古以来就是华夏文明“天下”的一部分，其民族也是中华民族的一员。同样的逻辑，柳氏正统论的“民族之正”，也必须放在这个背景下理解，才能理解他以“中华民族”取代传统夷夏观的原因。既然蒙、满皆是中华民族的成员，那么这两民族所建立的元、清自然同属中国正统的继承者，绝无日人所谓“亡统”之说。而对应到日人身上，大和民族并不属于中华民族的一员，无论怎么穷兵黩武，占有华夏半壁江山，也终究不是华夏正统。更别说日人奸言巧慝，于道义上不足以服中华之士民，则更不足以“正统”或“中国”当之。

结合时代背景来看，当可更深入地理解柳氏之苦心造诣。于梁任公厌弃正统论之时，柳氏刻意赋予正统论新的时代意义，非是食古不化的守旧思想作祟，而是为了中华民族危急存亡之秋，希冀以华夏正统的名义号召全国，使众人齐心抵御外侮而有此申论。因此在《国史要义 · 正统》篇末，柳氏以极沉痛的笔墨写下他重新论述正统之用的用心所在：

> 是即梁氏所谓统在国、在众人也。明于三统、五德之义，则天下为公，不私一姓，而前史之龂龂于一家传统者，非第今不必争，亦为昔所不取。而疆域之正，民族之正，道义之正，则治史者必先识前贤之论断，而后可以得治乱之总因。疆域不正则耻，民族不正则耻。推此二耻之所由来，则自柄政者以至中流士大夫、全体民

① 参许倬云：《说中国——一个复杂不断变化的共同体》，桂林：广西师范大学出版社2015年，第184—185页。

② 参葛兆光：《宅兹中国：重建有关“中国”的历史论述》，北京：中华书局2011年，第252—253页。

> 众，无不与有责焉。吾史之不甘为偏隅，不甘为奴虏，不甘为附庸，非追往也，以诏后也。[①]

过往的历史，以谁为正统，那都是“今不必争”，亦“昔所不取”。重要的是理解中国传统汲汲于辩证正统的用意，是观乎华夏疆域、民族以及千年传承下的道统所在。疆域不正则耻，民族不正则耻，而柳氏避祸的当下，正是这两者都出现危机的时刻，因此重新赋予正统论意义。重新高呼正统的用意，就是要全国上下都理解守护国家民族的重任，这个使命是“自柄政者以至于中流士大夫、全体民众”都有责任，不可甘于偏隅、不可甘为奴虏、不愿为他国附庸。这才是柳氏之所以要擦亮正统论的神位，重建正统论述必要性的根本原因。

四、结语

于九一八事变之后，柳氏曾于《国风半月刊》上痛省：

> 自从九一八以来，日本人骂中国没有组织，不成为国家，诸君在报上谅都见到的。中国是不是无组织，不成为国家？我们自己想想也觉得是一盘散沙。[②]

柳氏并非不问世事之腐儒，其痛心清末民初之乱象，也苦思国家民族复兴之道，曾因此提出读史救国、史学经世等观点。如《从历史上求民族复兴之路》就主张必须由历史来界定国族，再由国族定位重新提倡民族主义。[③]也曾强调《讲国学宜先讲史学》，借由对历史的认识，来寻找救国的办法。[④]所以对他而言，历史并不是死的学问，也不是关在象牙塔中的思辨游戏，而必须是切切实实对国家民族产生影响的学问。

正统论的重新论述，正是柳氏将“史学”转为“经世”之学的一次展示。既是史学理论的重新探索，亦切合当时所需。饶宗颐先生尝论正统：“正统理论之精髓，在于阐释如何始可以承统，又如何方可谓之‘正’之真理。持此论者，皆凛然有不可侵犯之态度。”[⑤]以此观之，柳诒徵于梁启超提倡“新史学”之后，重新取回正统论，以此作为凝聚国家民族意识的论述武器，号召全国一心抵抗侵略，诚如饶公所谓“凛然有不可侵犯之态度”，使正统论不再局限于对过往王朝的评骘，成为未来中华民族的共同追求，一同为了抵御外侮，维护疆土的民族使命而奋斗。此外，柳氏的正统论述，虽直接攸关民族意识的提醒，但柳氏毕竟为一史家，其于正统论述之时，也涉及中华民族的民族史学

---

① 柳诒徵：《国史要义》，《柳诒徵文集》第八册，北京：商务印书馆2018年，第65页。

② 柳诒徵：《对于中国文化之管见》，原载《国风半月刊》1934年第4卷第7期，收入《柳诒徵文集》第十二册，北京：商务印书馆2018年，第286—287页。

③ 柳诒徵：《从历史上求民族复兴之路》，《柳诒徵文集》第十二册，北京：商务印书馆2018年，第293页。

④ 柳诒徵：《讲国学宜先讲史学》，原载《广播周报》1935年第25期，收于《柳诒徵文集》第十二册，北京：商务印书馆2018年，第294页。

⑤ 饶宗颐：《中国史学上之正统论》，北京：中华书局2016年，第82页。

建构等重大议题，然此非本文所重，故有待贤者阐述，不及于此详述。

（作者单位：北京师范大学人文和社会科学高等研究院、北京师范大学香港浸会大学联合国际学院中国语言文化中心）

《文史哲》国际版和中国人文研究*

张　月

内容摘要　《文史哲》国际版自2014年创刊以来已经编纂了5卷，逐渐形成了自己的办刊特色，推动了中国人文研究在海外的传播。该刊以本土学者的英文论文为基础，辅以海外学者就同一主题所写的论文，营造了学术研究、交流、争鸣的氛围。发表的论文具有跨学科跨专业的特点，强调人文学科之间的内在联系和相互影响。该刊也有效地搭建了一个国际学术交流对话的平台，有利于海外对中国文化感兴趣的人士直接了解中国人文研究最前沿的学术动态和研究进展，促进了国际交流。

关键词　《文史哲》国际版；人文研究；跨学科；跨专业；国际交流

一、《文史哲》国际版创刊背景及编审团队

《文史哲》国际版（*Journal of Chinese Humanities*）是《文史哲》杂志的延伸，将有关中国文化的论文用英语发表，传播到世界各个角落。《文史哲》国际版依托的学术平台是《文史哲》期刊①，后者创立于1951年5月1日，是新中国成立后创办的第一家大学文科学报。②学者们在《文史哲》创刊60周年之际展望了该刊物的未来前景和发展方向，不约而同地提出建议，觉得可以通过国际版的发行方案，进一步提升《文史哲》的影响力，同时推进中国文化在海外的传播，让中国文化真正走出去。这一设想与国家的文化推广方案不谋而合，也得到山东大学的鼎力支持。时任山东大学校长的徐显明也建议加快国际版的出版工作。为此，《文史哲》国际版组织了国内外的专家学者分别担任主编、评审和顾问。

王学典是驰名中外的历史学名家、山东大学讲席教授，也是《文史哲》期刊的主编。

---

* 本文系澳门大学科研资金SRG项目（项目编号：SRG2019-00197-FAH）的阶段性成果。

① 与《文史哲》相关的学术发展史，参见郭震旦:《〈文史哲〉与中国人文学术编年（1951—2011）》，北京：商务印书馆2011年。

② 刘京希、郭震旦:《在学术与政治之间——以〈文史哲〉的历史变迁为个案》,《河南大学学报（社会科学版）》2017年第6期，第152页。

其代表作有《历史主义思潮的历史命运》《二十世纪后半期中国史学主潮》《20世纪中国史学评论》《二十世纪中国历史学》《新史学与新汉学》《唯物史观与伦理史观的冲突——阶级观点问题研究》《把中国“中国化”——人文社会科学的近期走向》等。① 《文史哲》国际版常务副主编王心扬是耶鲁大学博士、美国历史与中国六朝史研究专家，曾在新加坡、美国、中国内地和香港特别行政区多所大学执教，荣休前为香港科技大学教授，现任山东大学人文社科一级教授，代表作有《城市生存：中意移民在纽约的经历1890—1970》《东晋士族的双重政治性格研究》。②《文史哲》国际版的另外一位创办人，副主编孟巍隆（Benjamin K. Hammer）任职于山东大学儒学高等研究院。他是山东大学古典文献学的第一位欧美硕士，又是北京大学中国古典文献学的第一位欧美博士，是一位在中国古典文献学和儒学研究上有深厚学术造诣的美国人。③孟巍隆既有扎实的传统小学根底，又有英语的母语优势。他的加入令编审工作如虎添翼，期刊品味能够更契合英语世界读者的阅读习惯和思考方式。

除了经验丰富的编辑队伍，《文史哲》国际版还拥有世界一流的学术评审团队，其中不乏各国顶尖学府的知名学者，包括普林斯顿大学的余英时和柯马丁（Martin Kern）、斯坦福大学的王靖宇、哈佛大学的王德威、威斯康辛大学的林毓生、北爱荷华大学的何肯（Charles Holcombe）、罗文大学的王晴佳、北京大学的安乐哲（Roger T. Ames）、加州大学伯克利校区的沙尔夫（Robert H. Sharf）、慕尼黑大学的叶翰（Hans van Ess）、香港科技大学的李中清和李伯重、剑桥大学的周绍明（Joe P. McDermott）、大东文化大学的池田知久、东京大学的斯波义信、清华大学的陈来以及芝加哥大学的夏含夷（Edward L. Shaughnessy），等等。④

二、《文史哲》国际版出版情况

一本优秀的杂志除了需要有杰出的编审团队以外，优秀的出版社同样不可或缺。《文史哲》国际版由欧洲著名的博睿（Brill）出版社出版。该出版社在汉学研究领域，不仅出版了如《通报》（*T'oung Pao*）这样影响深远的期刊，而且策划了多套由优秀汉学家主编的书系，集结了康达维（David R. Knechtges）、柯睿（Paul W. Kroll）、伊维德（Wilt L. Idema）、包弼德（Peter K. Bol）等海外著名学者。在《文史哲》国际版出版之际，国外著名学者肯定了该刊的出版意义，并对其寄予了良好的祝愿。斯坦福大学王靖宇评论

---

① 关于王学典的著作目录，参见http://www.krics.sdu.edu.cn/info/1032/1496.htm，2020年9月13日。

② 关于王心扬的介绍，参见https://www.lhp.sdu.edu.cn/info/1008/1984.htm，2020年9月13日。

③ 关于孟巍隆的介绍，参见https://www.lhp.sdu.edu.cn/info/1008/1961.htm，2020年9月13日。

④ 关于《文史哲》国际版的学术评审团队，参见https://www.lhp.sdu.edu.cn/info/1214/2679.htm，2020年9月13日。

道："《文史哲》英文版是对西方汉学研究的重要补充，我要建议学生以及学者们充分利用这份新杂志。它把中国大陆的学术成果带给了英语世界的读者，是研究中国文学、历史、哲学的珍贵的第一手材料资源。现在，借由这份杂志，中国学者可以在英文对话中发出更响亮的声音，而西方学者也能加深、扩大自己的研究。这对学界整体以及受益的个体而言，都是难得的福音。"①哈佛大学包弼德祝贺道："恭喜博睿出版社和山东大学通过翻译工作将当代中国人文研究成果带给了广大的海外人文学者！"②在《文史哲》国际版的各位编辑和同仁的努力下，该期刊被欧洲两大索引ERIH PLUS和Scopus收录，这也证明了其日渐增进的实力和影响力。

《文史哲》国际版前五期均为半年刊，一年两次，组成一卷。从第六卷开始，该期刊将变为一年三期。每期有五到七篇文章，有时有书评（专门介绍和评论与该期主题相关的一些书籍）。该杂志自2014年创刊以来，截止到2020年7月，已经出版5卷。现按年份和主题将出版的各期罗列如下③：

	第一期主题	第二期主题
2014年	中国社会形态	文明之间的对话
2016年	明清文学	早期儒家思想
2017年	古代中国的神话与传说	历史记忆与范式变迁
2018年	中国实行贤能政治的可能性	道教和神圣空间
2019年	夏代的史学	古代东亚秩序
2020年	重估孟荀二分的传统儒学格局	（二、三期）反思唐宋变革论

从不同卷次所呈现出来的内容来看，5卷的主题横跨人文领域的不同学科，主要包括文学、历史、哲学、政治、宗教、考古等。从主题的选择来看，都是学术前沿和热点问题，既体现出前瞻性，也有跨学科跨专业的视角。从文章内容来看，一些有影响力的中文文章被翻译成英文，它们或运用新方法，或选取新材料，抑或兼而有之，让对中国文化感兴趣的海外学者得以了解目前中国研究的最新动态和前沿观点。从作者来看，每期都会有中国学者与海外汉学家就同一主题发表文章，交流互动。这样既为中国高校和科研院所的学者们提供了阐述自己观点的学术平台，又能推动他们与西方学者直接就某一专题展开深入交流与对话，可谓"一箭双雕"。《文史哲》国际版所采用的审稿机制也

① 关于王靖宇的评论，参见https://www.lhp.sdu.edu.cn/qkgl1/zzjj.htm，2020年9月13日。

② 关于包弼德的贺词，参见https://www.lhp.sdu.edu.cn/qkgl1/zzjj.htm，2020年9月13日。

③ 本表格中各期内容的翻译，参见https://www.lhp.sdu.edu.cn/qkgl1/zzjj.htm，2020年9月13日，但有些部分稍有改动。本文涉及《文史哲》国际版的内容常常依据文章的中文版本。如果没有中文版本，相关内容则由笔者直译或意译而来。

是目前通用的双向匿名审稿方式，作者和评审双方互不知道对方的信息，由编辑负责与审稿人和作者沟通。双向匿名机制的确立可以让评审者公正地审查论文、提出修改意见，有利于学术创新和确保刊物的学术质量。

虽然有了优秀的编辑和作者团队以及对热点和前沿问题的关注，但是对于《文史哲》国际版如何能让中国文化真正走出去的问题，学者们仍然表达过一些疑虑和关切。山东大学就此相关问题专门组织有经验的专家、编辑和学者共商大计，与会学者知无不言，提出一些需要注意的问题，包括“语言与翻译、英文霸权、政治与意识形态、东西文化之鸿沟”等。①对于学者们提出的关切，《文史哲》国际版的编辑们也表示认同，并提出了自己的观点。比如，《文史哲》国际版常务副主编王心扬说道：“我们的宗旨是让世界深入地了解中国、观察中国，了解中国的思想动态和学术研究的走向，从而构筑一个中西交流、互相理解并建立良好关系的桥梁，中国有中国的实力，我们有五千年的文化，有深远、深厚的哲学底蕴、文化传统。”②王心扬点出了该刊的办刊理念和宗旨，并展现出办好刊物的信心。另外一位参与创办《文史哲》国际版的副主编孟巍隆认为，国家荣誉感对中国文化的外传形成了某种压力，他提道：“明明是学术文章，但作者要趁这个机会歌功颂德”，“这种不够客观、不够科学的因素应该回避”，“如果我们想把中国的思想、学术拿到海外让他们了解，就需要实事求是地、客观地、科学地搞学术讨论”。③《文史哲》国际版正是秉承着这份学术平常心，海纳百川，兼收并蓄，为学术讨论提供优质平台。

三、本土学者观点为主体④

《文史哲》国际版为在中国高校工作的学者提供了英文出版的机会，让他们的声音能被海外同行和对中国文化感兴趣的读者听到。同时，国外的学者就同一主题撰写论文，展开论述。海内外学者在交流和互动中，共同提高学术水平。例如，第3卷第1期是关于神话和传说研究的专刊，中国本土学者联袂贡献了多篇高质量的论文。其中刘毓

① 王静：《中国“文史哲”，如何“走出去”——〈文史哲〉英文版首发式上的话语交锋》，《中华读书报》2014年7月23日。

② 王静：《中国“文史哲”，如何“走出去”——〈文史哲〉英文版首发式上的话语交锋》，《中华读书报》2014年7月23日。

③ 王静：《中国“文史哲”，如何“走出去”——〈文史哲〉英文版首发式上的话语交锋》，《中华读书报》2014年7月23日。

④ 本文为了行文方便，虽然对《文史哲》国际版的诸多特点分开来叙述，但是它们常常同时存在于一篇论文之中。

庆《中国神话研究的新范式》一文指出中国神话的三次主要变化①。这些变化经历了三个主要时期，形成了三次高潮："第一个高潮出现在五帝三王时期，此期神话主在讲述历史，实是历史的神话化；第二个高潮出现在秦汉魏晋时期，此期神话主在阐述哲学理论，可谓哲学的神话化；第三次高潮出现在元明时期，神话的叙述主题变换为宗教性内容，可谓宗教的神话化。"②陈连山《论"神圣叙事"的概念》将此命题置于中西文化的对比中加以分析，认为不同的文化背景导致了不同的神话叙事。苏晓威《中国早期文献及考古材料中黄帝形象的研究》、苏永前《西王母神格探源：比较神话学的视角》、张瀚墨《从神话到历史：黄帝叙事中以劝导为目的的历史化趋向》均从神话与历史的角度探讨黄帝和西王母的神话原型及其在后世的形象演变和接受。③这些学者的文章都是在中西方文化比较的背景中，通过文学、历史、哲学、宗教、考古等跨学科的视角考察了上古中国神话的问题。

对于上古神话的问题，该期也收录了两位在美国高校任教的学者的论文。美国学者艾兰（Sarah Allan）《关于公元前1920年积石峡洪水与中国上古大洪水传说的初步思考》针对的是吴庆龙团队在《科学》杂志发表的论文。④后者将公元前1920年积石峡洪水与大禹治水的神话联系起来，认为据此可以证明"夏朝确实存在，而且能证明二里头文化就是夏朝"⑤。但是艾兰基于文献学的考察质疑此结论的有效性，因为没有文献显示大禹治理的是黄河之水。她认为洪水与大禹之间的联系需要更多的证据来支撑："所有关于禹和夏朝的证据都是从周朝或者更晚的时期得来的。"⑥但是她认为吴庆龙及其团队的发现也是有重要意义的，这里的意义在于"这场洪水可能是二里头文化作为早期青铜时代国家兴起的一个重要因素"⑦。另外一篇文章是张振军的《六朝文学中神女描述的两种模式》，该文对六朝文学中神女描述的两种模式进行了探讨。⑧他认为此时期神女描述的来

① Yuqing Liu, "A New Model in the Study of Chinese Mythology," *Journal of Chinese Humanities* 3.1（2017）: 1—22. 刘毓庆：《中国神话的三次大变迁》，《文艺研究》2014年第10期，第43—53页。

② 刘毓庆：《中国神话的三次大变迁》，《文艺研究》2014年第10期，第43页。

③ 关于北美学者运用接受史的方法研究中国古代文学的讨论，参见张月：《晚近北美汉学研究方法与文学史编撰管窥》，《国际汉学》2019年第3期，第185—191页。

④ Sarah Allan, "The Jishi Outburst Flood of 1920 BCE and the Great Flood Legend in Ancient China: Preliminary Reflections," *Journal of Chinese Humanities* 3.1（2017）: 23—34.［美］艾兰：《关于公元前1920年积石峡洪水与中国上古大洪水传说的初步思考》，《文史哲》2018年第1期，第23—27页。

⑤［美］艾兰：《关于公元前1920年积石峡洪水与中国上古大洪水传说的初步思考》，《文史哲》2018年第1期，第23页。

⑥［美］艾兰：《关于公元前1920年积石峡洪水与中国上古大洪水传说的初步思考》，《文史哲》2018年第1期，第24页。

⑦［美］艾兰：《关于公元前1920年积石峡洪水与中国上古大洪水传说的初步思考》，《文史哲》2018年第1期，第24页。

⑧ Zhenjun Zhang, "Two Modes of Goddess Depictions in Early Medieval Chinese Literature," *Journal of Chinese Humanities* 3.1（2017）: 117—134.

源是系名于宋玉的《高唐赋》和《神女赋》，也是对学术界以前普遍认为《高唐赋》在后世的影响力减弱甚至停止的看法的回应。作者通过对建安时期曹植、王粲、陈琳、杨修的神女主题赋作以及六朝志怪和传奇作品的研究，认为："先秦的《高唐赋》与中古充满情欲的睡梦故事在叙事模式上有共同点：在梦中，情爱总是在男性和美女之间发生，或者更具体的是男性与神女或者与女鬼之间发生。在梦境中，女性总是主动出击，追求男性，以满足自己的欲望。"①这些都是受《高唐赋》影响的例子。以前的研究和分析只注意到了《神女赋》对后世文学的影响，而忽视了《高唐赋》的影响，该论文补足了此点。如作者所言："如果说《神女赋》对诗赋的影响更大的话，那么《高唐赋》则是对通俗文学，尤其是对志怪文学的影响更大。"②《文史哲》国际版以本土学者的文章为主体，同时补充海外学者就同一主题所写作的文章，双方观点同时呈现，有利于帮助读者系统了解该主题在国内外的研究方法、视角和趋势。

四、跨学科跨专业视角

《文史哲》国际版的另外一个特点是所刊发的论文大多采用跨学科跨专业视角，这也秉承了《文史哲》中文版的特点与优势。《文史哲》主编王学典提倡打破学科之间的壁垒，用问题意识统摄文章和研究。解决、处理重要问题是文章写作的出发点和动力，对此他谈道："当前学科发展的一个大趋势是淡化学科，突出问题。……我主张《文史哲》杂志要发表那些非文非史非哲、亦文亦史亦哲的文章。"③对于由问题意识带动下的跨学科跨专业探索，《文史哲》国际版侧重文化热点和带有前沿意识的选题。近些年来，《文史哲》杂志与《中华读书报》每年联合组织一次"中国人文学术十大热点"的评选，《文史哲》国际版的专刊主题有时也从热点问题中选取。比如，《文史哲》刊发过"夏商周断代工程"的一些重要成果，如刘京希、郭震旦所说："面对这一关系中国学术未来走向的重大问题，《文史哲》挺身而出，从2006年3月起，在一年多的时间里，连续发表了20多篇重头文章，就'夏商周断代工程'发起了大规模的学术讨论和学术批评，引起了整个文化界、学术界的强烈反响。"④在2018年，随着"中华文明探源工程"结果的公布，夏朝存在与否的问题又引起了学者和社会的关注，《文史哲》国际版第5卷第1期探讨的

① Zhenjun Zhang, "Two Modes of Goddess Depictions in Early Medieval Chinese Literature," *Journal of Chinese Humanities* 3.1（2017）：132.

② Zhenjun Zhang, "Two Modes of Goddess Depictions in Early Medieval Chinese Literature," *Journal of Chinese Humanities* 3.1（2017）：132.

③ 王学典：《中国向何处去：人文社会科学的近期走向》，《清华大学学报（哲学社会科学版）》2016年第2期，第16页。

④ 刘京希、郭震旦：《在学术与政治之间——以〈文史哲〉的历史变迁为个案》，《河南大学学报（社会科学版）》2017年第6期，第155页。

正是有关夏王朝的历史问题。学者们大多认为夏朝存在的说法成立，但是需要更有说服力的论证来科学地回答这一问题。该期的论文就以此为出发点展开叙述和立论。陈民镇《信史抑或伪史》从历史学角度回顾了20世纪关于夏朝历史的主要论争及代表性观点。孙庆伟《界说与方法——夏代信史考古学重建的途径》从考古学的视角切入，提倡“文化比较法”；贾洪波《夏王朝年代的另类推测和夏都钩迹——兼论夏文化有关问题》从历史和考古学角度讨论与夏朝相关的年代问题；美国学者夏含夷《〈竹书纪年〉和夏代编年：我对历史方法的反思》通过对倪德卫（David Nivison）重构《竹书纪年》的反思和解读来探讨夏朝的历史和编年问题。最后，许宏《中国考古学界国家起源探索的心路历程与相关思考》倡导从东亚整体性的视角思考和探索中国的国家起源问题。学者们博采历史学、考古学、文献学等不同专业的方法，探讨了有关夏朝历史的问题。

《文史哲》国际版对跨学科跨专业与学术热点的坚持不仅存在于不同学科之间，还存在于同一学科不同专业之中。例如，明清小说专题虽然是有关中国文学的，但是学者们的视角和方法也都是跨专业的，从而打破了从文本本身来研究小说的单一视角。学者们通过文本、图像、社会学、翻译研究等手段来丰富小说的研究。[①]郭延礼的文章将翻译和女性小说写作置于中西不同的背景中去考察，强调“当时一些女性在创作时，受到西方文学作品中故事情节、人物形象和表现手法的影响，自觉或不自觉地借鉴西方文学作品。这个过程经历了由摹拟西方小说到‘以译代作’的过程。这种现象的出现与‘西学东渐’的深入发展和女性作家对西方小说阅读的深入密切相关”[②]。陈文新和高添璧两位学者通过对社会环境的考察，对士人与优伶之间的关系做出了精辟的分析。[③]针对文人“怀才不遇”的研究很多，但是大多侧重文人与统治者之间的关系，比如，文人生不逢时，不被统治者重用，而统治者常常用人不察，这些原因都会导致“士不遇”。该文另辟蹊径，通过对《陶庵梦忆》的解读来探讨士人与优伶之间微妙的关系及其特征，以及形成这种特征的思想、政治、经济等原因。程国赋的文章则从文献学的角度，探讨了作为文学作品副文本的凡例的意义与价值。[④]作者在对明清通俗小说整体把握的基础上，总结了42篇凡例，考察了四个方面：“一、明清通俗小说凡例的史料价值；二、凡例与

① 本期中部分学者的文章在国内重要期刊发表，如《文史哲》《文学遗产》《文学评论》。

② 郭延礼：《女性小说书写中的“以译代作”——兼论中西文化交流早期的一个倾向性问题》，《文史哲》2014年第3期，第5—17页。引文出自第5页。Guo Yanli, “‘Creation through Translation’ in Early Twentieth-Century Women’s Fiction: On a Literary Trend in the Initial Stages of Cultural Exchange between China and the West,” *Journal of Chinese Humanities* 2.1（2016）：1—17.

③ 陈文新、高添璧：《明末清初“士人”与“优伶”关系新探——以〈陶庵梦忆〉为中心》，《中国矿业大学学报（社会科学版）》2012年第4期，第121—127页。Chen Wenxin and Gao Tianbi, “Relations between Actors and Scholars during the Ming-Qing Transition, as Seen in *Tao’an Mengyi*,” *Journal of Chinese Humanities* 2.1（2016）：18—30.

④ 程国赋：《明清通俗小说凡例研究》，《文学评论》2010年第6期，第104—112页。Cheng Guofu, “Research on Reader’s Guides to Ming and Qing Popular Novels,” *Journal of Chinese Humanities* 2.1（2016）: 31—54.

通俗小说创作方法；三、凡例与通俗小说回目；四、凡例与通俗小说读者。”①朱万曙的文章从文学地理学的角度出发，解读了明清文学作品中的徽州意象，包括自然界的山水、乡村以及人文类的徽商、书香门第、徽州人的特点。在此基础上，作者阐述了徽州文学图景的价值与意义。②郝稷的论文聚焦在《西游记》的英译上，比较了韦利（Arthur Waley）《猴》和余国藩《猴与僧》的不同英译策略。③文章认为韦利的翻译有很多创造，但忽略了或改编了很多章节，相比之下，余国藩的翻译较为忠实原著。该论文探讨这些不同的译本如何影响了《西游记》中人物的塑造，从而影响了英语读者对小说主题和宗教意义的理解。最后，该文探讨了如何将《西游记》置于世界文学中去处理翻译问题。商伟的论文探讨了另外一部长篇小说《儒林外史》，在叙事理论框架下考察其叙述方式。④文章认为《儒林外史》内容不吻合之处源于作者处理小说的方式，也与吴敬梓整个写作经历有关：“吴敬梓在一个开放性的写作过程中，将取自当代笔记琐闻和个人阅历的各类素材编织成篇，渐次展现与时推移的多重视角和多声部混杂的叙述形态。更重要的是，他通过小说叙述，切入当代文人的传闻网络（包括口头和书写的轶事传言），并为这个网络提供了一个文学镜像。”⑤最后，陈丹丹的论文运用福柯的“身体政治”理论，探讨了江南文人如何融入清代初年的北京生活和文化。⑥南方文人北迁以后形成了不同的文人圈，他们如何在北方书写南国情志，并将这种对江南的追忆诉诸文本，这些都是该文的关注点。以上研究明清小说的论文，虽然探讨的是文学，但是都将文学置于更广阔的文化视野中来考察，彰显了《文史哲》国际版的跨学科跨专业视角。⑦

五、国际交流平台

期刊发展和壮大的核心还是过硬的稿件。鉴于一些中国学者的英语写作能力有限，《文史哲》国际版的编辑们聘请了有海外背景的翻译团队，以便让优质的中文稿件得以与海外读者见面，为有效的国际交流搭建舞台。这些英语译者的翻译，不仅将中文的稿

① 程国赋：《明清通俗小说凡例研究》，《文学评论》2010年第6期，第104页。

② 朱万曙：《明清文学中的徽州图景》，《文学评论》2014年第1期，第55—76页。Zhu Wanshu, “Scenic Depictions of Huizhou in Ming-Qing Literature,” *Journal of Chinese Humanities* 2.1（2016）：55—76.

③ Hao Ji, “A Comparative Study of Two Major English Translations of the *Journey to the West: Monkey* and *The Monkey and the Monk*,” *Journal of Chinese Humanities* 2.1（2016）：77—97.

④ Wei Shang, “Examining Narrative Form in *The Scholars*,” *Journal of Chinese Humanities* 2.1（2016）：98—119. 商伟：《〈儒林外史〉叙述形态考论》，《文学遗产》2014年第5期，第133—147页。

⑤ 商伟：《〈儒林外史〉叙述形态考论》，《文学遗产》2014年第5期，第133页。

⑥ Dandan Chen, “The Drifting of the ‘South’ to Beijing: The Southern Factor in Beijing Culture of the Early Qing,” *Journal of Chinese Humanities* 2.1（2016）：98—119.

⑦ 跨学科跨专业的视角在晚近人文领域研究中备受重视，成果丰硕，例如汪春泓著：《史汉研究》，上海：上海古籍出版社2014年。张月、陈引驰编：《中古文学中的诗与史》，上海：复旦大学出版社2020年。

件翻译成英文，而且尽量以符合西方读者阅读习惯的写作方式加以呈现。比如，2016年第2期发表了郭延礼《女性小说书写中的“以译代作”》的英译，现将该论文的中英文摘要加以对比，来考察英译者为方便海外读者的理解，如何在翻译中适当增加内容和背景知识。①下面是中英文摘要的开始部分，摘抄如下：

> 20世纪第二个十年，中国女性小说创作出现了“以译代作”的文本，它是在中国近现代文学转型的语境中新文体诞生初期的一种文学产物。②

> In the 1910s, the trend of “creating through translation” emerged in fiction by female Chinese writers. This concept, similar to that of “covert translation,” introduced by the contemporary Western translation theorist Juliane House, sprang up from the early stages of new literary forms that developed in the context of changes in early modern Chinese literature.③

中英文的总体意思一样，但是国际版加入了相关背景信息的介绍，也就是“以译代作”与西方的“隐性翻译”之间的关系。这方便西方读者在较短时间内将中国文学现象与自己的文化建立起有效的联系。另外，中文版在摘要中提道：“此现象也曾出现于五四时期的新诗创作中。如果再往前追溯，在近代早期一些史地著作中亦见端倪。”④这里的“此现象”指的是“以译代作”的现象。国际版的内容要长很多：

> The same trend appears in early vernacular poetry during the May Fourth era, from which it can be traced further back to scholarly texts of the early modern period, such as Wei Yuan’s *Illustrated Treatise on the Maritime Kingdoms* (*Haiguo tuzhi* 海国图志) or Wang Tao’s *Report on the Franco-Prussian War* (*Pu-Fa zhan ji* 普法战纪). Also Liang Qichao’s writings on Western thought and culture, for example, his *Notes on Rousseau* (*Lusuo xue’an* 卢梭学案), are written in a similar form.

国际版中增加了例证，即在英文“such as”后面的例子都是国际版所新增的内容，提到了魏源的《海国图志》、王韬的《普法战纪》、梁启超的《卢梭学案》。这些著作都是“以译代作”观念影响下的产物，也就是说，这种观念不仅影响了中国近代小说创作，也影响了历史、地理等著作的写作。这些例证的补充可以使英语读者对文章的主要内容有更

---

① 郭延礼：《女性小说书写中的“以译代作”——兼论中西文化交流早期的一个倾向性问题》，《文史哲》2014年第3期，第5—17页。Yanli Guo, “‘Creation through Translation’ in Early Twentieth-Century Women’s Fiction: On a Literary Trend in the Initial Stages of Cultural Exchange between China and the West,” 1—17.

② 郭延礼：《女性小说书写中的“以译代作”——兼论中西文化交流早期的一个倾向性问题》，《文史哲》2014年第3期，第5页。

③ Yanli Guo, “‘Creation through Translation’ in Early Twentieth-Century Women’s Fiction: On a Literary Trend in the Initial Stages of Cultural Exchange between China and the West,” 1.

④ 郭延礼：《女性小说书写中的“以译代作”——兼论中西文化交流早期的一个倾向性问题》，《文史哲》2014年第3期，第5页。

具体的把握。英语摘要所增加的部分既言简意赅，又清晰地表达出作者的论据，可见译者和编者在此处花了不少心思。

结　语

《文史哲》国际版继承了中文版的既有特点和优势，在人文学科大的专业领域下发展跨学科跨专业的视角和方法，打通了文史哲等学科的界限和壁垒。该期刊的创刊初衷是为更多在中国高校和科研院所工作的学者提供用英语发表论文的机会，提供与英语同行交流对话的平台。《文史哲》国际版不仅有本土学者对中国热点问题的观点和看法，也收录了西方学者的文章，二者交相辉映，呈现出对某一特定主题的全方位、多角度考察。该期刊也希望外国学者能够更直接地了解中国，尤其是促进对当前中国学者的研究方法和视角的认知，加强学术交流。《文史哲》国际版的创刊，符合中国文化在海外传播范围与影响力扩大这一趋势。它的推广不仅会加强中西方学者的交流与合作，而且也会增加海外对中国文化感兴趣的读者数量。《文史哲》国际版若能在以后的发展中，继续深入关注中西方学术和社会的热点问题，以专题的方式展开有效的讨论，使海内外学者的观点在跨国别跨学科跨专业的平台上得以发表，定将进一步增进国际交流的深度和广度。

（作者单位：澳门大学中国语言文学系、人文社科高等研究院）

【语言文献研究】

故宫本《类篇》释义剜改考源*

冯先思

内容摘要 台北故宫博物院藏明抄本《类篇》有三百余处剜改，通过比对传世小学典籍，我们发现这些剜改不尽合乎《类篇》体例。故宫本《类篇》的校订能参稽群书，态度尚算严谨，且在校订文本之时并非据单一史源加以校订，而是综合参考了多种小学典籍，最后形成了一个具有独特风貌的文本系统。

关键词 类篇；修改；小学典籍；集韵

宋代大型字书《类篇》有两个明抄本传世，其一藏在上海图书馆，已有影印本行世；一藏台北故宫博物院，近年才有全文在网络公布。故宫本与上图本无论是行款、字体，还是避讳大体一致，① 校其内容，则阙字、误字之处也大多相同，可见二者系出同源，源出明代内廷所藏金刻本《类篇》。然而故宫本与上图本也存在一些不同之处，故宫本内有三百余处剜改痕迹。剜改之处在纸背衬以别纸，与原本纸张颜色略有不同，剜改轮廓线较为清晰。而且故宫本剜改处往往与上图本存在异文。故宫本的剜改之情形，本人既有专文论述。② 今更研讨其修改之依据。

字书释义在流传过程之中会发生变异，这些变异有的是随着时代的变化而换用不同的词汇，有的会发生各种错讹。古代字书释义用语比较简短，如果缺乏语境，往往会发生一些似是而非的讹误。这些释义的变异随着字书、韵书的辗转因袭传之后世，有些错讹较为容易判定，有些就需要追溯释义语源来辨析。③ 这些错讹并非一无是处，我们可以通过这些错讹产生的时代，来辨析后世字书汇纂之时的资料来源。就本文要讨论的故宫本《类篇》剜改而言，我们可以利用不同时代释义"当代化"的区别特征，帮助我们

* 本文为国家社科基金重大项目（15ZDB104）"基于资料库的古籍计算机辅助版本校勘和编撰系统研究"、中国博士后科学基金第65批面上资助项目（2019M650017）"基于计算机辅助古籍校勘平台的《类篇》校勘研究"的阶段性成果。

① 冯先思：《金代避讳补考》，《历史文献研究》第45辑，扬州：广陵书社2020年，第226—233页。

② 冯先思：《台北故宫藏明抄本〈类篇〉考略》，《文献语言学》第12辑，北京：中华书局2021年，第113—134页。

③ 杨宝忠：《大型字书隐性疑难字的发现与考释》，《古汉语研究》2020年第2期，第2—9页。

找到其改动的史源。

一、校改的依据来自“篇海”系字书

宋人官方编修的字书以《类篇》收字最多。但是当时宋金南北分治之时，北方产生了汇纂型的字书，以《新修絫音引证群籍玉篇》与《改并五音类聚四声篇》为代表。《新修玉篇》后来流传不广，明清罕见用例。而《改并五音类聚四声篇》与其姊妹篇《五音集韵》形成一套新的“篇韵”系列，对后世字书的编纂产生了极大的影响。《改并五音类聚四声篇》在元明都有刊刻，而且有不止一个版本，每隔数十年就会有新的版本问世。其书收字宏富，远远超出《类篇》，这或许就是它在元明较为通行的一个原因。受到《改并五音类聚四声篇》（在明代又简称“四声篇海”）影响而产生的明代字书很多，其中较为著名的有《直音篇》《字汇》《正字通》等。这一系列字书虽各具特色，但是取材来源大同小异，我们称之为“篇海系”字书。“篇海”系字书之中《字汇》《正字通》是清人编纂《康熙字典》之时的重要参照，而且《康熙字典》所取材的字头、释义语料的来源也大量取自“篇海系”辞书。

现存的两种《类篇》抄录的年代大概在明末清初，故宫本《类篇》何时进入宫廷收藏，我们几乎一无所知。但是从故宫本《类篇》的流传来看，上面私家藏书印无多，它入宫大概在清代初年。我们对故宫本《类篇》剜补的时段，也一无所知。但是从其修改的文字来看，有相当一部分来自“篇海系”字书，如《字汇》《正字通》等，而这两部书较为流行的年代正在明末清初。例如：

【瑁】蚩良切。瑁琉，蛮夷充耳。（01.1-15）①

案：瑁琉，上图本作“瑁玩”，故宫本改为“瑁琉”。宋本《集韵》、《玉篇》作“瑁玩”。方成珪疑当作“琉”。②案《集韵》仙韵余专切“琉”释义云“琉珸，蛮夷充耳”。又《类篇》“琉，昌嵩切。珥玉名”。珥即耳珰、充耳、瑱之属。由《类篇》本文证之，作“琉”不误。案《太平御览》卷八〇五引《山海经》“瑁琉，夷蛮系耳玉也”（承网友刘思亮见告，此条不见今本《山海经》，疑为他书拦入）。“瑁琉”盖即“瑁琉”之讹。《新修玉篇》《四声篇海》《字汇》《正字通》等书“瑁”字释义正作“瑁琉”。

【咩】匹降切。支声。（2.1-24）

案：支，明州本《集韵》作“支”，潭州本、金州军本作“攴”。上图本作“攴”，故宫本改作“反”。《新修玉篇》《字汇》亦作“反”，故宫本盖据以改字。咩为拟声词，当为击打声，故作“攴”为宜。

---

① 01.1-15为《类篇》明抄本页码编号，代表卷一上第15页，以下仿此。

② 赵振铎校：《集韵校本》，上海：上海辞书出版社2012年，第292页。

【鳺】钟输切。又追输切。鸟名。《山海经》柜山有鸟，状如鸱而人手。（04.2-08）

案：柜，上图本作“拒”，故宫本改作“柜”。宋本《集韵》作“拒”。《正字通》正作“柜”，故宫本盖据《正字通》改字。

【䩊】许罽切。繣也。（05.3-20）

案：繣，上图本同，故宫本改作“绣”。《集韵》《新修玉篇》作“繣”。上图本、故宫本《类篇》“繣：古卖切。微也。又胡卦切。”（13.1-16）《集韵》此两切皆作“繣”，繣即之“繣”之讹。《字汇》释义作“绣也”，故宫本改作“绣”，盖本《字汇》。

【栀】章移切。黄木子，可以染。《尔雅》桑辨有葚栀。一曰，桑半有葚半无名栀。（06.1-02）

案：辨，上图本作“辨”，故宫本改作“瓣”。宋本《集韵》、《新修玉篇》、宋本《玉篇》作“辨”。《字汇》、泽存堂本《玉篇》作“瓣”。今本《尔雅》（周祖谟《尔雅校笺》影印故宫藏南宋监本）作“辨”，阮元《十三经注疏校勘记》云：“辨，唐石经、单疏本、雪窗本、元本同。闽本、监本、毛本‘辨’改‘瓣’，俗字。……叶抄本《释文》作‘辨’，通志堂本改‘瓣’。”[1]由此可知，《尔雅》作“瓣”源出明人改动，《字汇》、泽存堂本《玉篇》据以改字。故宫本、楝亭本《类篇》盖据明以来晚出之本改字。其可能的来源为明刻本《尔雅》（或其注疏本）、《字汇》、泽存堂本《玉篇》。

【租】子余切。包也。又宗苏切。《说文》田赋。一曰，畜聚也。又将侯切。包裹也。又子悉切。䅗䅍，禾重生。（07.2-02）

案：“畜聚”，上图本作“畜畜”，故宫本改作“畜租”。《集韵》作“畜也”，上图本盖衍“畜”字，故宫本、楝亭本所改皆不确。蒋礼鸿认为当作“畜聚”，亦不确。案“租”释义作“畜聚”，唯见楝亭本、姚刊本《类篇》。《正字通》释“租”字云：“《六书故》田中禾秸也。《诗·豳风》子所畜租，朱《传》畜，积。租，聚。”楝亭本释义作“畜聚”盖截取《正字通》所引朱熹《诗集传》释义而来，故宫本释义作“畜租”，盖截取《豳风》语而来。

【砻】卢东切。《说文》礲也。天子之椽斲而砻之。又卢贡切。小磨。（9.3-01）

案：椽斲，上图本作“桷椓”，故宫本剜改为“椽斲”，楝亭本、姚刊三韵本作“椽斲”。揆诸《类篇》体例，当从《集韵》作“桷椓”为宜。《集韵》平声一东韵“砻，卢东切，《说文》：礲也。天子之桷椓而砻之”。蒋礼鸿引《国语·晋语八》“赵文子为室，斫其椽而砻之”，以为此或姚刊三韵本《类篇》所本。案故宫本、楝亭本改为“椽斲”，其直接来源当为《正字通》“砻”字释义，其下亦引《国语》此语，唯误作《左传》。

【憷】藥佳切。憷恂，自容人也。（10.3-05）

[1] 刘玉才等整理：《十三经注疏校勘记》，北京：北京大学出版社2014年，第5116—5117页。

案："悼恂自容人"，上图本作"悼恂自容入"，故宫本改作"悼悔自容人"。明州本《集韵》作"悼恂白容入"，潭州本《集韵》作"悼恂自容入"。《新修玉篇》"悼"字亦作"悼恂自容入"。又《字汇》"悼"字释引《集韵》作"悔"，此或即故宫本改字之来源。

【鏂】【镖】卑遥切。刀锋曰鏂。或省。镖，又纰招切。《说文》刀削铜末也。（14.1-06）

案：铜末，上图本作"木铜"，故宫本改作"铜末"。《说文》作"末铜"。《类篇》陈鳣批注将"铜末"改为"末铜"，盖据《说文》。《字汇》引《说文》作"刀削末铜"。《正字通》引《说文》云"刀削铜末"，《正字通》引文盖故宫本改字所本。

【軵】【輯】【軏】乳勇切。《说文》反推车，令有所付也。一曰，轻车。或从茸，从冗。軵，又符遇切。车厢外立木承重较之材。（14.2-10）

案：冗，上图本作"穴"，故宫本改作"冗"。《集韵》作"冗"。付，上图本同，故宫本改作"附"。《正字通》作"附"。故宫本盖据《正字通》改。

【轧】膺眼切。车輾。又亿姞切。又乙黠切。（14.2-11）

案：輾，上图本同，故宫本改作"辗"。《集韵》作"輾"。《广韵》《玉篇》皆作"辗"。汲古阁大徐本《说文》作"辗"。《正字通》引《说文》亦作"辗"。輾从㞋声，㞋一作"𡰯"，輾又可写作"輾"。《说文》"輾，轹也。"义与"轧"接近。

【镞】昨木切。锉鑹，温器。或从族。又测角切。锄也。谚曰，欲得縠，马耳镞。贾思勰说。又千候切。《博雅》镞弩，镝。又千木切。又作木切。《说文》利也。一曰，矢末。又侧角切。矢镝。（14.1-16）

案：弩，上图本作"努"，故宫本改作"弩"。《集韵》作"砮"。当作"砮"。《说文》："砮，石可以为矢镞。"《国语·鲁语下》："肃慎氏贡楛矢石砮，其长尺有咫。"韦昭注："砮，镞也，以石为之。"① "镞""砮"都是射出之物，不当作"弩"。《正字通》"镞"释义中引"北齐陆法和"语有"弓弩"二字，此或即故宫本改"弩"之源。又，"縠"当作"穀"。

二、校改来自其他小学典籍

明末清初苏州藏书家在收藏之外，还推动了一批珍稀、罕见旧籍的重刊活动。比如汲古阁就是其中的佼佼者。其中朱彝尊与毛氏、张士俊、汪立名、曹寅等人交好，大力支持他们刊行宋元小学典籍，一些"久不显于世"的珍本秘笈重新进入知识阶层。

清康熙年间，在朱彝尊的倡导之下，几种小学典籍陆续付刊，分别为汪立名刻《汗简》，曹寅刻《曹楝亭五种》（包括《玉篇》《广韵》《类篇》《集韵》《附释文互注礼部韵

① 徐元诰撰：《国语集解》，北京：中华书局2002年，第204页。

略》）、张士俊泽存堂五种（包括《玉篇》《广韵》《群经音辨》《佩觿》《字鉴》）刻，以及汲古阁刻《说文解字》、通志堂刻《经典释文》。[①]所以钱泰吉在《曝书杂记》卷上“郭氏汗简”条云：“康熙间，钱塘汪立名从朱竹垞先生得旧抄本，刻于一隅草堂。竹垞翁喜劝人刻字书，若吴门张氏及曹氏楝亭所刻书，多发于竹垞翁。唐宋人小学书今得传布，竹翁力也。”[②]

这些小学典籍在刊行之时，主事者已经利用当时新发现的几种小学典籍来对诸本文字加以校订。例如泽存堂本《玉篇》曾参考多种小学典籍校订文字[③]。现在我们较为常见的大小徐本《说文》、详注本《广韵》（宋浙刻本一系）等小学书，在清代初年汲古阁、泽存堂、楝亭等尚未刊行之前，还属珍秘之本。如果要对故宫藏本《类篇》加以校订，那当时可能会参考的图书最有可能的是同类的小学典籍。除了当时新刊的曹楝亭五种、泽存堂五种、汲古阁、通志堂等刊刻的小学典籍之外，也只有《字汇》《正字通》《五音集韵》《四声篇海》之类的著作。

1. 来自小徐本《说文》

【达】陁葛切。《说文》行不相遇也。引《诗》挑兮达兮。一曰，通也。一曰，迭也。又他达切。《博雅》逃也。（2.2-17）

案：挑，上图本同，故宫本改作“佻”。《集韵》作“挑”。《四部丛刊》影印小徐本《说文》作“佻”（祁寯藻刻本作“恌”）[④]。故宫本之“佻”疑据小徐本《说文》之“佻”改[⑤]。

【翰】河干切。天鸡，羽有五色者。又侯旰切。《说文》天鸡赤羽也。引《逸周书》大翰若翚雉。一名，鷐风。周成王时人献。（04.1-21）

案：“大翰”，上图本同，故宫本改作“文翰”。《集韵》作“大翰”。汲古阁本《说文》、小徐本《说文》作“文翰”。陈鳣将“大翰”改为“文翰”。陈鳣于小徐本《说文》亦有批注，陈鳣、故宫本盖据小徐本校改。

【鴃】弋质切。水鸟名。又他结切。《尔雅》鴃铺鼓。又徒结切。（04.2-19）

案：“铺鼓”，上图本作“餔敊”，故宫本、楝亭本改作“铺鼓”。《集韵》作“餔敊”。今本《尔雅》亦作“餔敊”。故宫本所改不确。小徐本《说文》（钱抄本、朱抄本）作“铺鼓”（《说文解字传校勘记》卷上第十二页、王筠《说文系传校录》卷七第五页），此盖故宫本所本。

【蚰】【蝩】徒冬切。《说文》耜属。或从虫。（14.1-01）

---

① ［清］朱彝尊著，杜泽逊、崔晓新整理：《曝书亭序跋》点校说明，上海：上海古籍出版社2010年，第5页。

② ［清］钱泰吉著，冯先思整理：《曝书杂记》，北京：中华书局2020年，第20页。

③ 冯先思：《泽存堂校订〈玉篇〉考》，《励耘语言学刊》2019年第1期，第128—140页。

④ 小徐本《说文解字》的清代早期传本并不稳定，到道光年间才出现比较重要的刻本。详参董婧宸：《毛扆收校〈说文解字系传〉抄本源流考述》，《民俗典籍文字研究》2019年第1期，第142—153页。

⑤ 《类篇》“佻”字头释义云“佻达，相见皃”，一说，此或故宫本所本。

案：耜，上图本作“相”，故宫本改作“耜”。《集韵》作“相”。大徐本《说文》作“相”，小徐本《说文》作“耜”。故宫本盖据小徐本《说文》改。

2. 来自大徐本《说文》

【柀】补靡切。《说文》檆也。一曰，析也。又普靡切。柀黏，木名。(06.2-01)

案：“柀黏”，上图本同，故宫本改作“柀檆”。《集韵》作“柀黏”。“柀，黏”，《尔雅·释木》文。今本《尔雅》作“黏”。《说文》“柀，檆也”，故宫本盖据大徐本《说文》改字。

【槌】追卒切。《说文》车横軨也。引《周礼》参分轵围，去一以箱为轛围。轛，或从木。又都内切。(06.2-07)

案：箱，上图本同，故宫本删去此字。案《集韵》有“箱”字，大徐本《说文》则无。故宫本盖据大徐本删字。《集韵校本》引段玉裁、马钊校皆以为“箱”字衍。[①]

【郼】同都切。《说文》冯翊合阳亭。又直加切。(06.3-17)

案：合，上图本同，故宫本改作“郼”。《集韵》作“合”，《说文》《玉篇》皆作“郼”。段玉裁注《说文》“郼”字以为当据《集韵》《类篇》改为“合”，以陕西同州合阳县有荼谷渡也。荼谷，一作屠谷，即《韩奕》“出宿于屠”之“屠”。屠为地名，故可加阝为郼。

【虺】诩鬼切。虫名。《说文》虺以注鸣。引《诗》胡为虺蜥。(13.2-14)

案：以，上图本作“从”，故宫本改作“以”。《集韵》作“从”。《说文》作“以”。

【醟】蒙晡切。醟醶，榆酱。又迷浮切。又莫候切。(14.3-24)

案：醶，上图本作“酴”，故宫本改作“醶”。《集韵》作“酴”。《说文》作“醶”。陈鳣批注《集韵》“醟”字条云“酴当作醶”。方成珪亦然。[②]

3. 来自《广韵》

【罕】许旱切。《说文》罔也。一曰，希也。亦姓。又虚旰切。抱罕，地名。(07.3-23)

案：抱，上图本作“袍”，故宫本改作“抱”。《集韵》作“枹”。《广韵》作“抱罕”，此盖故宫本所本。

三、据《类篇》相关字头校改

《集韵》《类篇》在释义中给联绵词加以训释，那联绵词中的两个字一般都会在《集韵》《类篇》中作为字头出现，而且其释义内容大体相同。但是有时释义互有参差，《类篇》的校订者往往依据另外一个字在《集韵》《类篇》中的训释来加以完善。例如：

① 赵振铎校：《集韵校本》，上海：上海辞书出版社2012年，第620页。

② 赵振铎校：《集韵校本》，上海：上海辞书出版社2012年，第114页。

【吟】鱼音切。《说文》呻也。又牛锦切。噤吟，顉颐皃。又宜禁切。长咏也。（2.1-19）

案：顉，上图本同，故宫本改作“頷”。“頷”，疑即“颔”之讹。明州本《集韵》作“鎮”，即“顉”之讹。《类篇》“顉、颔，袪音切。曲颐也。或作颔”。故宫本盖据“袪音切”之“顉”修改。

【歚】士革切。欱歚，笑语。（08.3-19）

案：笑语，上图本作“语”，故宫本改作“笑语”。《集韵》作“语笑声”。“歚”之释义传世字书多为“语笑声”或“语笑”，《类篇》释义节略不当。故宫本盖据下文“欱”字释义“欱歚，笑语”增补。

【鞣】昔各切。《广雅》鞣韇，屦也。（03.2-14）

案：屦，上图本同，故宫本改作“韡”。《集韵》作“屦”，“屦”“䩍”异体。《集韵》卷三戈韵“呼肥切”“韡、靴、鞾、屦、屦：《说文》鞮属。或作靴、鞾、屦、屦”。故宫本所改不当。故宫本之所以改为“韡”，大概是因袭上文“韇：达各切。《广雅》鞣韇，韡也”。

【痤】徂戈切。《说文》小肿也。一曰，族絫。（07.3-11）

案：“族絫”，上图本同，故宫本改作“瘯瘰”。小徐本《说文》云“痤：小肿也。一曰，族絫病”。徐锴云“瘯蠡也”。故宫本所改盖据小徐本提示，从本书“瘯”字释义修改。

四、以今本来改《类篇》引文

《类篇》引用小学书甚多，像《尔雅》《广雅》《方言》等书，引用频率较高，几乎将全文都分散入各相关字头之下。此外如《山海经》之中也有一些使用频率并不高的非常用字，《集韵》《类篇》采录字头多取以为据，因此也有较多引用。故宫本《类篇》的校订本可能也同时参考了当时所见之本来改动文本。例如：

【莎】【莏】又苏禾切。艸名。《说文》蒿侯也。（01.2-03）

案：蒿，上图本作“镐”，故宫本改作“蒿”。《集韵》、大小徐《说文》皆作“镐”。《尔雅·释草》“蒿侯，莎”。以今本《尔雅》改《类篇》。

【豦】求于切。《说文》鬬相丮不解也。或从豕、虍。豕虍之鬬不相舍。引司马相如说。豦，封豕之属。一曰，虎两足举。又臼许切。又居御切。兽名。《尔雅》豦迅头大如狗，似猕猴，黄黑色，多髯鬛，好奋迅其头。（09.3-16）

案：鬛，上图本作“獵”，故宫本改作“鬣”。《集韵》作“獵”，《尔雅》作“鬣”。故宫本据《尔雅》改字。《玉篇》云“鬛，亦作鬣”。

【钾】【鍣】辖腊切。《方言》箭小者长中穿二谓之钾炉。或从盍。钾，又谷盍切。

又古狎切。铠也。鏊，又托盍切。（14.1-20）

案："小者"，上图本、楝亭本同，故宫本挖改为"小而"。"穿二"，上图本、楝亭本同，故宫本挖改后作"穿二孔"。《集韵》作"小者长中穿二孔"。《方言》作"箭其小而长中穿二孔者谓之钾炉"。可见故宫本乃据《方言》改字，与楝亭本异流。

【狰】甾茎切。兽名。似豹一角三尾。又中茎切。狰狞，犬毛。又疾郢切。兽名。飞狐也。一说，章莪山有兽，如赤豹，一角。（10.1-22）

案：章莪，上图本作"□義"，故宫本改作"章莪"。宋本《集韵》作"章義"。陈鳣批注《集韵》"狰"字条云"義，《山海经》作莪"。《类篇》盖据今本《山海经》改字。

五、据《类篇》校订《集韵》要避开清人修改之处

《集韵》《类篇》互校，是完善这两部古代辞书的重要方法。清代校理《集韵》的几位大家如陈鳣、丁士涵、方成珪无不通校《集韵》《类篇》两书，揭示了两书很多异文，校订《集韵》《类篇》两书取得了极为丰硕的成果。但是从本文揭示的《类篇》文本变化诸现象来看，清人所见《类篇》文本有一些出于清代刊刻者的校订，在未厘清其文本来源之前，贸然利用清人据他书改动的《类篇》文本来校订《集韵》，要特别谨慎。因为有些《类篇》释义往往据《集韵》来校订《类篇》，如果反过来再用《类篇》来校订《集韵》，实际上陷入循环论证的怪圈。例如：

【禶】鲁旱切。惰于祭也。又落盖切。袜禶，祝诅。（01.1-06）

案：憜，上图本作"墯"，故宫本改为"墯"。故宫本原作"惰"，添补"土"旁。"土"旁墨色与正文有一定差异。《集韵》作"惰于祭也"。《集韵》"憜""惰"在徒卧切、卢卧切两音之下为异体。现存元明辞书"禶"字释义未见如此者，此条盖楝亭本臆补。方成珪据此校改《集韵》之"惰"，亦不确。[①]

【厶】奸邪也。韩非曰，苍颉作字，自营为厶。凡厶之类皆从厶。自夷切。又莫后切。某字也。（09.1-28）

案：某，上图本作"且"，故宫本改作"某"。《集韵》作"且字也，通作某"。方成珪校云"某讹且，据《类篇》正"。[②]方说不确。"且"字不误，当为代词。《集韵》云"且，子余切。一曰，此也。语辞也"。某亦代词。

---

① 赵振铎校：《集韵校本》，上海：上海辞书出版社2012年，第488页。

② 赵振铎校：《集韵校本》，上海：上海辞书出版社2012年，第569页。

六、楝亭本与故宫本之关系

曹寅所刊小学典籍五种向称“曹楝亭五种”，收录《玉篇》《广韵》《类篇》《集韵》《附释文互注礼部韵略》等五种。朱彝尊在《合刻集韵类篇跋》中说：“既锓《玉篇》《广韵》，又求《集韵》《类篇》善本，雠勘雕印以行。”其中《集韵》的底本来自曹寅自藏。国图藏《楝亭书目》(16391)“韵学”类下有“抄本《集韵》，宋翰林丁度奉敕修定。十卷，五册”。这一抄本今存台湾傅斯年图书馆，其底本源出宋刻潭州本《集韵》，而楝亭本《集韵》正好源出潭州本。而潭州本《集韵》为清宫天禄琳琅藏品，向来在宫内收藏。曹寅所藏抄本大概是从宫内影抄所得。那么《类篇》是不是也来自清宫收藏呢？

《楝亭书目》(16391)“字学”类下确实也著录了“《类篇》”一部，云“宋司马光奉敕纂。四十五卷。二函十四册”。虽然没有标明具体版本，但是从“二函十四册”的装订形式看，大概为楝亭刻本。现存明抄本《类篇》有两种装订形式，上海图书馆藏汲古阁旧藏分订二十二册，台北故宫博物院合订为七册。而楝亭刻本装订为十四册。不过《楝亭书目》记载的楝亭刻本小学书明确标明版本的有两部，一为“礼部韵略附释文互注”，云“楝亭新梓。五卷五册”。另外一部为‘唐韵（即《广韵》)”，注云“唐孙愐撰，五卷。五册”。何以在《类篇》之下未标楝亭新梓，是不是一部抄本呢？笔者认为这种可能性有，但是不大。国家图书馆藏另外一部《楝亭书目》，为清刘喜海味经书屋传抄。刘喜海在此目书前题跋中说：“余所藏旧本古书多有楝亭印记。丙戌冬日，得其书目于武林汪同年小米振绮堂中，属抄胥录出，因橅三印于简端，曰楝亭，曰楝亭藏书，曰楝亭曹氏藏书。以志雪泥鸿爪云尔。”刘氏所传抄的书目版本著录极为简略。且将《类篇》归入“韵学”类。而刘本曹目韵学类在《类篇》之后即为《礼部韵略》和《广韵》，正好是楝亭新梓之本。因此笔者相信《类篇》亦当为楝亭刊本。只是由于《类篇》的版本说明字数已经很多，再加“楝亭新梓”，势必超出版本说明的字数，因此阙而略之。那是不是我们就可以说，曹寅没有收藏《类篇》抄本了呢？那也不是。因为楝亭刻本《类篇》卷末都有篆书牌记云“楝亭藏本丙戌九月重刻于扬州使院”。看来曹寅的确是藏有《类篇》抄本，只是未见其书目记载而已。

曹寅所刊小学典籍五种向称“曹楝亭五种”，收录《玉篇》《广韵》《类篇》《集韵》《附释文互注礼部韵略》等五种。其中《集韵》的底本来自曹寅自己所藏。国图藏《楝亭书目》(16391)“韵学”类下有“抄本《集韵》，宋翰林丁度奉敕修定。十卷，五册”。这一抄本今存台湾傅斯年图书馆，其底本源出宋刻潭州本《集韵》，而楝亭本《集韵》正好源出潭州本。而潭州本《集韵》为清宫天禄琳琅藏品，向来在宫内收藏。曹寅所藏抄本大概是从宫内影抄所得。那楝亭本《类篇》的底本是不是也来自清宫收藏呢？

从朱彝尊和曹寅的交游关系来看，曹寅当时刊刻《集韵》有两个资源可以选择。一是汲古阁藏影明州本《集韵》抄本，还有一个是清宫所藏潭州本《集韵》。曹寅之所以选择潭州本，大概由于明州本漫漶之处颇多，相比之下，潭州本完整无缺，页面也没有漫漶，校订刊行都极为方便。虽然潭州本藏在深宫，但是曹寅与康熙皇帝的关系非同寻常，所以他得以获得潭州本的影抄本。那《类篇》亦犹如此。汲古阁和清宫都藏有《类篇》的抄本，这两处的藏本，曹寅都有机会获得。《曝书亭集外诗文补辑》卷六收录朱彝尊《类篇跋》云“是书传抄者寡，今通政司使掌两淮盐课监察御史事曹公手校其讹，锓之使院，首以见寄”[①]。既然是曹寅手订《类篇》错讹，那么他当时一定也获得了一部《类篇》的传抄本。我们目前其实无法判断曹寅所刊《类篇》的底本来源。

我们比较一下楝亭本和故宫本，是否可以发现二者之间的关系呢？我们发现现在的故宫本与楝亭本既有很多修改一致之处，也有一些不同之处。例如：

1. 楝亭本与故宫本所改不同

【哣】抚两切。如问也。(02.1-23)

案：“如问”，上图本作“如闻”，故宫本改作“就问”。故宫本所改不确，楝亭本亦不当。明州本《集韵》此字漫漶，潭州本、金州军本作“如闻”，《新修玉篇》亦作“闻”。当作“闻”。

【薜】蒲计切。艸名。《说文》牡赞也。又博厄切。(01.3-10)

案：“博厄切”之“博”，上图本、故宫本皆作“愽”。当据《集韵》改为“博”。

【蘗】蒲计切。艸名。牡赞也。又愽厄切。《说文》黄木也。(01.3-11)

案：陈鳣批注将“愽”改为“博”。愽，上图本、故宫本、姚刊本同。当据《集韵》改为“博”。

【滵】郎绀切。滵漖，水浮。(11.2-16)

案：“滵漖水浮”，上图本作“□□□之滵”，故宫本改作“水浮谓之滵”。故宫本与《集韵》同。楝亭本此处行款与影抄本略有不同，空间稍小，不能改为“水浮谓之滵”。《字汇》“滵”字释义作“滵漖，水浮”。

【鞈】克盍切。鞈鞈，革履。又谷盍切。又讫洽切。(03.2-14)

案：鞈，上图本同，故宫本改作“鞈”。《集韵》作“鞈”。若依《类篇》体例，自当与《集韵》用字相同，作“鞈”为宜。

【赵】初佳切。起也。又初皆切。又仓才切。《说文》疑之等赵而去也。(02.2-02)

案：“等赵”之“赵”，上图本同，故宫本改作“越”。《集韵》《说文》皆作“赵”。当作“赵”。

【粤】王伐切。《说文》亏也。审慎之词者。从亏，从宷。引《周书》粤三日丁亥。

① [清]朱彝尊著，王利民、胡愚整理：《曝书亭全集》，长春：吉林文史出版社2009年，第960页。

（05.1-06）

案：“者”，上图本同，故宫本改作“也”。《集韵》《说文》作“者”。

【寡】民坚切。《说文》寡寡，不见也。一曰，寡寡不见省人。徐锴曰，室无人也。（07.2-26）

案：“省人”，上图本同，故宫本改作“省也”。《集韵》《说文》作“省人”，故宫本所改不确。

【砫】肿庚切。宗庙室柱。或从石。（09.3-07）

案：室柱，上图本作“室柘”，故宫本改作“主祏”。《集韵》作“宔祏”。楝亭本、故宫本所改皆不确。

【驹】权俱切。《尔雅》马后足皆白。又许侯切。《字林》豕鸣也。又黑角切。又果羽切。（09.3-16）

案：马，上图本同，故宫本改作“豕”。“豕”当为“马”之讹。《集韵》平声十虞韵：“驹，权俱切，《尔雅》‘马后足皆白。’或作騳、䮝、䶬。”《尔雅·释畜》“后足皆白，驹”。《尔雅释文》“驹，郭音劬，又音矩。舍人本作驹”。《集韵》盖本《尔雅释文》。

【杫】【榯】想氏切。木名。可以为器。或不省。杫，又渚市切。祆施于础上柱下者。又并斯义切。《方言》俎机。（06.2-01）

案：祆，上图本作“祆”，楝亭本作“祑”，故宫本改为“杫”。蒋礼鸿认为：祆，当依《集韵》作板；《集韵》上声六止韵，“杫，渚市切，板施于础上柱下者”。

【衺】徐嗟切。《说文》褁也。亦书作衺。（08.2-11）

案：褁，上图本作“褏”，故宫本改作“褁”。《集韵》作“襄”，杂糅“褁”“褏”两字写法。《说文》作“褢”。

【畬】【畭】羊诸切。《说文》三岁治田也。引《易》不菑畬田。或作畭。亦书作畭、畬。又诗车切。火种也。又羊茹切。（13.3-17）

案：“不菑畬田”之“田”，上图本同，故宫本改作“畬”。《集韵》《说文》皆作“田”。故宫本所改不当。

【蛇】陈知切。殴蛇，地名。《春秋传》盟于殴蛇。又余支切。委蛇，曲首。又汤何切。虫也。从虫而长，象宛曲垂尾形。（13.2-02）

案：从虫而长，上图本作“从虫而长”，故宫本改作“似虫而长”。《集韵》《说文》皆作“从虫而长”。故宫本所改不确。

【珣】须伦切。《说文》医无闾珣玗璂。引《周书》所谓夷玉。一曰，器也。又须闰切。（01.1-14）

案：璂，上图本同，故宫本改作“琪”。《说文》大徐本作“璂”，《集韵》、小徐本作“琪”，《集韵》“琪：玉属。《尔雅》东方之美者，有医无间之珣玗琪焉。或书作基”。故宫本或据小徐本改。

2. 楝亭本与故宫本所改一致

既然楝亭本与故宫本有一些不同之处，那么我们是否就可以认为故宫本一定不是楝亭本的底本了呢？也不尽然。首先故宫本在历史上存在两种形态，一为传抄之后未修改的状态，一为经校订剜补之后的状态。事实上我无法确定剜补的时代。假使曹寅以故宫本为底本，则他当时所见是未修改本还是已剜补本，自然也无法确定。再次，楝亭本也不是照搬底本，也经过一些修改，二者有不同之处，并不影响故宫本为楝亭本底本的可能。从逻辑上我们是无法断定两者的关系的。

如此我们就无法判定两者之间的关系了吗？还有一种方法，就是追踪特殊异文。具体来说，如果有些异文是楝亭本独有的，而故宫本又恰好与楝亭本独有的异文一致，那么我们可以判定故宫本承袭了楝亭本。因为故宫本长期收藏在宫廷之内，一般人很难看到，其文本的变异对通行的字书、韵书没有任何影响。这样的例子还有这么几例，比如：

【铺】芳无切。陈也。《诗》铺敦淮濆。又滂模切。《说文》署门铺首也。一曰，陈也。又奔模切。设也。又普故切。（14.1–03）

案：署，上图本作“普”，故宫本改作“署”。《集韵》作“箸”。字书之中唯清刻本《类篇》作“署”，楝亭本与故宫本改字当有相同的来源。

【鉼】旁经切。汉侯国名。又必郢切。金饼。一曰，鬴也。又卑正切。北燕谓釜曰鉼。（14.1–09）

案：饼，上图本作“饭”，故宫本改作“饼”。《集韵》作“钣”。蒋礼鸿以为当作“钣”。鉼释为“金钣”，语本《尔雅·释器》，字当作“钣”。字书之中唯清楝亭刻本《类篇》作“金饼”，楝亭本与故宫本改字当有相同的来源。

【岿】丘追切。《尔雅》山小而众曰岿。又区韦切。山皃。又苦轨切。又鱼鬼切。又丘媿切。块独皃。《庄子》岿然而有余。（09.2–02）

案：块，上图本作“䰎”，故宫本改作“块”。《集韵》无“块”字。《庄子·天下篇》“岿然而有余”，郭象注“岿然，独立自足之谓”。字书之中唯清刻本《类篇》作“块独”，楝亭本与故宫本改字当有相同的来源。

【媲】频脂切。女字。又边迷切。嫛媲，小目。又匹寐切。《字林》配也。又匹计切。（12.2–02）

案：目，上图本作“自”，故宫本改作“目”。《集韵》作“皃”。吴晶认为当作“皃”。嫛媲，当为《释名·释长幼》之“嫛婗”之讹。《释名·释长幼》“人始生曰婴儿，……或曰嫛婗。嫛，是也，言是人也；婗，其啼声也。故因以名之也”。故“小目”为“小皃”之讹。[①]字书之中唯清刻本《类篇》作“小目”，楝亭本与故宫本改字当有相同的来源。

---

① 吴晶：《类篇考索研究》，2018年浙江大学硕士论文，第59页。

【蕠】忍九切。艸名，似苏。（01.3-07）

案：艸，上图本阙，故宫本作“艹”。艸，当据《集韵》改为“菜”，故宫本犹存其上半。楝亭本所改不确。楝亭本之底本大概是写作“艹”的，所以改为“艸”。楝亭本之“艸”可能是据“艹”改写而来，楝亭本所据之底本当作“艹”。

上述例证虽然不多，但是这些楝亭本独有的异文显示故宫本和楝亭本可能有过一定的文本交流。然而我们不能由此得出楝亭本底本来自清代宫廷。因为故宫本和楝亭本还有大量的不同，如果楝亭本底本要来自宫廷，那也是从未剜补之时的故宫本而来。至于曹寅刊刻《类篇》之时从何处得到底本，目前的资料尚无法得出确切答案，还有待将来进一步考索。综合考虑各种可能，笔者更倾向于故宫本修订文本之时参考楝亭本《类篇》。

故宫本《类篇》在校订文本之时并非据单一史源加以校订，而是综合参考了多种字书、韵书以及相关引文的当时流传本，最后形成了一个具有独特风貌的文本系统。而楝亭本《类篇》可能只是故宫本《类篇》校订之时参考过的一种重要字书而已。

七、总结

总之，故宫本《类篇》的校订能参稽群书，态度尚算严谨，只是限于材料和方法，其校订成果现在看来得失参半。他们对《类篇》体例认识得还不够充分，因此在校改之时存在一定的偏差，没有充分认识到《集韵》对于《类篇》校订的重要意义。当然我们不能因此苛责古人，毕竟在清代初年《集韵》尚属极为罕见的韵书，故宫本《类篇》的校订者对《集韵》《类篇》之密切关系认识不足，可能是受到了材料的限制。等到乾嘉时期，王念孙、段玉裁、陈鳣等人已经充分认识到《集韵》《类篇》之间的特殊关系，而陈鳣更是通校《集韵》《类篇》全书，取得了丰硕的成果，对二书之体例、关系也有较为深入的体认。

清代初年泽存堂、楝亭、汲古阁等所刊行的小学典籍都采用定本式校勘，即刊行者认识到其底本存在不同程度的错讹缺失，他们利用相关小学典籍尽可能把他们认为有问题的地方加以改动，而不加校勘记这样的说明文字。这种校订古籍的形式，在当时是较为主流的一种做法。他们虽然不一定认为其校订之后的文本已臻完美，但是我们相信他们是在尽力完善文本的不足之处。这种对古籍文本加以“当代化”的操作未加以充分说明，其校订之处也随着古籍全书获得了某种程度的“经典性”。即清人的校改被读者认为是该书的原貌，具有一种与其他未校订的文本同等重要的意义。像方成珪利用《类篇》来校订《集韵》就是这样，清人所校改《类篇》的文本，在方成珪看来是可以忽略不计的。因此方校有时候会陷入循环论证的怪圈。

不过，故宫本《类篇》这些校改之处产生的影响甚微。因为这一写本长期收藏在宫廷之内，见者无多。到目前为止，故宫本《类篇》加以学术讨论的似乎仅见孔仲温先生的《类篇研究》。他在第一章绪论之中比较四种版本《类篇》异文，其中仅有两处涉及故宫本所校订之处，分别为“倦”“言”两处。也就是说无论故宫本《类篇》校订之是得是失，都没有对学术研究、辞书编纂产生太大的影响。虽然如此，我们仍然无法忽略字书文本演变中不同时间层次中产生的文本变异。因为揭示这种变异是我们合理利用文本的重要前提，不然就容易产生错误的结论。揭示文本变异，并且探究变异的原因，考索变异的影响，都应该成为今后字书研究必不可少的一项基础文献工作。

（作者单位：北京师范大学人文和社会科学高等研究院）

简帛文书中的文学史料

韩高年

听了刘（跃进）老师在前面讲的观点，很受启发，我也谈谈自己的看法，这几年我关注的重点也是出土文献，自己给研究生开课也试图引导学利用出土文献做一些学术研究。

我想先说说出土文献研究的现状。出土文献研究的基础是文本释读与整理，做这个工作的专家很多都有文字学、考古学的学术背景，关注的焦点在于出土文献文本本身；利用出土文献做延伸性研究的学者，则大多有文、史、哲、法等学术背景。其研究总体上没有超出证经补史的范畴，即都是修修补补的事，没有整体的东西，没有独立的东西。

面对上述现状，我自己也尝试在简牍文献研究中做方法和理论上的改变。近年来大宗的出土文献主要集中在简牍方面，全国各地都有。西北地区尤其是甘肃乃简牍大省，上博简是1200余枚，清华简也是1200多枚。甘肃出土的简牍，仅仅是最新正在陆续整理出版的《悬泉汉简》就有将近2万枚。由于在甘肃工作，我有这个便利，也参与甘肃简牍博物馆主持的简牍整理工作。上周我受邀到上海参加《悬泉汉简》第二辑审稿会，收获很大。参加这样的会，使我掌握了简牍释读的基本流程，从给原简拍照，到隶定文字、释读文本，还需要文字学、考古学等专业知识的支撑。就像刘老师说的，之前我研究出土文献，只能从人家提供的释文基础上去做一些延伸性研究，或者利用出土简牍文本证明文学史研究当中的有关问题。当然，这样的研究也很重要，但终究还是得依靠整理者提供的释文，使研究落入了“先验”的设定。所以这两年我想尝试在简牍研究上能从释读做起，有一些超越。2018年，我以“西北出土简帛中的文学史料整理与研究”为题，申报了国家社科基金项目。我的设想是要把西北出土的简帛文书中的文学史料做一个分类整理，并对其文学史价值进行深度的发掘。

在做这个工作中，我有两点体会：

第一，做出土文献研究，证经补史的工作是必要的，但如果从隶定文字、释读文本和分类整理方面入手，则效果更佳。

第二，有些出土文献虽然像是有独立的文本存在形态，像西北的简牍，但研究中必须关注到文字文本以外的考古学信息。

举例来说，1959年出土于武威新华乡磨嘴子18号汉墓的《仪礼》简和“王杖十简”“王杖简册”，一般研究者只关注其文本，忽略了出土墓葬中的其他遗物，因而在文本性质的确定上出现了偏差。“王杖十简”有十支简，讲的是汉朝养老制度。很多学者仅据简册内容，认为这个简册就是诏书，即汉代的诏令。内容是70岁及以上老者要授鸠杖、要优待。简册还记载东海郡有人无故殴打一个70岁的老者，最后被处以弃市的极刑。简文最后讲墓主人是哪年出生、哪年去世的。

我以前仔细看过发掘报告，今年8月份又到实地考察，突然悟到“王杖十简”实际上是一种流行于西北边地的丧葬礼仪写作。墓主人的亲属把朝廷的诏令抄下以后放到墓里陪葬，实际上是为了向地下的世界告知他在人间的荣耀！在河西走廊墓葬有很多镇墓文，其文体功能也是这样。为什么丧葬礼仪写作要引用法律文书呢？就是因为法律文书的权威性，这一点过去很多学者都较少注意到。

我举这个例子，是想说明出土文献研究要借鉴考古学的方法。我们不能只关注有文字的出土资料，还要看它出土时的情形。

此外，在出土文献研究方面，过去我们只关注文字资料，不关注图像资料。其实图像是“前文字时代”的重要表达手段，因此图像资料对于研究早期中国具有特别重要的价值。西北地区的岩画、彩陶纹饰等图像资料特别多。今年暑假，我曾带着学生去了马家窑文化区域，对彩陶文化做实地调研，回来以后写了一篇研究早期中国图像叙事的稿子。“早期中国”时代，中国文化观念层面的“共同体”意识已经形成。在新石器时代晚期，出现了河南偃师二里头文化、陕西神木石峁遗址、山西陶寺文化、甘青地区齐家文化等，当时的中国大地，这些文明都已经发展起来。从考古发掘资料分析来看，当时的中国文化与欧亚草原诸多文化存在着密切的交流。西方人讲中国历史从公元前841年开始，甚至有的还说从公元前221年开始，这种说法是靠不住的。

举例来说，马家彩陶纹饰的主流是蛙纹，其中也有鸟纹。鸟纹虽不是主流，却很重要。马家窑文化鸟纹来源于新石器时代晚期滨海地区以鸟类崇拜为核心特征的东夷文化。马家窑的鸟纹常与太阳纹结合，反映了阳鸟崇拜的盛行。早期神话中的西王母身边有“三青鸟”，这一组合的形成，其实也是东夷部族西迁，即东西部文化交流的结果。图像的研究一方面可以跟神话文本结合起来，另外也可以证实早期中国远距离文化交流融合的可能性。

此外，还有早期书写的问题。“早期书写”这个概念超越了传统的文学、哲学、考古，也超越了文字、图像、符号，是一种很好的研究理念。仍以西北简牍为例，比方说在玉门花海发现汉武帝遗诏。据考古报告，这个遗诏是边境上一个叫冯时的戍卒学习写字时抄的诏书。书写者的动机是习字，但却保留了一份珍贵的材料。这个遗诏是不见于史书记载的，虽然是诏书，是实用文体，但是写得特别动情。这个书写就超越了文学和史学的界线，由此我就想到出土文献研究应该借鉴史学的理论和方法，史学现在讲情感史学，这就对文学史研究有启示。研究出土文献，一定要有“构图”的能力，构图就是借助文字，以及各种书写、考古现场遗址等，综合这些材料，运用想象复原文本产生的原始语境。过去我们的研究局限在纯文学，或者是在大文学的框架内，现在看来，其实应该突破这种局限。

只要是书写，一定有叙事，一定有议论、有抒情的分野。如果在早期书写文化的概念下重新审视出土文献、传世文献的话，我们将来研究的路子会更宽，这是我个人的一点体会，因为时间关系就不展开了。考虑不成熟之处，请大家批评指正。

（发言者单位：西北师范大学）

附录：

韩高年访谈

记　者：请问韩老师，与后世文学相比，先秦时期的文学有哪些突出的特点？

韩高年：这是一个根本性的问题。第一，在先秦时期，如果按照我们通行的西方的文学概念来说的话，先秦文学跟纯文学比较还是有一定的距离。因为我们现阶段文学的概念都是从西方来的，西方的文学主要是诗歌、戏曲、小说、散文这种纯文学。如果按这个概念去衡量，先秦时期只有《诗经》《楚辞》堪当此概念，但是我们在文学研究的实际操作中，会发现我们中国文学实际上并非“纯文学”可以涵盖。文学本身也是一个历史的概念，从古至今一直在展开和建构当中。先秦时期文学突出的特征，是重视实用功能，比方说孔子讲的“诗可以兴、观、群、怨”，除了审美功能之外，更强调其政治功能、社会功能。

第二，先秦时期的文学在地域范围分布、文学风格方面是多样化的。大体来说，南北的差距比较大，南方主要以《楚辞》、神话、歌谣为代表，北方主要是以《诗经》和散文为主。

第三，先秦时期文学的创作主体、接受主体很特殊。纯文学的话，文学作品从创作到流传，到最后的文学批评，整个循环过程都是在审美这个圈子里。但是先秦时期的文学功能是讲究实用的，所以从作者方面来说，真正所谓作家应该不能称之为作家，就是写作者的身份有的是政治家，有的是巫师，有的是民间歌手，或者是实际操持礼仪的官员。

第四，我们中国的文学作品在流传方式方面，尤其是先秦时期是很特殊的。它的流传方式是既有口头流传的，也有借助典礼仪式、礼乐制度等流传的，也有书面形态的东西，它的文本形态决定了它的流传方式是多种多样的。

第五，先秦文学一个最大的特点，就是其特别的文学批评方式。比如《左传》里面关于《诗经》的评论，就是在一个礼仪场合下完成的（比如“赋诗言志”）。借助文学批评，既要对文本发表评论，同时也要对评论文本的人或者是展演、承载文本传承的这个人本身进行评论。

据我自己理解，先秦文学的特征主要就体现在以上五个方面。

记　者：韩老师提到文学其实是一个来自西方的概念，然后如果从中国先秦时代来看的话主要是讲究文学的实用性。想请问一下老师，先秦时期的文学概念大致是怎样的范围，或者说文学和文学性之间如何界定？

韩高年： 这是个很好的问题。刚才我讲先秦时期的文学，如果下一个定义的话，它实际上是礼乐制度的一部分，它和我们现阶段说的文学概念是不一样的。因为文学这个概念，有一个历史性建构的过程。先秦文学是以口述或文字形态记录和记载当时人们的喜怒哀乐、社会生活的产物。先秦文学常常是礼乐制度的一种文本。这个文本包括了口传的，还有书面形式的材料。礼仪是介于有形和无形之间的、物质和精神之间的，你说它不可见，它也可见，有各种各样的领域。你说它完全是物质化的，它也不是。它不是纯文本的，它是一个综合体。

记　者： 请问您现在关心的学术问题有哪些？

韩高年： 我现在关心的学术问题就是我们今天会议的主题，就是用我们文学史研究或者文献研究的方式去解决西方汉学家对中华文明悠久性的质疑。比方说，西方人认为我们中华文明没有5000年，其实从神话传说、文学的角度，一直可以上溯到旧石器时代。那个时候不只存在大的聚落和城邦，而且存在观念形态、文化形态的"华夏共同体"。尤其是在精神生产领域，已经有了非常丰富的创造，如神话传说、歌谣，包括以图像形态呈现当时的精神产品。当时已经有了"文化共同体"的观念。炎黄神话、大禹治水的传说、西王母等神话传说在上古中国的各地区都有流传，这就表明那个时候已经存在文化观念层面的共同体了。借助这类研究，就是回应现实的问题，为中国文化的伟大复兴做出我们自己的贡献。

《春秋左传》的三个译本

罗军凤

迄今为止，英语世界中有三个具有代表性的《左传》译本，其一是1869年英国传教士理雅各（James Legge）翻译的《中国经典·春秋》译本，其二是二十世纪六七十年代瑞典学者高本汉（Bernhard Karlgren）的《左传注释》，其三是2016年由加州洛杉矶大学史嘉伯（David Schaberg）、哈佛大学李惠仪（Wai-YeeLi）、俄勒岗大学杜润德（Stephen Durrant）、以色列大学尤锐（Yuri Pines）等学者合作翻译的《左传》全译本。理雅各的译本在西方学术界使用时间颇长，影响颇大。在第三个译本出现之前，理氏译本是唯一一部《左传》全译本。直至21世纪初，英语世界中，研究者仍以理雅各的全译本为基础，而以高本汉的《左传注释》作为重要参考。

翻译是再创造，带有译者的学术文化背景，与原著的文化内涵保持着距离。纵观晚清以来英语世界中《左传》的翻译，因为译者主体与研究方法的改变，呈现出完全不一样的特点。

一、理雅各的译本《中国经典·春秋》

理雅各的译本《中国经典·春秋》，对照《春秋》的条文，将《左传》相应章节与之一一对应，加以翻译，无经之传则附在相应史事之后。传教士理雅各希望通过翻译《中国经典》的方式接触、理解中国文化，为达此目的，他征引了很多中国古代注疏，用以阐释中国文化。但是他对中国传统注疏的取舍，仍然依据自己对《春秋》及《左传》的理解，而对中国历代注疏的学术背景及政治功用并不措意。在这个意义上，不能说理雅各受中国注疏的影响，以致被注疏牵着鼻子走。

理雅各研究以中国经典为基础的中国文化，关注清代官方经学以及科举制度，因为其最能影响到普通大众；关注宋胡安国《春秋传》，因为它曾经是科举考试的标准；列举童蒙读物，因为它们最能体现中国人的受教育水平。理雅各对当时的乾嘉考据学者的关注甚少，评价不高。一则乾嘉学者侧重训诂考证，没有对经义的直接阐发；二则乾嘉学术出于少数学者，不能代表天下风尚。在理雅各看来，他的中国助手王韬学术卓越，但就实际情况来说，王韬的学术成就放在乾嘉时期并不见得特别高明，其训诂考证多取用乾嘉学者如王念孙、王引之、洪亮吉等人的成说，其地理考证脱离乾嘉汉学的学术规范，却未有新的建树。王韬《春秋左氏传集释》尊霸黜王，一反春秋学“尊王黜霸”的传统路径，传达出晚清思想启蒙的意味。这一点，在理雅各的《中国经典·春秋》中并不见其影响。

通过爬梳理雅各《中国经典·春秋》征引王韬的片断，可以看到理雅各在遇到天文、地理、史事等专门知识的难题时，他倾向于问询王韬，即便王韬的意见并不正确，但仍然被采用于书中，从此可见中国助手王韬的帮助对理雅各《中国经典》的翻译有重大意义；通过考察王韬未出版的《蘅花馆杂记》，可以看到他通过海路由上海寄达香港的藏书为《中国经典》的翻译提供了重要的资料支持；王韬在春秋左传学中独树一帜的是他的历学成就，深入考索理雅各与王韬在春秋历学上的学术交往，可以看到理雅各《中国经典·春秋》中的历学受王韬的影响最为深远。

二、高本汉的《左传注释》

高本汉的《左传注释》作于1968—1970年间，以连载的方式，发表于瑞典《远东博物馆馆刊》。彼时高本汉已退休，距离他1910—1912年初来中国已过去半个多世纪。然而高本汉征引清代仪征经学世家刘文淇《春秋左传旧注疏证》的观点共计23处。高氏所征引的刘氏著作与上海图书馆藏《春秋左氏传旧注疏证》有同有异，高氏所见本不附录刘寿曾、刘富曾等人的观点，可知高本汉曾获得刘文淇编纂的原稿，未经刘氏后人修纂、改定。这个原稿很有可能就是刘文淇的“左氏长编”，高本汉如何获得这个“长编”，则不得而知。

高本汉的《左传注释》肆力于纠正乾嘉汉学的“偏颇”，建立西方现代语言学的轨范。高本汉看重杜注，而非优先选择汉魏古注；他不依赖《说文》《尔雅》等古字典，每一字词的释义，均讲求内证和外证；他批评乾嘉学者过度使用音训，随意音声通转。高氏所要说明的是：杜注并非一味都是错，古注并非一味好；《说文》《尔雅》是汉代的古籍，不能用来解释先秦时代的经典。颇有意味的是：摆脱了《说文》《尔雅》的依赖，高本汉的《左传》注释仍然在很大程度上接近了字的本义，意即高氏所用的内证与外证法在语言学研究中是可行的。所谓内证，即从《左传》一书的用法确定某个单字的意义；所谓外证，即从《左传》相同时代的其他古籍中搜寻用例，在历史语境中确定某个单字的意义。这种方法，清代王念孙、俞樾等学者也曾经使用过，但普及度不高。

高本汉不倚赖中国古代的文字、音韵、训诂之学，其《左传注释》在释义的范围、释义的方法、文献的选择利用等方面，都显现出西方现代语言学的特点，这对如何客观评价乾嘉汉学提供了有益的参照。但高本汉对乾嘉汉学某些治学规范缺乏理解，终使他对乾嘉汉学的批评并不具备完全的说服力。高本汉反对随意音声通转，自己却每每强作音声假借，而少证据支持。用现代语言学方法训释字词，高本汉不能跨越的是字词在特定语境下的修辞含义，在训释中加入文化的考察，这是必须和必要的。

三、华盛顿大学出版社的《左传》全译本

2016年由华盛顿大学出版社出版的《左传》全译本，是继理雅各《中国经典》译本之后第二个《左传》全译本，甫一出版，就受到海外读者的欢迎。首先，这个译本使用现代汉语拼音拼写人名、地名，替换了理雅各译本的广州语音。其次，这个译本加入了西方史学著作中指导阅读的“历史学家”的角色，分析、提示、揭示史事的走向及意义。在鲁十二公即位伊始，均设“简介”，提示该鲁公年内，春秋史事的重点、发展、影响等内容；在每一段译文前，适当加入“导读”，以分析当事者的角色、地位及史事的重要性；兼用“脚注”，解释人名、地名，或加入本不属于本年的史事，以便读者获知史事的来龙去脉。

《左传》全译本以杨伯峻《春秋左传注》为底本，在翻译、注释上亦多有参考，全译本若有未尽之义，则可查阅杨注。《左传》全译本并不以注释、考证见长。其人名的解释依赖杜注、杨注，其地名的解释则除杨注之外，还依赖谭其骧《中国历史地理图集》，每一地名，均指出其在地图上的方位。《左传》全译本的简介、导语、脚注等结构，减省了字词的烦琐考证，有效地保持了《左传》译文的通畅，且为读者把握春秋二百四十二年的历史及其趋势，提供了便宜。这种注释方法，比杨伯峻《春秋左传注》更加易读，且大众化。

《左传》全译本的“绪论”采入了当今欧美《左传》研究的主流观点、意见，是了解当今欧美《左传》研究新进展的窗口。西方学者《左传》的研究重心在《左传》的编纂及其文本的形成，认为《左传》经过了很长时间的口头传播阶段，战国时某些口头传播的佚事被转写成书面文本，到汉代，《左传》的文本大体已定。刘歆“创通大义”，请立《左传》为学官，《左传》遂有《春秋》之传的文体样式。西晋杜预通过特殊的义例体系，巩固了《左传》的经传身份。西方学者不再强调刘歆伪造《左传》，杜预“分经之年与传之年相附比”，但仍然看重二人参与了《左传》的编纂、经解。从战国到汉代，《左传》经历了漫长的编纂过程，意味着《左传》存在多个作者，而绝非仅有一个“左丘明”。从后现代史学的视角看，《左传》的史学价值等同于文学，无数个作者在史事编纂中加入了自己的阐释，所以《左传》不是一部春秋史书，而是一个体现史书编纂者意图的文本。

通过梳理域外《左传》学研究的历史可以发现，域外学者对《左传》的性质、作用的认识一直发生着变化，且与国内学者的学术取向并不相合。十九世纪后半叶，在英国传教士理雅各那里，《左传》是《春秋》之正传，依靠它才能获得《春秋》之义，而《公

羊》《穀梁》决不能担此重任。与此同时，晚清学者却大倡今文经学，春秋左传学曾在乾嘉时期大盛，但此时已衰歇。二十世纪二三十年代，在瑞典学者高本汉那里，《左传》是一部可信任的先秦典籍，绝非后人所能伪造，而与此同时，民国时期的中国学者却沿袭晚清今文学的余绪，认为《左传》系刘歆伪造。现今欧美学术界普遍认为，《左传》在先秦时期以口头形式流传，未有定本，而今国内学术界普遍认为《左传》之主体在先秦即已成形，其文本或在后代有变更，但不影响《左传》在先秦成书的事实。国内与域外的左传学研究，竟如此南辕北辙。在学术全球化的今天，最重要的是沟通对话。理雅各的时代，西方与中国隔膜。高本汉的《左传》研究，对乾嘉汉学的某些学术规范不甚了了。当今欧美学术界，则完全颠覆国内学者对于文本的传统认知。国内与域外，如果学者各说各话，那么只能各不相干。在全球化的视野下，互通消息，互通有无，改善自己的学术认知结构，才能获得全新的学术生命。

（发言者单位：西安交通大学）

封禅研究的两条路径

顾　涛

所谓“中国早期”，也就是中国文明的特征形成与根基奠定时期。上海人民出版社曾从《李济文集》中选出中国上古史研究的经典论著六种，汇为一集，李光谟先生提议书名定作《中国早期文明》，由此大致框定了一代中国考古学之父的学术领地。

关注中国早期，祭祀是无法绕开的学术山峦，登上一座山，就将别开一番生面；在祭祀的群山叠嶂中，封禅便是屹立其中的珠穆朗玛峰，寄情于登顶珠峰，始终是所有登山人挥之不去的毕生情结。我想以这项国家最大的祭典为例，反观百余年来的研究成果，谈谈中国早期文史书写已然形成的两条康庄大道。

20世纪以来封禅的研究，以法国著名汉学家沙畹（Édouard Chavannes，1865—1918）为第一人。1910年，沙畹即著成泰山研究的专著*LE T'AI CHAN: Essai de monographie d'un culte chinois*，中译名可作《泰山：一种中国崇拜之专论》，有学者亦译作《泰山：中国的一种祭祀志稿》，2001年东京勉诚出版社出版过菊地章太先生的日文选译本。沙畹研究泰山，最终的归宿就是研究封禅所蕴藉的中国人的精神世界，此书可以说是利用人类学实地调研的方法研究泰山祭祀的开创性著作，期待在沙畹逝世一百年后能有中译本问世。

沙畹的学术积累是从研读和翻译《史记》开始的，1890年即在北京出版过《司马迁〈封禅书〉》的法文译注本。他选择《史记》的《封禅书》作为研究的起点，实际上确定了此后毕生学术道路的方向。在此书出版的次年，即1891年，沙畹登上泰山，开始以实地调研之法关注泰山上的各种古迹，收集大量地方文献与碑刻，并由此打开探寻中国古代祭礼的阀门。1907年夏天，沙畹与阿列克谢耶夫再度登临泰山，把泰山上所有有关祭祀的资料都收集了，法国远东学院院长戴仁（Jean-Pierre Drège）说，沙畹“有过两次登临泰山的经历并积累了资料，参考当地的方志，撰文详细谈论了祭祀、礼仪、祭品、民间信仰等事，同时还介绍了泰山的主要碑碣及摩崖铭文”（《沙畹与法国的中国碑铭学》）。《泰山》一书中有近四分之一篇幅收录了沙畹拍摄到的60余幅实物和文献图片。正文最后所附录的《古代中国的社神》一文，如今已由邢克超等译为中文，收入商务印书馆出版的《沙畹汉学论著选译》（2014）中，此文是沙畹对中国宗教思想的理论构建，在沙畹的视域中，“古老的社稷和宗庙……能见证一个民族最根深蒂固的信仰，表现劳动者最原始的情感”，“这种地方和家族崇拜是中国宗教思想最深刻的基础：社神和宗庙比任何东西都更接近本源”，而封禅泰山则代表了这种信仰在国家礼制层面的结晶。

沙畹之后，接踵研究泰山祭祀的，是毕业于清华大学研究院的孙作云（1912—1978），孙先生在闻一多教授的指导下，由研究《九歌》入手进入庞大的国家礼乐制度、神话谱系，1940年完成《泰山礼俗研究》，上半部为《封禅考》，下半部为《禅让考》。孙先生大量采鉴了考古遗制中的祭坛资料，辽东半岛、朝鲜北部、山东半岛的新石器时代遗址他均有涉及，诸如易州燕下都、龙口贝冢、平安南道的石泉山、黄海道的白川“撑石”，由此将封禅的起源与新石器时代的“桌石坟”（Dolmen）联系起来，认为封禅、明堂、辟雍、宗庙等都是桌石坟礼祀的遗制：以三块以上的石为支石，上覆巨石，构造成桌形，此乃一种祀天礼仪的考古遗存。一源而众流，可见作为祭礼的封禅渊源有自，阮元当年懵懂地揣测辟雍与封禅“当是洪荒以前的大典礼，最古不可废者”（《问字堂集》），他若能见到孙先生的论著，当拍案叫绝。

留学欧洲的人类学家凌纯声（1902—1981）延续了这一研究思路。凌先生在1929年获法国巴黎大学博士学位后，先后在历史语言研究所、中央大学、台湾大学和台湾“中央研究院”民族学研究所工作，如果说沙畹收集资料的新，主要集中在泰山及其周边的区域史史料，时段在近代；孙作云将资料的范围拓展到整个山东半岛以及东北地区的考古新发现，时段在两千年以前；那么凌先生则将史料的收集在空间和时间上进一步打通、拓展，“在时间方面，起自新石器时代的初期，直延续到现代；空间方面，源于西亚的两河流域，东流经中亚而东亚，南下而至东南亚，东渡太平洋，远抵中南美洲而及北美”（《中国古代社之源流》，1964年）。如今有收录在凌先生论文集《中国边疆民族与环太平洋文化》（联经出版社公司，1979年）第六部分“封禅与社”的十篇论作可见一斑。凌先生从台湾土著族的宗庙与社稷开始考察，一条路径向上，直至秦汉、商周、新石器，一条路径向外，直至两河流域、埃及，在脉络上可证坛祀的方式具有一种时空的弥漫性与共通性。用他的学生李亦园的评论说，“凌纯声先生治学受欧陆文化史派人类学的影响，喜欢从大处着眼，尤其是来台以后，凌先生对东南亚、环太平洋文化史的研究，更是表现出他的那种宽广架构的文化史观”（《凌纯声先生的民族学》）。

孙、凌两位都是依托考古资料展开的研究，在20世纪的封禅研究历程上具有标志性意义。沿着这一路径在21世纪又取得一定推进的，可以复旦大学的青年学者邬可晶为例。邬先生2007年在浙江大学完成的硕士学位论文《先秦两汉封禅研究》（吴土法教授指导），是利用出土资料研究封禅问题的代表。文章广泛利用古文字、甲骨文资料、青铜器资料，证实封禅在商周时期实际存在过的遗迹，受林沄对天王簋铭文新解（1993）的提示，邬先生考实当年周武王登封太室山（嵩山）就是铁证，天亡簋的“王祀于天室”铭文吉光片羽，可以复原这一段失落的历史。利用出土资料进行研究的较新成果，当数

2011年武汉大学杨华在《历史研究》上发表的《秦汉帝国的神权统一》一文，此文副标题“出土简帛与《封禅书》《郊祀志》的对比考察”已凸显了其方法论，文章汇集较新出土的睡虎地秦简、侯马盟书、新蔡楚简、岳麓书院秦简、湘西里耶秦简、港中文藏简、天水放马滩秦简等简帛资料，考察山川神祇在地方上的衍生发展，秦并天下之后，确定了国家祭祀的基本格局，然而各地“民各自奉祠”，汉代对巫觋“重新洗牌”，强力消弭各地巫术系统的地域性，汉武帝继续“去秦朝化”，逐渐实现了东西方神权的混一过程，也就是秦代的祭祀格局到了汉代逐渐消亡的过程，即去秦朝化的过程。这一历史过程是《史记》《汉书》中没有记载的，单纯依靠传世文献无法企及这一学术领域，这一实证的研究路数发挥了简帛资料在构建巫术系统地域性色彩方面的显著优势。

封禅研究的这一条大道，对封禅的起源、成型、早期演进，直至秦汉以来固定为国家制度设计中的一环，重新进行了构建，可以补足传世文献记载在这方面的严重缺环。诸如宋人章如愚所谓“古无封禅”(《群书考索》卷十四)、清人梁玉绳径称“三代以前无封禅，乃燕齐方士所伪造”(《史记志疑》卷一六)之类的妄说，由此可以休矣。然而，有一些问题却是这一路径的研究无法解决的，那就是封禅在国家制度设计上的用心与蕴意，封禅典礼作为国家顶层设计的法理依据是什么。对此，历史上确实有不少学者予以深刻质疑，比如隋唐之际的文中子王通就说封禅“徒以夸天下，其秦汉之侈心乎”，今人更是毫不客气地将封禅视作传统礼制的糟粕予以一笔抹杀，如礼学家陈戍国称封禅“是宗教迷信自欺欺人的狂热”(《中国礼制史·秦汉卷》)。要知秦始皇、汉武帝直至宋真宗等历代帝王所施行的封禅礼是否合乎典制，是否妄行，是一回事；古人将封禅规定为一项国家制度，司马迁更是将《封禅书》列为构建国家制度大框架的“八书”之一，其在政治哲学上的合理性何在，是另一回事。只有在澄清了后者的基础上，才能进一步考察历代帝王实际所行之礼是否合乎礼意，是否扭曲礼义，是否在不合时宜的时候做了不该做的事。

正式将封禅置于制度框架内进行探索，发端于清代儒宗阮元(1764—1849)，完成于经学名家孙星衍(1753—1818)的《封禅论》(1808)。孙氏在独立研究辟雍、郊祀、明堂、宗庙、社稷等一系列祭礼之际，受了阮氏的启发，最终写出《封禅论》(收入《岱南阁集》)，此文是继司马迁将《封禅书》列为《史记》八书之一，明确列为国家典章制度后，迄今所见对封禅的礼义进行专门解析最为成功的一篇学术论文。《封禅论》举出《孝经钩命决》，证明封禅的礼义核心在于“巡狩考绩”，即为地方上评定业绩，有点像现在设立中央巡视组，给地方和单位做一个成绩和问题的汇总报告；同时，举证《尧典》《皋陶谟》，推论封禅之古源在“或命或讨，天子皆登名山，考其绩，积柴燔牲，告天以黜陟之”，即由天子登临到跟天最接近的泰山，来向上天汇报，其作为帝王所统治的这个国家如今治理到什么样子，有没有完成“天子”所赋予的治国理政职责。借助这一经一纬两条线索，孙星衍抽绎出封禅作为典制的经学意旨，用今天的话说就叫作制度法理或政治哲学。孙氏此文的正式面世，是在金棨编纂的《泰山志》中，在此书所刊刻的1808年之后，至今两百余年的研究成果，在制度设计上的探索可以说基本上未超出《封禅论》的畛域。

比如南京大学徐兴无1993年完成的博士论文《谶纬文献与汉代文化构建》（周勋初、莫砺锋指导，正式出版在2003年），认为“封禅说是对古巡狩礼的发挥与改造。……封禅为天下太平的隆祀，是巡狩礼的极至”，基本是孙星衍论证结构的一个升级版，增加了孙氏未用到的几部纬书，推论得更加完整，但在整体上未出孙星衍的理论框架。差不多同时，台湾大学的阮芝生，立足于《史记·封禅书》和司马相如《封禅书》，将此两篇文献看作对汉武帝前往泰山的“尸谏”，从而试图概括封禅典礼在汉人视域中作为制度的意义（《三司马遹汉武帝封禅》，1996年）。阮先生的概括，一项是向天报功，一项是无辱使命，应该说同样在孙星衍的框架、结构和思路内。

孙作云在追溯封禅源于桌石坟的过程中，曾别出心裁地将封禅中受命告天的思想与尧舜禅让挂钩，认为“古人在祭祀泰山之后，便举行一种政治会议，其中所讨论的要事之一，就是在大酋长耄老之时，选择下任的新酋长，此即尧舜禅让故事之所本”，因此“封禅祀典与禅让制度原为一事”（《泰山礼俗研究》下篇《禅让考》）。孙先生是在夏曾佑、郭沫若、钱穆、李玄伯等研究禅让问题的基础上，再大胆地往前推阐一大步，即“从封禅中‘受命’的意义，正可以很巧妙地而且很自然地就可以达到尧舜禅让的问题”，孙先生指出这就是封禅与禅让之间的“枢纽”。蒙文通将这一观点推向极致，将封禅的政治内核彻底界定为禅让，说“禅让说体现在礼制上就是封禅”，“封是受命之礼，是开始；禅是成功之礼，以传贤人，是结束”（《孔子和今文学》）。应该说，这一观点可以说明尧舜易代之所以称作禅让，正是为了获得天命的认可，然而恰恰不可以证明禅让在制度设计上就对等于易代。虽然《史记·封禅书》提及“孔子论述六艺，传略言易姓而王，封泰山乎梁父者七十余王”，三家注正是为了防止将“易姓而王”与“封泰山禅梁父”之间画上等号，故而在《封禅书》的篇题下张守节《正义》即引《五经通义》明确注出：“易姓而王，致太平，必封泰山，禅梁父。”孙、蒙二先生恰恰忽略了最为关键的“致太平”三字，由此将封禅与易代之际所行的“郊天”在礼义上等同起来。蒙先生的观点在1940年发表的《儒家政治思想的发展》中已明确提出，在1961年发表的《孔子和今文学》中说得更为明白，很可能他并未参考过孙作云的文章，两者同是20世纪30年代禅让研究热影响下的产物。我将这一观点视作封禅制度意义研究上的一段插曲。

职是之故，直至21世纪对封禅礼义的思考仍然停留在19世纪初孙星衍所建构的理论大框架下，不过在徐兴无、阮芝生的著作中，封禅作为制度设计的政治学意义已经呼之欲出了。

立足于司马迁的《封禅书》，将其作为国家制度构成的八篇支撑性文献之一，可从政治哲学层面予以再提炼、再升华。拙文《封禅礼的经学意旨》（2019）正是试图沿着这一路径继续往下掘进。从礼治模式上看，封禅作为追求治国臻于最高理想的仪式标志，是国家祭礼系统的顶点，不应该把它降格付诸实践，理应处于无限延宕的状态，其背后蕴入了国家治理的最高目标，即唐虞之治、成康之治的最高政治理想，后世帝王在现实中实际上是永远无法企及的。在司马迁“八书”的设计中，作为国家法意义上的封禅礼，是制度设计中的一个巅峰环节，主要作用在于引领、导向，秦始皇、汉武帝将封禅强行拉回现实中去实现它，将会引发儒生的激烈质疑和集体崩塌，自然会遭到司马迁的斥讽。司马迁在《封禅书》中所蕴入的思想，与封禅在六经中的古义一脉相承，并且他又接受了以《管子》为代表的齐地泰山封禅说，两者糅合起来构成司马迁的政治哲学。

由此反观中国早期历史书写的两条路径，以考古出土资料为主要分析对象和以传世文献为主要分析对象，在封禅的研究上形成了一个大分水岭，前者走向对封禅递进源流的精细化考证，可由新材料、新证据补传世文献记载过于粗略、局部失实的弊端，起到证经补史、拾遗补缺的作用，填充我们对先秦礼制演进脉络已有认识的缺环。后者走向对历史文本的多学科推阐与解读，目的是在当代的学术话语体系中重新审视古代礼制，试图抉发出古奥礼典的生命力与继周者“百世可知”的内驱力。

相较而言，古史新证式的三重证据法研究，虽然也不断利用考古学、人类学的成果，但基本范式是文史考证，期待的是往精度和深度上不断掘进；经义重构式的制度推阐研究，虽然主要依据经史文本，但在方法论上则必然走出文史，大量依托当今社会科学的思路与范式，期待的是在广度延展和多棱镜面上的合理拓展。同样面对《史记》，前者必然走向《史记》质疑、纠误和证伪，经由疑古思潮的引爆，要谨防走向一地鸡毛式的先秦文史研究窘境，“走出疑古时代”的倡导已为出土文献的研究在理论和方法上敲响了警钟。后者的研读《史记》，是在推敲司马迁的用心，“八书”中正包含着司马迁的制度史设计原理，《河渠》重交通、《平准》重经济，为国家制度筑地基；《天官》《封禅》乃是政治权力如何架构的核心，是整体骨架的承重；《律书》《历书》是社会运行的具体规则和法条，是制度外在的形塑；《礼书》《乐书》则是为整套制度赋予活力的精神，是神采、风骨和气韵之所在，由此将开拓出一片全然不同于清代以前经史研究面貌的大空间。

哥伦比亚大学的李峰在《西周的政体》（2010）一书中文版自序中特别告诫中国史学界，“研究‘事实究竟怎样’的考证学是历史研究”的一个基础，但是“考证学并不等于历史学”；“历史学基本上是一门解释的学科”，“对于结构性理解的追求其实在更高的一个层次上也是对历史真实的追求，所不同的只是这后一种真实是包含了逻辑与原理的真实”，“这样的一种真实仅靠考证的办法是无法考出来的”。研究西周的政体固然如此，沿着司马迁《史记》“八书”，到班固《汉书》“十志”，直至杜佑《通典》以降“十通”所一脉相承的中国制度史构建的大脉络，应该说奠定了中华文明制度建设的根基，是“殷因于夏”“周因于殷”之百世不变的部分，是与20世纪以来西方传入中国的政法体系完全不同的一套中国自身几千年来形成的话语体系。

中国制度史的这一条主动脉，可与当今建设中国特色社会主义道路形成内在的连贯性，中华民族最基本的文化基因正蕴含在这条大动脉中。如何激活其生命力，与当今社会科学的话语体系相接榫，是摆在中国早期的历史书写研究者面前的世纪难题。

[2020年10月31日北京师范大学（珠海）“出土文献与中国早期书写”发言，润饰定稿于12月1日]

（发言者单位：清华大学）

附录：

顾涛访谈

记　者：老师您好，非常荣幸邀请到您接受我们的访谈。我们得知您的研究方向是中国经学史、礼制史，请问您对汉唐之间礼制因革的主要脉络有什么独特的看法?

顾　涛：我做礼制史的起步是从经学开始的，最早研究礼制的第一座高峰，也就是“三礼”，主要是《仪礼》，我的博士论文就是研究《仪礼》的，完成于2007年，应该是21世纪以来，甚至是改革开放以来集中研究《仪礼》的第一篇博士论文。这一研究在传统的学术范畴里，当然是属于经学。

如果从整个中国历史发展的视角看，放在经学的范畴里来看待还不够，我认为有必要把它放到制度发展史的范畴里来看待。《仪礼》所代表的是中国制度发展的第一座高峰，也就是周代所建立的礼制高峰，以《仪礼》为基本框架结构，后来又有《周礼》来予以拓展，所以整体上可以“三礼”作为大致范围。

往后发展形成第二座高峰是在唐代，即《大唐开元礼》作为中国制度史的第二座顶峰，《大唐开元礼》后面同样还伴有《唐六典》《唐律疏议》等一整套制度建设的法典。

我逐渐发现，如果要把中国制度发展的规律搞明白，思路局限在这两座高峰远远不够，更需要研究从周代到唐代是怎么流变的、怎样转折的。因为从周代制度到唐代制度，不论是从外在形式上看，还是从内在机理上看，都已经发生很大的、很明显的变化。很多学者用力于研究两端，我却想弄明白中国制度发展、演进的脉络，即每一项制度在周至唐之间是如何运行的，包括如何起步，如何变道，留下了哪些路标，关键性的转折点在何处，如此等等，由此去勾勒制度史内在呈现出怎样一种规律。所以我所完成的《汉唐礼制因革谱》是做了汉唐礼制各项演变的通盘考察，虽然已历经十年，但完成的还只是礼制这一部分，按照《通典》的基本框架，还有食货、选举、职官、兵刑、地理、边疆等制度脉络有待展开。紧随礼制，我后面将展开边疆史的研究，理念和目标大致相近。

记　者：请问您现在最关心的一个学术问题是什么?您可以多说几个。

顾　涛：我最关心的学术问题，应该说跟2019年十九届四中全会提出的问题有很大的关联度，那就是制度问题。十九届四中全会提出坚持和完善中国特色社会主义制度，推进国家治理体系和治理能力现代化，是我党的一项重大战略任务，而我最关心的是当今的中国制度与历史中国的制度构成之间具有怎样的关系，两者如何接榫。

就如今文史学术研究的整体看来，我们北师大举办这次研讨会是在方法论上的一次深入探讨，我认为至为重要。有一大部分学者非常关注新材料、出土的东西，这一领域的研究发展空间当然是很大的，但是被这样一个路径所掩盖的就是中国制度演进的结构问题。出土文献、考古资料能起到证经补史的作用，如果我们的研究只限于这样一个层面是很不够的，对于认识中国的特殊性，中国传统的特殊性，东方制度结构的特殊性都是明显不够的。所以现在我们的整个学术话语、研究路径受西方影响非常大，虽然研究的对象是中国，甚至是出土新材料，但是背后的理念、方法、路径、范式是西学的，是西方学术给予的。所以这是我觉得特别不满意的，虽然在我们这片土地上可以不断贡献新资料，但我们拿不出中国的话语，拿不出中国制度研究的一种路径、一种方法。基础研究在这方面没有质的变化，社会科学要围绕我国和世界发展面临的重大问题，提出能够体现中国立场、中国智慧、中国价值的理念、主张、方案，谈何容易。

我这几年特别关心从中国史的内在流变上看制度的特殊构成，也突破了前面十年用力最多的礼制史。虽然从杜佑到陈寅恪都将礼制作为中国制度构成的最核心环节，但是随着研究的深入，我越来越觉得眼光如果局限在礼制上，还是不能完全解决问题，所以这些年又开始转向研究中国的边疆，包括这两年特别热的“内亚”问题，我认为这与礼乐构成对待的另外一极。如果我们说中原文化的核心是礼乐文明的话，那么也应该看中国边疆的特殊性，有游牧，有草原，有狩猎，有征伐，这是与礼乐形成强烈对待的另一面，彼此吸附，也彼此拒斥，两者形成一种持续的张力。中国不仅只有礼乐，如果周边的特性、游牧草原社会的特性搞不明白，就极易陷入礼乐形式主义的一面，对研究中国的制度构成终究无益。

如果谈我的理念的话，我期待在有生之年能研究清楚礼乐与边疆的关系，两者的结合才是中国的全部。在这样一个思路下，中国制度史可能要重新审视，重新解读，甚至重新书写。

所以我将研究重心定位在中国制度史，只是与如今学术界常见的制度史研究范式有显著不同，我正在慢慢地形成一种自己对制度史的理解和研究视角。大概就是这样的。

记　者：好的，谢谢老师。

出土文献与传世文献关系的几点思考

邬可晶

各位老师，下午好。我能参加这个会议感到十分荣幸，来之前本来准备讲一个比较具体的问题，但上午听了各位的发言后，感觉没有必要专门讲那个问题，也许后面会提到。

我首先讲一点感想。这个会是“出土文献与中国早期书写”，如果这个题目分为两个部分，我只能占前面的“出土文献”，因为我主要是做出土文献和古文字的，可能跟大家的学术背景、立场不太一样。我到这个会上听大家的发言，感觉有很大的启发。

上午刘跃进老师讲到出土文献对文学史的研究，包括其他的研究，还不能够有一个革命性的作用。从我做出土文献的体会而言，也是如此。因为我们做出土文献接受的知识、背景，本来也是传统那一套东西，我们就是从那一套东西出发来解读出土文献的。如果想反过来用出土文献重新架构一个全新的东西，恐怕还没有到这个时机。因为出土文献的材料很缺乏系统性、很零碎，而且出土文献的释读有不少尚未取得共识，有些还完全不知道如何释读。我们搞出土文献、搞古文字的人最关心某个字具体怎么释、某句话怎么讲，可以说是众说纷纭，搞古文字的人都拿不准，何况让其他学科的人来用？所以这的确是很麻烦的事情。

虽然是很麻烦的事情，但需要我们跟其他学科的学者不断交流沟通，这是很有必要的。这是我做出土文献的人的感受。今天上午罗剑波老师发言时也提到，他觉得纯粹搞出土文献、古文字的人做的东西太琐碎了，而且视野比较狭窄。的确是这样，我也承认这是我们的问题，可能跟我们受的教育有关系。因为现在做出土文献、做古文字的人绝大多数是中文系出身，可能大家都是中文系出身，我没有这个意思。

回头看看学术史上出土文献、古文字做得好的学者，他们基本都不是中文系出身的，远的不说，离我们最近的大家公认的做古文字做得最好的三位老先生：李学勤先生、裘锡圭先生、林沄先生，没有一个是中文系出身的。李学勤先生本来是学逻辑学的，裘锡圭先生是历史系出身的，林沄先生是考古系出身的。他们没有一个是中文系出身的，但可以在古文字领域取得那么高的成就，这一点很值得我们反思。中文系出身做古文字的人，可能视野相对狭窄一些，因此更需要跟其他学科，包括古代文学、思想史、史学、语言学等学科的学者交流。交流多了，对我们研究出土文献本体的人来说只有好处，没有坏处，因为很多问题没有别的学科的知识与背景也看不出来，这个会影响到我们释读文本的准确性。所以我非常感谢能有机会参加这个会议，让我开了不少眼界。

第二点感想，做出土文献的人经常要思考或经常面对的问题是：出土文献跟传世文献的关系。这是很重要的问题，做传世文献的人也很关心这个问题。理论上讲很简单，就是实事求是，该怎么样就怎么样。其实真正做到实事求是很不容易的，总会有一些预设，研究之前总有一些预先的期待，所以在这个问题上常常容易出现偏差。

比如我本来想讲得比较具体的问题。我们知道清华大学藏战国竹简发表了不少“书”类文献，有见于传世的《尚书》《逸周书》等，也有不见传世的“书”类文献。其中有一些根据整理者介绍，很可能是已经亡佚了的古文《尚书》的内容，这个价值是非常高的。

在这个问题的研究上目前就有这个倾向，尤其是材料的整理者、发表者，他们很喜欢把这个东西跟已经亡佚的古文《尚书》直接挂钩。比如清华大学藏竹简中，有整理者命名为《说命》上、中、下的三篇，有些学者认为这个很可能是已经亡佚的古文《尚书》里的《说命》三篇。因为正好是三篇，清华简也是三篇。清华简分为三篇没有问题，因为简背有篇题，是抄写者自己题的，就写了三个“傅说之命”，可见它一定是三篇东西。而且整理者的编联、分篇也没问题，因为简背有简号，不会排错，除非他自己本来就写错了，那是另外的问题。这三篇很巧，古文《尚书》的《说命》也是三篇，所以很容易让人产生这样的联想。当然清华简《傅说之命》的学术价值非常高，但根据其他学者的研究，包括我自己的观察，觉得这个问题还很复杂，恐怕不能简单加以比附。

我同意现在有些学者的看法，清华简《傅说之命》整理者定为中篇的那一篇很有可能是已经亡佚的古文《尚书》里《说命》的一篇。因为那一篇已亡佚的《说命》的不少文句，在传世先秦古书如《国语·楚语上》里面都有引用，那些话也见于清华简的这一篇。虽然彼此有一些出入，但看得出来应该是一个东西，这个没有问题。

至于另外两篇是不是亡佚的古文《尚书》的《说命》的另外两篇，我觉得没有证据，而且上篇我认为可能不是《说命》，它的题材、内容跟《尚书》里“命”这一类的东西完全不一样。清华简《傅说之命》上篇是记载傅说的发迹史，说他是天赐的贤人，在佚仲氏那里做苦工，武丁派人把他找出来，彼此相见。然后派傅说讨伐佚仲氏，中间有一些神怪的故事，把佚仲打败后，傅说回到武丁身边，武丁封他为公。这完全是记事的，不是记言的，不能称为“命”。我认为这篇记载傅说生平事迹的东西可能是当时人阅读《傅说之命》的一种参考资料。

这个就牵涉到上午马世年老师提到的问题，本来我可以呼应他一下，他说《韩非子》的《存韩》篇，虽然题为“存韩”，其实里面有不同的内容。清华简的《傅说之命》上篇虽然也题了“傅说之命”这样的篇题，但不见得一定真的是《傅说之命》，可能是跟《说命》有关的东西，当时人也用这样一种命名方式。这个例子似可说明出土文献跟传世文献的关系还是需要慎重考虑，不能看到什么就一下子联系起来。

第三，上午孙尚勇老师提到《五行》的注释。不好意思，那个就是我写的，《老子》甲本卷后古佚书四篇的注释是我写的。我的意思是，《五行》"说"文讲《关雎》的诗句"由色喻于礼"，这个话跟《孔子诗论》里讲《关雎》"以色喻于礼"的话是相合的，我并不是说它们的具体解释是相合的，而且我也没有微言大义。

这里牵涉到另外一个问题，可能有些不是搞出土文献的学者对非科学发掘的出土文献存有一些怀疑，或者比较谨慎，觉得那个东西是不是真的。我可以肯定地说，清华简、上博简、安大简等都是没有问题的。如果这些东西是假的，有人开过玩笑，像上博简这样的东西，把李先生、裘先生全部拼起来都造不出来，完全超出我们现有知识的范围。不光是文本的内容，而且有些字原来上博简发表的时候不认识，但是清华简出来了，安大简的《诗经》出来了，通过文本的对读，通过别的手段，一下子认出来了。回过头去看，上博简的字也一下子能讲通，可见它是没有问题的。我们现在所有搞古文字的人的脑袋加一起都造不出来的东西，所以这个可以放心。有些问题还搞不清楚，那是由于我们研究还不到位、不够深入，并不是材料本身可疑。

我这么说也不是说目前发表的出土文献全是真的，没有假的。不是这样的。个别有问题的材料，一般搞出土文献、古文字的人是不会用的，甚至连提都不提。虽然没有当场戳穿，但是不提，不提就表明了态度。

其实这个很好判断，出土的文本如果也见于传世文献，彼此一对读，发现跟传世文本95%以上一模一样，那就多半有问题。往往出土文献跟相关的传世文本有比较大出入的，有些出入一时还不知道应该如何加以解释的，一般来说是没有问题的，造假的人不可能那么聪明。

我就讲这么几点，很零碎，没有系统性，请大家多批评指正。谢谢。

（发言者单位：复旦大学）

附录：

邬可晶访谈

记　者：老师，您好！我主要想采访您两个问题。出土文献这几年很热门，国家也很重视，专门设立冷门哲学科研项目来支持出土文献研究，我们本科生想学习出土文献，请问有什么入门的读物推荐？

邬可晶：出土文献入门读物？

记　者：对，本科生。

邬可晶：这个很难推荐，我知道有几种读本，过去用得比较多的就是《商周古文字读本》，那个有点老了。现在出过几种读本，有《甲骨文读本》《金文读本》《简帛读本》和《古玺读本》，是一套，大概是四本。如果对出土文献感兴趣，可以先看看这个，因为内容比较新，注释比较准确，而且篇幅也不大。可以看一下这四种读本，大概对出土文献、古文字有初步的了解。

我打一下广告，我所在的单位——复旦大学出土文献与古文字研究中心，正在着手编一部《出土文献与古文字教程》，里面会比较系统地介绍怎样学习研究出土文献，以及有一些原始资料的选读，可能体裁上跟王力的《古代汉语》差不多。它不是有文选、通论、常用词么？我们大概也是有通论、文选。这书还没有编完，如果将来出版，这本书也可以参考一下。

记　者：老师，还有一个问题。出土文献据说有很多失传的古书，你觉得哪些是比较重要的，却失传了？

邬可晶：按说凡是失传的都很重要，因为没看到过。从古书来讲，按照传统的观念，经史类肯定是最重要的，像清华简里面有很多“书”类的文献，有一些真的古文《尚书》的篇目在清华简里面也有出土，所以价值非常大。等于说有的已毁于秦火，就是秦始皇焚书坑儒的时候就没有再传下来的《尚书》的单篇，只有在出土文献里面，清华大学藏的竹简里面可以看到。当然，清华大学所藏竹简的《尚书》文本，跟当时的儒家，比如孔子选的文本，可能不是一个本子，但很可能是同一篇东西，不同的文本有差异，那也很珍贵。

此外，安徽大学藏的《诗经》，当然它不全，主要都是《国风》，《国风》也不全，那是现存出土《诗经》文本里面时代最早的，大概是战国早中期的抄本。按传统的说法，这个抄本的时代跟孔子整理《诗经》的时代也很近，所以价值非常大。

此外还有很多，像清华简里面有《系年》，是长篇史书，跟《左传》有密切的关系，这些价值都非常大。要不然就是过去完全没看到过，一点线索都没有的出土文献，那种当然价值也很大，但是我们读不太懂，不知道它说的是什么。最有意思的还是跟传世文献既有关系又不完全相同的，我觉得这样的出土文献既便于研究，又能提供一些新的学术方面的知识，这样的东西最有意思。

记　者：谢谢老师，参会愉快。